U0622677

操盘手的伊甸园

方向/著

作家出版社

图书在版编目（CIP）数据

操盘手的伊甸园 / 方向 著. —— 北京：作家出版社，2015.5

ISBN 978-7-5063-7955-7

Ⅰ. ①操… Ⅱ. ①方… Ⅲ. ①长篇小说 – 中国 – 当代 Ⅳ. ①I247.5

中国版本图书馆CIP数据核字（2015）第073863号

操盘手的伊甸园

作　　者：方　向
责任编辑：韩　星
装帧设计：视觉共振
出版发行：作家出版社
社　　址：北京农展馆南里10号　　　邮　　编：100125
电话传真：86-10-65930756（出版发行部）
　　　　　86-10-65004079（总编室）
　　　　　86-10-65015116（邮购部）
E-mail:zuojia@zuojia.net.cn
http://www.haozuojia.com（作家在线）
印　　刷：三河市北燕印装有限公司
成品尺寸：145×210
字　　数：230千
印　　张：10.75
版　　次：2015年5月第1版
印　　次：2015年5月第1次印刷
ISBN　978-7-5063-7955-7
定　　价：32.00元

作家版图书，版权所有，侵权必究。
作家版图书，印装错误可随时退换。

序言
做一个会讲故事的人

　　作家的想象力是有限的，然而生活却能给作家提供无限丰富的内容。作家要是整天关在屋子里闭门造车，最容易自我膨胀，等他回到生活中，这种膨胀就会被戳破，就会遭遇窘境和难堪。

　　现在有些编剧不会从生活中找素材，要么住在宾馆里胡编乱造，要么见面扎堆，胡吹海聊一通。他们端着可口可乐，穿着拖鞋摇摇晃晃，打哈欠都带着空调味儿，写出来的东西脆弱得像玻璃一样，被生活的大手轻轻一碰就碎了。这样能写出好故事吗？

　　方向是个有生活经历的人，他当过工人，做过销售员，后来转战金融行业成了一个操盘手。有生活经历的人身上都藏着故事，就看他是否愿意讲给人听。一个在股市上叱咤风云的人，在异国他乡对着一盏青灯，守着一方寂寞，愿意给大家讲故事听，这是一件很有趣的事情。

　　我就是一个爱讲故事的人。

　　当年在瓦窑公社陈店大队插队时，我是赫赫有名的故事大王，从《三侠五义》到《基督山伯爵》，古今中外的故事讲得绘声绘色，周围公社的知青都赶着马车来请我到知青点讲故事。我坐着马车在公社之间"巡回演出"，一开讲便座无虚席，报酬是几捆黄烟。

中国有讲故事的传统，《三国演义》《水浒传》最初都是说话的话本。唐代诗人李商隐在《骄儿》一诗写道："或谑张飞胡，或笑邓艾吃。"说明当时的百姓很喜欢听三国故事。

说书人又叫搏君人，目的是为了搏君一笑，他们最喜欢讲述古代传奇故事，百说不厌。历史上最有名的说书人叫柳敬亭，明末清初的史学家、思想家黄宗羲在《柳敬亭传》一文中写道："敬亭既在军中久，其豪滑大侠、杀人亡命、流离遇合、破家失国之事，无不身亲见之。且五方土音，乡俗好尚，习见习闻。每发一声，使人闻之，或如刀剑铁骑，飒然浮空；或如风号雨泣，鸟悲兽骇。亡国之恨顿生，檀板之声无色，有非莫生之言可尽者矣。"由此可见，这个柳敬亭有多厉害。他还善于在说书时加入社会生活中的所见所闻和个人爱憎，"说至筋节处，叱咤叫喊，汹汹崩屋"。

当下，不会讲故事、不会写故事的作家或是编剧大有人在。

一个作家或是编剧，到最后拼的就是故事储存量。故事从哪里来？有两个渠道：一是你要做一个有心人，一个有意的倾听者，多听人家讲故事；第二个就是自己去发现故事。

写《闯关东》在黑龙江搜集素材时，正赶上寒冬，天黑得特别早。我吃完晚饭就随便钻进一户农家，跟这家人坐在炕上，一条大棉被盖着腿，一筐一筐的瓜子和花生端上来，大家在灯下边说故事边嗑瓜子、花生。这可真是平常听不到的，对于一个有心收集素材的人来说，真是天大的好机会，故事一个接着一个，听着听着就睡着了。第二天早晨起来发现鞋找不到了，全让花生壳和瓜子壳给盖上了，想想这一晚上得听到多少故事？

什么是故事呢？

突如其来的事件打破了生活逻辑和情感逻辑，这两个逻辑破碎了以后，剧作家的任务就是要把这一堆碎片重新捡起来给它拼贴好，使它变得更耐看、更好看，这是故事的概念。

方向是北京胡同里长大的孩子，在大杂院里家长里短、鸡零狗碎的故事一定听了不少。尤其是改行做了操盘手，他面对股市的尔虞我诈，一定有很多感慨和触动。金融业是一个神秘的高风险行业，这个地界的逻辑是弱肉强食，操盘手只有苦练操盘功夫，提高实力，才能不被淘汰。

方向将自己的人生故事融入到小说里，融入到夏克明这个人物身上。好故事和好人物是撑起一部好电视剧的两根支柱，虽说电视剧是通过故事来表现的，我还是认为人物为王。小说男主人公夏克明时而自信，时而自卑，始终在矛盾的漩涡里挣扎，他敏感多疑，既追求纯真的爱情，又放荡不羁，是一个都市边缘人，也是一个矛盾复合体。

方向有志于向影视方面发展。我认为，要想做一个编剧，要实现编剧的梦想，必须有抗打击、抗毁灭的能力，学会真功夫！

现在，他远离了北京的喧嚣繁杂，在加拿大渥太华心平气和地写他感同身受的故事。身上藏着故事的人一旦决定写故事，肯定与众不同，很有看头。这个故事是否精彩，我说了不算，要让读者来评判。

高满堂

2015年3月25日

目录

第一章

设局

一

走出电梯间，楼层低矮，夏克明顿感压抑。他跟着姚珍爱向右拐。

头顶上，石棉天花板已显暗旧，方方正正地嵌在铝条框中。透过磨砂的塑料隔罩，白炽灯管散发出无精打采的光芒。远处墙上狭小的灯箱，灰蒙蒙的好似墨镜黯然无光。及至近前，才看出"安全出口"的字样。

刚走过卫生间，从天花板凹陷的灯罩里传来镇流器"吱吱"的噪音，头上的灯管扑闪几下，黑了。夏克明仿佛得到不祥的暗示，猛地回头，扫了眼身后空空荡荡的楼道。

他们经过几扇黑洞洞的公司玻璃门，来不及定睛细看，已匆匆擦身而过。

姚珍爱黑色锥形的鞋跟儿细细长长，敲击着豆绿色玻化砖地面，发出暧昧撩人的勾魂声，回响在寂静的楼道里，清脆异常。她的臀部被短裙紧裹，左右左右地凸显，夏克明涌起猛踹一脚的歹意。

姚珍爱停住脚步，在拐角处的门禁上输入四个号码，猛地推玻璃门，门只轻微地颤悠了一下。她"咝"地吸了口气，夏克明皱起眉头。

"我是来做爱的，可不是来做贼的。"

他的目光离开门禁，借着楼道的光线，探头朝内细看，只见迎门的背景墙上"装饰工程公司"几个金字。

门锁发出的声音像人急促的轻咳。姚珍爱果断地推开玻璃门，夏克明侧身跟进去，转身合上门。远处，闪出个保安，身穿灰色制服犹如出土的兵马俑，戳在那里注视着他们。

黑暗中，姚珍爱的影子向前快速移动。

"这是哪儿？开灯啊！"夏克明感觉自己好似走进黑黢黢的洞穴，影影绰绰中随着她停下脚步。姚珍爱在漆皮黑包里窸窸窣窣地摸着。

当夏克明沐浴在一片光亮中的时候，眼前是个俗不可耐的铜鼎，摆放在宽大的老板台正中。椭圆形绿油油的玻璃镶嵌在圆鼎的肚脐上，好似丑八怪脸上的眉心痣。

姚珍爱面色潮红，双眼亮晶晶的，白嫩的细手为自己脸颊扇着微风，又在轻拢发梢间，飘送给他一个带着笑意的眼神，黑包顺手扔在磨砂的黄色牛皮沙发上。

"这是哪儿？"夏克明又问了一遍。

"你猜猜？"姚珍爱轻轻撩起裙摆，坐到沙发上，显得格外娇小。露出挑逗的神情，故意避而不答，存心拨弄着夏克明的好奇心。

一米见方的"钟馗捉鬼"图镶在棕色木框里，实拍拍地紧贴墙壁悬于沙发之上。钟馗捋着黑楂楂乱糟糟的胡子注视着夏克明。他感到肾上腺分泌被有效抑制。姚珍爱侧身仰头，对着钟馗露出厌恶的神情。

"这他妈是哪儿？塑料的！"夏克明掂掂手里的铜鼎，虽然硕大，但屁轻屁轻的。

姚珍爱起身，走到大班台后面，从抽屉里翻出个粉色避孕套，"天然橡胶的，比比大小！"

"问你呢，这是哪儿？"夏克明有点动气了。

"办公室，我老公的。"随着她的回答，扔过来的避孕套掉进了铜鼎中。

"我靠，太刺激了！"夏克明一屁股坐在身前的黑色扶手椅里。

"害怕了？"姚珍爱绕过大班台，踩着一字步，缓缓地贴上来，双手托起夏克明冷峭的脸颊，黑丝袜包裹的大腿插入他的两腿之间。

"我不怕，我肾怕。"夏克明一手环抱着她的细腰，一手揉捏着姚珍爱胸部挺拔滚圆的肉弧。她灼热逼人的双唇压了上来。

"咣当"一声异响，姚珍爱忽地直起身子，夏克明从她的上衣里抽出手也迅即站立，硬硬地推开她。两人对视了瞬间，夏克明的眼珠转动了两下，凝神静气分辨着刚刚惊扰之声的音源。

"是隔壁?"夏克明说。

姚珍爱脸色泛白，抻平上衣，轻轻滑步到房门前，门缝开启了一道黑线。

夏克明猛地拉开门，推开姚珍爱，站到门外。他还未看清眼前的一切，一团黑影蹿到面前，小腹被凶狠地猛踹了一脚，身体似被迎空抛起的石块，瞬间失重。尖利的痛感似电流激射全身。

夏克明张开双手，向后快步跌去，身后的大班台硬硬地顶住他的后腰，忍住被桌沿硌得火烧火燎的疼，勉强起身站稳。

惊恐中，长着豹眼的小个子走进光亮里，朝他逼过来，夏克明趁着姚珍爱上前阻挡小个子的间隙，强忍剧痛，快速调整位置，站到沙发前。

"龟孙出来，外面宽敞!"小个子大吼道，拨拉开姚珍爱，自己先退了出去。

"我老公。"姚珍爱看着夏克明，嘴里咕噜着。

夏克明迟疑片刻，攥紧拳头跟了出去。

"朋友，开开灯，商量个说法行吗?"夏克明盯着眼前只到自己下巴的小个子。

"打你龟孙，就是说法!"

夏克明挡开近至鼻尖的直拳，右下巴袭来的剧痛却覆盖了全部的知觉。他摔倒在地，脑袋里像装了四个螺旋桨，嗡嗡作响。又是一声撕心裂肺的闷响，眼眶肯定被踢爆了。他紧紧抓住最后一线尚存的意识。

"跑！快跑啊！"

是姚珍爱的喊声。夏克明借着屁股上挨了一脚的助力向前扑去，奋然起身，踉踉跄跄地奔逃。门好像变换了位置，已近在咫尺，他却怎么也拉不开，眯着眼努力细看，操他妈！不是门，是门，是一个展示柜的大玻璃门。

身后重重的脚步声裹挟着高跟儿鞋的声音，相互间杂沓缠绕。

"你怎么这样啊？算了！"

"靠类（你）娘了！"

夏克明瞥见楼道里惨白的光芒。他磕磕绊绊地扑过去，重重拍击墙上的开关，夺门而出。

身后传出姚珍爱的叫喊声和小个子带着河南口音的咒骂。

二

屋顶垂下的灯泡罩在锥形的塑料筒里。夏克明和曹剑两个脑袋投下黑黑的阴影，在狼藉的小餐桌上晃来晃去，间或又落到地面上。

"不要上网钓女人，你偏不听。"曹剑的眼珠子被酒精烧得又红又亮，伸手按住盘中的稻香村熏鸡，又狠狠地撕下最后一个鸡腿。吐出舌头，舔舔油亮的鸡皮，嘴里吧唧两声，咽下口水。

"网络不是好东西，再过二三十年，危害大了去了。那是地球公开的档案馆。彼此间，没遮没挡，一目了然。"曹剑嘴里嚼着肉，含混不清地说："男女生交朋友，双方家长上网互相搜索，我靠！不看不知道，一看吓一跳，女生老妈当年是破鞋，风骚艳照百看不厌；男生老爸以权谋私搞破鞋，一桩桩、一件件，引人入胜……"

曹剑端起酒盅，被自己逗得浑身乱颤，眼睛里水汪汪的，左耳朵上的小肉瘤泛出鲜红的血色。

夏克明一言不语。此时，他突然觉着右侧的上槽牙被姚珍爱的老公打松了。小心翼翼地用舌尖轻轻顶顶，真的有点活动，心中骤然一紧。再顶顶左边的槽牙，似乎也有点松动，再顶顶右边的，好像又不动了。

曹剑举杯示意，夏克明没搭理他，夹起一粒油炸花生放到嘴里，右槽牙毫不费力地将颗粒碾成花生碎。紧接着被一杯白酒送入肚中，长长地吁了一口气。曹剑依旧坐在对面喋喋不休。

"你也够戚的，让一小矮人给揍成烂酸梨了，要是我，把胳膊伸直了，让丫跳，跳起来都够不着。不过这小矮人倒真是位壮士，把我多年的夙愿实现了，当年上中学，要有人这么臭扁你一顿，立马在东城美术馆一带就玩响了。"

"你丫喝高了吧?"夏克明将酒盅重重地镦在桌上，用手按按右眼眶上的纱布包。昨晚上绽开的皮肉被五针缝合在一起，从分裂到闭合时时感到袭来的锥痛和刺刺的痒。

"我喝点儿话多，但都是实话，你好色，胎里带的。小学我就看出来了。你二年级转学过来，我靠，没两天就和咱班那几个三道杠、二道杠的小丫头腻上了，一到课间，好嘛，原来挺文静的小女孩让你追的满楼道乱跑，那叫疯。

有一次，在楼梯口，我看见你被那几个小女孩摁在楼下拐角滚成一团，哥们儿的心都碎了。什么是嫉妒？什么是恨？那一刻全懂了。"

曹剑痛苦地皱着眉头，伸长脖子拱出个酒嗝，搓搓血红的兔眼，"你丫其实长得也一般，真一般。小时候胡同里的大人都说你眼睛长得好看，其实眼皮还没我双呢！嘴唇倒挺男人的，但一看就是色鬼！我一米七五，你一米七四，比我还矮……"曹剑醉眼朦胧中用手愤恨地拿捏着一厘米的分寸，晃晃悠悠地站起来。

"夏克明，除了这破一居室，你还有别的房子吧？"曹剑指着他大声质问。

"我给老太太买了个房，有时住在那边，怎么了？"

曹剑瞪着一对血红的兔眼审视着他，"我知道，你发财了，截长补短仨鸡俩鸭地玩着。鱼翅鲍鱼不请我吃，拘在这破一居室弄点小菜糊弄哥们儿，我去洒洒水。"

"你丫才玩鸭呢，出去吐！"夏克明探身一把攥紧曹剑的衣领子拽向房门。房门撞开的同时，两人看见楼下老张头踟蹰欲离的窘状。

"多大岁数了？好奇心还这么强？"曹剑喷出满嘴的酒气。夏克明死死拽住他的脖领，曹剑迤逦歪斜地挣脱着，粗脖红脸地大吼大叫。

"听一次贼话易，一辈子扒黑门听贼话难。老，老……"
枯枯瘦瘦的老张头被呛得咧着干瘪的嘴直眨巴眼。

"进屋，屋里没破鞋，您去买张毛片看看……"曹剑哑哑哑没完没了地说着。

"你妈找不到你，给我打电话说她快死了，让你回去看看，不孝的玩意儿，作死吧！"老张头留意地看着夏克明的眼眶。

夏克明松开手，曹剑忽地趴倒在老张头身上，

"这酒味！……"老张头两只干枝似的胳膊立刻胡乱地推搡起来。

曹剑从深喉处舒畅地"哇"了一声，恶臭蔓延弥散，老张头绝望地大叫："不孝的玩意儿！"枯树乱摇，疯似的捶打曹剑，反被曹剑更加紧紧地抱住。

夏克明看着老张头背上大片的污渍，贴满了胃部深加工后色彩斑斓的渣渣沫沫，幸灾乐祸地大喊："本朝以孝治天下，没有

不孝的玩意儿，都是不孝的奴才。"

三

　　九鼎堂里吃早茶的十有八九是外地人。吃完后，十之七八埋头按着手机抹抹油嘴要发票。夏克明拎着油条、豆浆和水晶虾饺蹿出自动转门，心想北京人估计都趴在饭桌上往嘴里填点心渣子呢。

　　夏克明走进小区，旁边的下沉广场传来单调欢快的乐曲，混合着阵阵齐齐的呐喊。二十几个老太太弯腰下身再挺身仰头，胳膊直直地刺向天空，双臂大张做拥抱苍穹状，发出"震撼宇宙"的呐喊。

　　在她们动作的循环往复中，夏克明看见老妈做得尤为庄重认真，如怪力乱神附体，正"欲与天公试比高"。明明是自己想多活几天，偏偏要吓唬旁人，"震撼宇宙"。

　　"孟老太太，别现眼了！"话未喊完，他赶紧扭脸看向别处。

　　"为了多活几天，这么丧心病狂的。"夏克明从纸袋里掏出油条放在白瓷盘上。

　　"我硬硬朗朗地活着，就是为给你少添麻烦，我指望你，指望不上。你的眼角可不像门框上撞的。"孟老太太说着拿起筷子，目光仍没离开夏克明的脸。

　　"震撼宇宙时撞的。"

　　"你手机一直关机，是不是又丢了？"王老太太咬了一口虾饺，眯起眼睛盯着里面的馅。

　　"落在朋友家了。"夏克明把油条戳进豆浆里。

　　"就一个虾仁，比指甲盖儿还小！你把那一居室赶快租了，搬过来一起住。这三室两厅只我一人空落落的。三十好几了，该成家成家；该养孩养孩；一天到晚鬼混，别以为我不知道。"

"全家一起震撼宇宙？"

"养儿防老，咱楼上牛大姐的儿子那是真孝顺……"

"您养孩子不是做外贸，以为填远期承兑汇票呢。就算做生意也得两厢情愿，你和我爸倒挺主动，我完全是被动出生的。也不问问，我喜欢这地界吗？这骨肉生意严重违背民法的平等原则。"夏克明说着，眼看两股油条浸泡在豆浆里劈叉了。

"混蛋，赶紧滚！少回来气我。"孟老太太的虾饺掉进碗里，豆浆汁溅到了脸上。

夏克明猛地推开饭碗，起身走向房门。

"等等。"孟老太太忙不迭地从裤兜里摸出张纸塞过来。

夏克明看着上面密密麻麻打印的十多只股票名称，从心里起烦。

"牛大姐托你看看，好好看仔细了，哪个卖掉，哪个能涨要留着。人家问你，是看得起你，你可说准了。她侄女我见过，漂亮，好看，我想给你提提。"

"让老张头找我回来就这事？您可真成！让我先见见她侄女，验验货。哎呀！牛老太太真有豆，还会电脑录入打印，还有邮箱呢？"

"这是牛大姐儿子的股票，他可是有小车司机的大领导，看准了，他带着表妹请你吃饭，快看吧，就这么点小事。"

"分析这么多股票是小事？"

"我还不是为了给你介绍对象？"孟老太太声音岔了调，眼圈泛红。夏克明赶紧把纸塞进兜里，顺手掏出一盒西洋参拍在桌上。

"加拿大原产，好好补，气血补足了接着震撼宇宙！"夏克明话未落地，已逃难般奔出了房门。

四

光脚踩着绵柔的黑色方毯，夏克明盯着眼前一方苹果白的仿古地砖，脱下衬衫扔到脚下，抻拉皮带扣，裤子滑落，伸展赤身裸体，望着百多平米空旷的客厅。

原本宽大笨重的黑色布艺沙发置于一片苹果白中好似弱小的点缀。有着四根黑色粗硕木腿的白色大理石茶几成了陪衬的玩具。与它们对置的是十米外的棕红色明式书案，超大乳白色的电脑液晶屏上游动着两条五彩斑斓的热带鱼。

夏克明踩着冰凉的白色地砖，走到270度环形观景窗前，远眺西山的轮廓若隐若现，脚下北四环上密匝匝的人车一目了然，像下雨前蚂蚁忙碌出行的大队。

这套公寓仿佛是夏克明的隐秘山洞。曹剑、小良子不知道，就连孟老太太也不知道，除了自己没有人知道这个山洞的存在。不是怕有人来寻仇，只不过是他儿时以来多年的渴望——他强烈需要一个只属于他的，不为外界所知的秘密山洞。一旦关上洞门，似乎瞬间与世隔绝，品味无人知晓的隐秘独处让他感到自在惬意，从而也享有了一种窥视外面喧嚣社会的从容。

买房的钱是他"抢"的，他心里一直认为自己是个"抢劫犯"，世俗的称谓是"操盘手"或"作手"。

抢劫的作案工具非刀、非枪而是电脑。你需要的判断不是打他的眼睛、喉咙或后脑，而是在你设定的技术条件符合要求后，轻轻在电脑上点击买入或卖出，钞票好似呼号风中的暴雪飞飞扬扬地飘落下来，一寸寸加厚，转眼间把你埋葬。

2006年黄金暴涨。历时四个月，他在一家福建人开的地下炒金公司用80万赢了700万。但当他向黄金公司要钱时，出金小姐摆出难看的臭脸再附赠一句：今天没钱！

几日后，夏克明叫来心黑手辣的小良子，在黄金公司的办公室堵住了那个福建老板。大约过了20分钟，当福建老板命令财务划款时，他被小良子揍出了两个黑眼圈。

两年来，夏克明将赚的2000多万分散在香港、内地五六家地下炒金公司。他的日常工作是要不断地更换炒金公司，去打劫他们的不义之财，直到他们酸着脸请他走人，他再更换一家新的继续打劫。并将源源不断赚的钱换成美元去等待投入未来某天的世纪豪赌。

时至今日，没人知道夏克明有多少钱。他有时候穿着破旧的牛仔裤，手里抓着一把羊肉串，用嘴顺着红柳棍咬下块块滋滋冒油的烤羊肉，看看手中几支光秃秃的红柳，牙齿间咬碎残留的孜然籽，小茴香又唤回刚才羊肉串的余香。而后嚼着大红果冰棍，一头扎进破旧的一居室。

有时坐在东三环的西餐厅，无声地切割着六成熟的牛排，呷着红酒，半坏笑半真诚地盯着对面略显局促的女孩。但在潋滟迷眩的灯光下总会恍惚，恍惚间画面重叠，女孩置换成米安琪。每每此刻，他颓然低下头，嘴里滑嫩的牛腮肉也失去了味道。

路上看见开着国产奔驰、宝马的愣爷们他会无端的脸红，下车时匆匆从兜里摸出皱皱巴巴的百元塞给的哥，轻轻说声：不用找了。

上个月他坐在书案前，看着死去爸爸的两寸照片，很想说点什么，"今是我35岁生日，亿万身价，你满意吗？28年前的今天，因为贩运三车西瓜，你犯投机倒把罪被判三年。在里面你被同牢打死的时候，我他妈才七岁，今天，我用不着神气活现的，是你的冤添了我的福。"

夏克明走进卫生间，抻开手里的保鲜膜包在头上罩住眼眶，拧开淋浴龙头，湍急的水线"哗哗"地喷射，升起浓浓的雾气。

夏克明用牙刷细细地刷着每一个指甲缝。这是他多年来上电脑操盘前的习惯——沐浴更衣、洗净指甲。

五

"我老公当年在全省散打比赛可是拿过名次的。"姚珍爱轻轻地弹落烟灰，目中无人地看着天花板说。

"知道我吗？"曹剑耳朵上的小肉瘤又红了。

"不知道。"姚珍爱毫不示弱地盯着曹剑。

"十年前，北京国际空手道邀请赛亚军。"曹剑说。

"要不要约我老公和你比划比划？"姚珍爱毫不掩饰地挤对曹剑。轻蔑地将烟雾隔着长条桌吹了过去。

夏克明朝曹剑摆摆手，对姚珍爱一字一句地说："别在这盘道，回去告诉你老公：我做贼偷奸挨打活该，他打了、踹了，我认了。现在把手机还我。"

"钱呢？咱可电话里说好的。"姚珍爱说着摁灭半截儿烟，冲他伸出手来。

夏克明从身侧桌边的黑包里拿出一叠簇新的钞票按在桌上。姚珍爱瞟了眼，把白色的苹果手机递过去，夏克明拿过手机，和钱一起放进包里，与曹剑先后站起来。

"你敢这么走，后果自负。"姚珍爱狠狠地说。

夏克明绕过桌子，冷不防拥搂住姚珍爱，土枪的枪口戳到她太阳穴上，直瞪着花容失色的姚珍爱。

"让你老公出来。"

"他没来。"姚珍爱说。

"钱是他要，是你要？"夏克明问。

"我要。"

"不管你还是你老公，谁再惹我就一枪轰了龟孙的。"夏克明转身和曹剑走出几步又折返回来，死盯着吓麻了的姚珍爱。

"你老公那天是跟着咱们进来的？还是？"夏克明问。

"我也不知道？"

"你不知道什么？"夏克明的手又伸进裤兜里。

"是不是跟着咱们的？"姚珍爱带着哭腔说。

夏克明坐进曹剑的保定产长城SUV，"嘭"地关上车门，引来曹剑不满责怨的目光。

"你怀疑被姚珍爱设计了？"曹剑问。

"曹剑你回去搭上她，我自己先走。"夏克明拉开车门。

"我可从来没练过空手道！"

夏克明从包里抽出那叠簇新的钞票扔在座椅上，摔上车门走了。

第二章

花祭

六

后海一趟酒吧经过大半夜的喧闹此时店门紧闭寂静无声，尽显high后的疲态。门外露天桌椅严丝合缝摆得整整齐齐。深绿酱稠的水面在太阳的暴晒下毫无生气。

离开曹剑后，夏克明坐在出租车里翻看着手机，发现米安琪的来电显示，正逢出租车行至后海，他无法在如此狭小的空间里领受这份撞怀的惊喜。跳下车，暴走在骄阳下，脑力激荡漫无目的。

昏头涨脑地走下银锭桥，进了烤肉季。坐在临窗硬硬的方凳上，先吹了一瓶冰啤。邻桌的小男孩推开妈妈塞到嘴边的烧饼夹牛肉，指着他说："喝辣水，臭！"

小孩妈纤秀妩媚，对着夏克明露出歉意的笑，他也不好意思地笑笑。

一刹那，夏克明想到米安琪二十多岁的时候不知是怎样笑的？不知道她在女儿面前是怎样的妩媚慈爱？他所熟悉的是青春萌动的米安琪，害羞、清纯，对他一次开心的笑，像一份不能示人的礼物，埋藏深留到今天，无论怎样细心地展开，他都怕遗漏残失损伤原貌。

上高中第一天报到，夏克明坐在教室里享受着呆板女老师点名。只要她点到女生的名字，夏克明都会假装漫不经心地回头、歪头或向前投去远远的注视。

就在他灰心意冷，自怜自哀时运不济的时候，米安琪在点名声中从他的斜前方悄然站起。

夏克明暗暗祷告：你的盘儿可要靓，不带这么伤害我的。他轻声叫道："米安琪。"虽然声音很小，但足以被老师和同学都听见了。

米安琪略显迟疑地转过头，夏克明看着她傻笑，绝对是发自内心的傻笑。同学们报以哄堂大笑。

"你认识米安琪吗？"镜片后面向他射出一道恶毒的眼光。

"以前不认识，刚认识的。"夏克明说。

"那你叫她干吗？"镜片后面的细眼着火了。教室内一片静寂。

"看看她长什么样，大家一起认识认识，怎么了？"

夏克明悠悠地看着满脸涨红的呆板女人。她翕动了两下薄薄的嘴唇，"站前面来！"

老师那点可怜的师道尊严在被撞了一跟斗后，发出的丧心病狂都是一副操行。夏克明缓缓站起身，走到讲台旁的房门前笔直地站着，乖顺地低眉垂目。

点名在继续，夏克明悄悄抬头不错眼珠地看着她，暗暗对自己说：以后老婆就是米安琪了。傻笑又在不经意间爬上眉梢，她羞红了脸，假装不情不愿地低下头。

"夏克明，站到后面去！你是学生吗？你是我见过的最没羞没臊的。"

夏克明双手插在板蓝肥大的裤兜里，脸上挂着没羞没臊的微笑，踢踏着黑边懒鞋，晃晃荡荡走向教室的最后面。

"和叔叔再见！"漂亮妖媚的妈妈在给孩子示范教养，夏克明冲孩子挤出媚笑，甘心充当教具的木桩。

"喝辣水，臭！"小男孩在妈妈的拉扯下跌跌撞撞地蹒跚走出门外。

桌上的手机意外地响了。

"哥们儿搭上啦！"曹剑电话里洋溢着喜悦。

"搭上高压线了？"夏克明好像看见曹剑顺着嘴角流出的哈喇子。

"大后天，我请她吃鲍鱼，要是今晚吃多好！哥们儿直接打冲锋了，夏克明你真够哥们儿，不光发蜜，还给嫖资。"

"是嫖资，也是医药费。"夏克明挂了电话，把米饭扣到一盘宫保鸡丁上，突然乐得趴在桌上直不起腰来。

七

"你慢点吃。"隔着红漆剥落的餐桌，米安琪关切地说，"我爷爷也爱吃宫保鸡丁，前年在饭馆为他祝寿，不知是鸡肉中的骨头没剔净，还是菜里混着鸡骨头，反正我爷爷被卡住了嗓子眼儿。"

夏克明吞下菜饭，嘴里咕噜着："然后呢？"

"去医院抢救，骨头穿破食道，主动脉破裂。"

"你爷爷被鸡骨头卡死啦？"夏克明不可抑制地大笑。

他眯起眼望着远处什刹海波光粼粼的水面，阳光下颤动闪耀着颗颗银针，好像扎到身上感到有些刺痒。

夏克明此时脑海中的米安琪如此清晰，历历在目。他慢慢将白米饭和宫保鸡丁搅拌在一起，米饭在酱汁的浸染下变成了油汪汪的酱红色。

回想当年，他的笑是如此令人讨厌，以至看见米安琪流出的眼泪。20多年过去了，刚才自己想起"鸡骨头卡死人的传说"，还是忍不住肆无忌惮地大笑，完了！我是没药可救了，夏克明暗暗为自己扼腕痛惜。

阳光躲进了云层，光灿灿的水面瞬时换上了深绿的暗脸，颗颗熠熠生辉的银针不见了，伴着夏克明的回忆向更深处纷纷沉落。

高中一年级，他最大的收获就是知道米安琪的手似水绵软，是一种从未体验过的有形无骨的感觉。

物理课上，夏克明痴迷地读着莫泊桑的《俊友》。主人公杜洛华的放荡让夏克明面红耳赤。恍然中，他意识到有只手轻轻捅他肘部，猛地抬起头，物理老师严肃地注视着他，米安琪将手缩回去，夏克明冲着老师露出无赖的笑，老师转身奋笔疾书。

夏克明攥住米安琪的手拉到桌下，一秒、两秒……米安琪并没有摔开他，是他主动放开的，因为自己难以抑制剧烈的心跳。

"你还加什么？"服务员面无表情地问。夏克明懵懂间醒来，他摇摇头，盯着她凸显的胯部，服务员转身离去。

米安琪的胯部也很宽，腰肢纤细，这一切令他着迷，贪婪的双眼拼命地摄取，又瞬间感到心悸的窒息。

语文课上，呆板的女人在讲台上张牙舞爪地讲着什么段落、什么中心思想，声音刺刺拉拉。夏克明看着她灰暗干涩的刀条脸，和甩来甩去的短发就会联想到女巫，仿佛在听女巫尖叫不绝的咒语。

他扭脸注视着米安琪，她很专注地听着，虽神交无据，但心有灵犀。夏克明敢肯定，她意识到他的注视，嘴角掠过一闪即逝的笑意。

夏克明低下头，痴痴地盯着米安琪的胯部，他鬼使神差地伸出手轻轻地按了按，引来米安琪侧头的惊诧。夏克明已无法退缩，他的手深深按着米安琪突兀的胯，感到无比的欢畅与惊奇。夏克明终于破解了这个神奇的密码，刹那间，他好像拥有了全世界。

夏克明一时间彻底忽略了女巫的存在，她的眼镜似被怒火烧化了，和面部混为一体，此时此刻喷射出惊愕凶狠的目光。

夏克明安详坦然地对视着女巫，没有丝毫的退缩，没有羞耻感，更没有悔过之意。反倒是米安琪红彤彤的面容引起他深深的不安。

"夏克明！你要什么臭流氓？"课本被女巫"啪"地摔在办公室桌上。

"谁啊？你说谁呢？"夏克明歪头斜眼地反问。

"你，说你呢，你手干吗呢？"女巫抓狂了。

"又是这个夏克明，别和他废话，叫他妈来！"另一个女巫抄起钢饭盒飘了出去。

米安琪出现在门口。

"你进来，你说！他上课对你干吗了？"女巫惊怒的嗓音如针般的尖细。

夏克明低下了头。

"说啊！他干吗了？"女巫的唾沫星子像蛇的毒液喷得很远，溅到了米安琪白色的衬衣上。

"他干吗了？我不知道。"米安琪扬起脸，目光中没有一丝一毫的躲避，直视着女巫。

"你傻啊！"女巫彻底疯了。

夏克明忍不住做出个嘎蛊的怪样，挑起眉毛，瘪着双腮露出坏笑。如此表情此时无疑像颗炸开的弹，女巫引颈哀号："什么玩意儿？夏克明叫你妈去，不来就别上课！"

这天晚饭前，夏克明的妈妈把原来丈夫卖西瓜的秤杆抽在他的额头上，随着一声脆响，断了，半截儿露出新木茬的秤杆飞溅墙边，鲜血缓缓流出，滚落下来模糊了夏克明的视线，他立时蹲在地上，双手胡乱地在眼眶上擦抹着。

第二天中午，在学校附近的一家饭馆，米安琪给他要了个宫保鸡丁和一碗米饭。

夏克明埋下头，暗暗摸摸额头上的旧疤——这道折陷的伤痕清断可触，眼前是流满泪水的脸——被他肆无忌惮的坏笑气哭的米安琪的泪脸。

八

女服务员阴沉着脸，"铛铛"作响地收拾夏克明面前的杯盘碗筷。

"再坐会儿。"夏克明说。

"我们下班了。"女服务员没看他，好像自言自语。

"你怕我偷桌子，还是怕我偷人？都不敢，真的。"夏克明看着被逗笑的女服务员转身离去的背影，拨通了米安琪的电话。

"你找谁？"手机里传出粗声大气的男声，让夏克明的眼眶隐隐作痛。

"贾总，连我的声都听不懂了？"夏克明觉出自己说的唐山话不地道。不远处的女服务员竟然注视着他抿着嘴笑，好像看出他不是个好东西。

"你打错了。"粗声大气的声音里有了一丝缓和的味道。

"我是你老同学啊，你想想！"夏克明这回对自己的唐山口音很自信。

"骗子，滚蛋！"手机里响起"嘟嘟"的忙音。

"这孙子打小被骗子卖过。"他没皮没脸地对女服务员说。

夏克明在公寓大床上醒来的时候卧室里黑洞洞的，落寞感比黑暗更浓更深地袭扰着他。

几小时前，夏克明从幽暗的餐厅推门而出，顷刻间步入炎热的骄阳中。耀眼炫目的强光照着他一脸的晦暗，长久的期待，期待那熟悉又带点怯怯的声音，期待那让他一如既往心跳的声音，却被手机里粗声大气的质问打得粉碎，打得他没了方向，还觍着脸对女服务员逗贫遮丑，走在街上，委屈得像个没娘的孩子，头大脚轻地上了出租车。

夏克明洗完澡，觉着精神好了点，坐在书案前为牛大姐的儿子分析股票。他不停做着记录，十几只股票既有蓝筹股，也有垃圾股，有的经历过巨大涨幅，也有熊途漫漫的次新股，丝毫看不出购买者的思路。

当他按着邮箱地址把股票分析意见发给牛大姐儿子的时候，手机响了。夏克明看见屏幕上显示着米安琪，心中骤然缩紧，精神为之大振。

短信打开只有三个字：睡了吗？

夏克明像嗑了药，哆哆嗦嗦地输入：很想你。一霎转念，又给删除了，重新输入：贾总吗？想起老同学了？

时间的长短是个很主观的感觉，夏克明再看见米安琪回复的短信，好像已经被煎熬了很久。

"中午是个意外，现在我和女儿睡在大屋，上周咱班同学聚会，许晴除了给你我的电话，她还说什么了？"

"说你结婚了，女儿七岁，再三强调不许我给你打电话，还恶心兮兮地说：原因你懂的。只允许我等你的电话，我差点没吐了。自从那刻开始我就分分秒秒等你的来电。"

"这么多年没见，你比以前更贫了，前天给你电话，你没接。"

"手机丢朋友家了。同学聚会后回家，我就一遍遍地听《阿细跳月》，你还记着吗？"

"高二新年篝火晚会，我们跳的集体舞，你弹吉他唱《花祭》，现在有时听到《花祭》，还会想起来。"

"什么？"

"篝火边，你唱歌的样子。"

"还能想起什么？"

"没了，你为什么还不结婚？"

"黑暗的楼道里，我第一次接吻，和你。"夏克明看着幽蓝的信封飞旋出屏幕。

"你记错人了吧？请原谅，我不记得了。"

"我送你回家，你也不记得了？"

"你记错了吧？那晚上我不是和你一起走的。你太逗了，编小说呢？"

夏克明心里的篝火猛地被一桶冰水泼得灰飞烟灭，他真的怀疑自己记错了，不可能！那些百转千回的影像陪他度过了多少孤寂，难道全是自己的幻象？

"怎么了？你生气了？"米安琪的短信里还加着个笑嘻嘻的鬼脸。

"对不起，可能是你值得记住的东西太多了，把多余的记忆挤出去了。"

"女儿睡得不熟，不聊了，方便时我联系你，晚安！"

夏克明盯着手机发呆。少顷，在屏幕上轻轻划动，手机里送出《花祭》的歌声：

"你是不是不愿意留下来陪我？你是不是春天一过就要走开？真心的花才开，你却要随候鸟飞走，留下来，留下来……"

第三章
黑白道

九

土枪喷火之前，夏克明记得小良子狠狠地向后推了他一把。

电脑里播放着约翰·休斯顿编剧的老片《宝石岭》。夏克明的目光虽然停留在屏幕上，但米安琪时不时地又会闯进他的脑子。黑暗的楼道里，他将米安琪按在墙上，试探地接近她的双唇，从未体验过这种柔软冰凉的感觉……

凌晨时分，小良子电话里说："出事了，把家伙拿来。"

几分钟后，夏克明给手机换了张卡，按着来电显示打过去，"嘀——嘀……"的声音在夜里格外清晰嘹亮，就在他要挂断电话的时候，那边接听了。

"谁啊？"一个河南口音的老妇，夏克明立刻挂断手机，快步穿过卧室，走进衣帽间，拉开墙角的咖啡色柜门，露出一个灰色的保险箱，他蹲下来回旋转着保险箱的锁头。

夏克明拿着三捆钞票站在卫生间的马桶前，扯断盖着银行小红签章的白色封条扔进马桶，耳边骤然响起冲水声。他用毛巾仔细擦掉钞票上的指纹，放进报纸包好。

夏克明锁上房门，没进电梯，直接推开厚重的消防铁门跑下楼道。下了两层，走到安装在墙上的红色消防玻璃柜前，他踮起脚尖，伸直胳膊，从玻璃柜顶部摸到油纸扎裹的土枪。

空旷寂寥的大街上，只有出租车偶尔驶过。夏克明站在亚运村漂亮广场长长的廊前四下张望，一辆出租车停在不远处的路边，小良子只穿了背心短裤正俯身下车。

"不能再进去了，再进去还不如死呢。"小良子深深吸了口烟。

"说不清了？"夏克明问。

"胡同里只有我和臭三，那看场子的傻逼死在路灯底下，现在臭三跑了，你说，我说得清吗？谁被抓，谁顶罪，操他妈，真够背的。"

"钱和枪在里面。"夏克明脱下风衣递给他。

小良子穿上风衣,按按两边衣袋,看着夏克明点点头。

"傻逼,深更半夜干吗呢?"马路的斜对面晃过来三个土鳖,都穿着超级肥大的牛仔裤,腰间挂着的破铁链子摇来晃去。

眼看着几个土鳖已到近前,夏克明心想真够背运的。

几个土鳖离他们一米左右站住,为首的高个儿歪着头扬扬下巴:"上根烟。"

小良子从裤兜掏出烟火递给他,高个儿土鳖在给几个人分烟,夏克明和小良子转身想走。

"傻逼,让你俩走了吗?给俩钱儿再走。"

夏克明意识到小良子转身的时候趁机把土枪掏出来藏到背后,他听到窸窸窣窣的油纸声。夏克明赶紧摸出200块钱探身递过去。

"再掏!"高个子咬着烟嘴儿蛮横地说。另外几只狼眼盯着他们露出凶光。

"再掏就这个了。"小良子慢慢抬起胳膊,举起土枪对着高个儿。

"我操!"不知是土鳖中谁发出的惊叹。

"傻逼,还要吗?给脸不要脸!"小良子拨开了保险。

夏克明拉着小良子转身欲走,高个子冲上来。

土枪喷火的瞬间,夏克明抬了一下小良子的手腕,小良子狠狠地向后推了他一把,高个子"扑通"跪倒在地上,小良子飞起一脚,高个儿的下巴发出"咔嚓"的一声,鼻孔里滋出两道黑血。

十

沉沉夜色中，夏克明朝楼下招招手，然后拉上卧室和客厅的窗帘。不多时，小良子蹑手蹑脚推门进来。餐桌上方的灯泡亮了，淡绿色的通体砖上交错着两个巨大的阴影。

小良子身子一歪，倒在铺着毛巾被的破沙发上，长长叹了口气，接过夏克明递过来的罐啤"咕咚咕咚"地喝着。

"夏克明，待一会儿我就走。"小良子咬着下嘴唇，眼睛哀伤地看着他。

"不许出去；不许打电话；不许拉窗帘；不许弄出一点动静；吃喝冰箱里有，我也会给你再送来。可以上网看电影戴上耳机；可以做俯卧撑；记住撒尿不能砸出水声，冲马桶要在早上六点以后，七点以前。这破楼不隔音，下面的老张头耳贼，这段时间他出去晨练。"

夏克明一口气说完，用手扒拉开小良子伸直的腿，坐在沙发上小口呷着啤酒。

"可以打飞机吗？"小良子一脸的贱笑。

"你丫现在只能在这熬，熬到警察在外面把臭三抓住。谁出去晃悠，谁先进去顶罪。"

"哥们儿39了，在新疆蹲大牢18年，刚他妈回来几年又摊上这事。前几天一小女孩问我干什么的，我想了半天，咱是干什么的？职业罪犯呗！"

"把手机给我。"夏克明伸出手看着小良子。

"里面有那女孩的电话。"小良子极不情愿地从裤兜里掏出来。夏克明拿过来就关机了。

"从小咱胡同里的大人都说我最坏，然后是曹剑，其实你丫比谁心眼儿都多，真的！"小良子探身从茶几上又拿过个罐啤。

"大人的眼睛都长在腚眼儿上了。"

小良子笑着把刚喝进去的酒水喷出来，夏克明狠狠地瞪了他一眼。

"你和曹剑联系过吗?"夏克明好像想起什么突然问。

"那傻逼是个鸡贼，我有半年没搭理他了，他干吗呢?"

"别操心他了，我撤了，你也别洗直接睡吧!"夏克明起身，地上的阴影随之拉长。

"谢谢你抬了下我的手腕。"小良子说着指指茶几上的土枪和钱。

"你收着吧。"

夏克明站在黑洞洞的楼道里听了听，按亮楼道里的灯泡，走了。

十一

两周后一天的中午，夏克明正在他隐秘的"山洞"里看着北京科教频道的《法制进行时》，突然接到了小良子的电话。

"猜猜我是谁?"小良子极端无耻的声音。

"你丫怎么跑出来了?"夏克明问。

"我是周——润——发。"小良子学着广老冒的口音。

"你丫疯了? 赶紧滚回去!"夏克明摔了电话，他坐不住了。这阵子他总是隔三差五在深夜过去给小良子买些吃喝杂志，上次见他情绪低落，也没在意，夏克明此时有些后悔。

半小时后，夏克明拎着食品袋走进小区阴凉的楼道。

"警察太笨，怎么还抓不住臭三啊?"小良子捶头击胸，近乎绝望。

"你给警察提供个线索?"夏克明说。

"别操蛋，说什么呢? 不过要有线索，我倒真想给。"小良子笑了。

"这比坐牢怎么样？要是待腻了，就自己去监狱，别他妈连累我。"夏克明忍来忍去，还是发作了。

"你在我家喝点绿豆粥，刚熬的，解暑降温，下回来别忘了带点六必居的小酱菜，我就得意那口儿。"小良子好像没听见，蹿进厨房。

"我托人去打听了，只要臭三被抓住，里面的人就会告诉我。"夏克明说。

"臭三肯定也盼着我被抓住呢。"小良子端着两碗粥放到桌上。

夏克明手机"嗞嗞"地震动起来，小良子紧张地盯着他，夏克明指指房门，推开走了。

夏克明快步出了小区，拐过一条小街，站在树荫下给曹剑打电话。

"为情所困，我陷入情网了。"

听着曹剑有气无力的声音，夏克明问："让你查的事弄清楚没有？"

"我以人民币发誓，姚珍爱太有情调了，你绝对想错了，挨揍就自认倒霉吧！"

"你丫快挨揍了，没事我挂了。"

"别，再给我点钱……"

"一万块钱都花了？"

"和有情调的女人在一起总得吃点精饲料，去点雅致的地方吧？实话告诉你，一万元花出去，我还没打冲锋呢。"

"去你妈的！"夏克明挂断了电话。

眨眼的工夫，曹剑的电话又打了过来。

"再拿两万元，算我借的，行吗？"

"说实话，钱呢？"

"骗你是孙子，鲍鱼、龙虾都吃了，你知道'维多利亚的秘密'吗？"

"谁的秘密？"夏克明皱了皱眉。

"我靠，美国高档内衣品牌——维多利亚的秘密，光一小奶杯就2200，小底裤800。我都给她买了，但也就是在公园、酒吧、咖啡厅里腻腻，人家特有情调，你当初就没看出来？"

"操你大爷曹剑，你丫掉井里了，自己爬上来！"

"夏克明，明儿中午咱见个面？"

"中午有事，晚上吧！"

夏克明低着头走到大街上，看着来来往往匆匆而行的人车好像都很忙，他真想大喊一声：一个个直眉瞪眼瞎忙什么呢？

夏克明想不出自己该去哪儿。他摸出手机，百无聊赖地翻着电话簿，米安琪？犹豫再三也没拨出去。牛守礼？谁是牛守礼？他突然想起就是让他帮忙分析股票——牛老太太的倒霉儿子，明天中午和他有个约会。

十二

夏克明按着牛守礼短信上的指示，进了体育馆的大门，向左转再向右，一幢坐北朝南两层高的古铜色仿旧木楼出现在眼前。门前空地孤零零地停着辆黑色奔驰，挡风玻璃上贴着套红白底的通行证，两个醒目惹眼的红字：警备，让人感到莫名的威慑。

他走进自动双开玻璃门，穿着旗袍的小女孩笑盈盈地迎上来。

"先生，您的会员卡。"

夏克明还未答话，几米外一个穿着黑西装、戴眼镜的男人朝小女孩摆摆手，已快步到近前。

"您是夏先生？"

木楼的进深在出乎意料中延伸，夏克明跟在他身后，经过一间间颇为豪气粗犷寂静无人的木屋向最深处走去。

眼镜男为他轻挑珠帘，屋内光照充足明亮，一个大头宽脸的高大男人坐在三人长沙发正中，此时他已起身，厚嘴唇绽出热情的笑。

"夏老弟，夏老弟吧？"

夏克明握住他宽厚的胖手，恍惚觉着牛守礼的声音似曾相识。他竟一时语障，努力回忆搜索中，望着牛守礼浮着一层腻腻油光的肥脸。

"牛总，我先出去了。"

牛守礼并没搭理眼镜男，另一只手拍着夏克明的肩膀，笑脸更加灿烂。

"牛总。"夏克明也随之叫了一声。

"什么总？太外道！看得起我就叫声牛哥，要不然叫守礼也行，咱们既是邻居，我就把你当小老弟了。"

"高攀了，牛哥。"

牛守礼连连答应着，夏克明在他的推让下坐在单人沙发上。

"牛总点菜吗？"刚才的小女孩撩开珠帘问道。

"随便吃点，弄些清淡的？"夏克明对牛守礼询问的目光点点头。

"都不是外人，你看着搭配，来个硬菜，别忘了我的最爱——莴笋叶蘸大酱。把普洱茶拿来。"女孩听了牛总的吩咐，转身落下珠帘走了。

夏克明望着落地窗外的一洼池塘，几片硕大的荷叶在正午的阳光下有些颓了。

"怎么样？我这小天地还凑合？"

"真是闹中取静，这会所是您开的？"夏克明问。

"不是我的，胜似我的。"牛守礼卖着关子，沉重的上身压着沙发靠垫，向后努力舒展着腰背。

"我是开发公司的，体制内的人，比不了你老弟金融大鳄，听我家老太太说了：你是个大孝子，给你妈买了个三室两厅。你妈还说你是点石成金，买什么，什么涨，你老弟身不动膀不摇，敲敲电脑钞票打脸，佩服！"

夏克明虽然觉着牛总有点虚头巴脑，但说话待人却让他很舒服。

"说真的，我特喜欢和你这种有本事的年轻人交朋友，特别仰慕像你这样有真功夫的人。不是恭维你，我也犯不着恭维你，咱这社会太不珍惜人才，上次你建议我出货，让我躲过了这轮股票大跌，虽然没挣钱，但少赔多少钱？少赔就是赚，对吧？"

夏克明觉着自己的脸开始发烫，担心这么聊下去有点吃不消。不过这牛总倒是蛮有良心的，自己没当一回事早忘了，他倒记挂在心上。

女孩端着红漆托盘进来，跪在茶几旁摆上几样精致的小菜。

"我一般不喝酒也忘了帮你要酒，喝什么自己要，啤酒：爱尔兰黑啤、嘉士伯、百威；白酒：茅台、五粮液；红酒有勃艮第、波尔多各大名庄的。"

夏克明连连摆手。

"说啊！叫我牛哥，就不许见外！喝什么？"急得牛总把刚拿起的筷子拍在桌上。

"我也喝茶吧！"夏克明说。

"好选择！"牛总欢喜地忍不住直拍夏克明的肩膀，又抚摸着自己的大肚囊子说，"品品我的：2000年的树龄——巴达山古树独树饼。比金子还贵，喝下去清热、消暑、解毒、化食、去肥腻、利水、通便、祛风解表、止咳生津、益力气、延年益寿。"

夏克明忍不住大笑，心想这个牛总真是个牛蛋，不上天桥说段儿贯口真是可惜了。

"哥哥口才还凑合吧？我们这些人都是嘴把式，几十年如一日陪人吃饭练出来的口贩子，不像你是真材实料。"

夏克明实在消受不了如此无私的妄自菲薄颂扬别人，逼得他连连摇头摆脑。

女孩又缓缓跪在茶几前，为两人各端上一大盅红烧梅花参，参肥嘟嘟的，通体色泽红亮，长着梅花瓣状的肉刺，放在黄金盅的白色托盘里配上百灵菇和翠油菜煞是好看。

"你是怎么看出股市要跌的？有消息吗？"牛总嘴里清脆有声地嚼着油菜。

"我不看报纸、不听广播，只需要一台电脑，判断涨跌凭波浪分析。"

"什么是波浪分析？"

夏克明放下筷子，想了想说："把连续的K线图看成是起起伏伏的海浪，根据海浪波动的运行规律，预测未来走势的涨跌。"

"听着有点玄乎，大家都会了这波浪分析，不是人人都能赚钱了吗？"牛总说。

夏克明笑了。

"我外行，不懂啊！瞎问。"牛总说。

"波浪分析是美国人艾略特发明的。但有点像咱们的中医，或易经，主要看个人的天分与这门学问的缘分。一张K线图摆在几个人的眼前，就会得出几种不同的分析结论，但只有一种判断是对的……"

"看错了赔钱，看对了赚钱？"

夏克明咬下段梅花参，油腻香淖入口即化。

"你总能看对吗？"牛总问。

"说实话，是不是太骄傲了？"

"老弟，哥哥真为你高兴。但你怎么就能看对呢？这不成特异功能了？"

"不敢说次次对，但十次对八次就了不得了，是不是？"

"敢情！老弟这都是心血堆积起来的见识，但股市要天天跌，你再会分析也赚不到钱啊？"

"我主要做黄金杠杆交易，熊市里不碰股票。"

"哎呀！更了不得了，再给哥哥好好上堂课。"牛总的虔诚好学足以让他感动。夏克明滔滔不绝地说着，意识驰疾如电，但大脑的一角却清晰地告诉他：遇到这样的捧杀，你就变成了弱智。

当他们站在门前双手紧握依依惜别的时候，牛总发表着最后的感慨："咱俩老妈一楼住着，居然没见过面，想想都让人惭愧。老弟，牛哥多说一句，你别介意，以后常回家看看老太太，光有物质是不够的，她们还需要精神的慰藉。老人养育我们不容易，咱中国人就讲个孝道，我对老太太的原则是百依百顺。"

牛总一坨一坨的硬道理，砸得夏克明勉强点头。说话间，被他强让进楼前的黑色奔驰。

奔驰驶进人车拥挤的街道，骤然间警笛大作。眼镜男打开警用电喇叭，"靠边！说你呢！"

眼镜男的声音听起来粗粝彪悍。夏克明不禁油然生起对自己的敬意，他撩开白纱帘，看见车窗外众人愤怒的目光，一张张嘴冲着他对口型：傻逼！臭傻逼！

夏克明赶紧垂手低头，像做了什么伤天害理的糗事。他想到牛总天天拉着警笛招摇过市，不能不倍感敬佩，这是怎样坚如磐石的心理素质才能对别人的憎恨视而不见？

第四章

底牌

十三

透过餐厅巨大的玻璃窗，曹剑穿着淡粉色短袖衬衫，白色小立领衬托着棱角分明的脸很有些成功人士的味道。对面的姚珍爱映衬出侧面的俏脸，上身合体的肉粉色薄衫让人想入非非。驾驶座上的出租车司机歪头看着直咽唾沫。

"那女的是您老婆？"出租车司机问。

"没关系。"后排的夏克明看见穿小马甲的女服务员给姚珍爱端上一瓷碗。她拿起小勺细细地搅动。

"这顿饭钱够我两天车份儿的。"出租车司机抓起粗大的塑料水瓶猛灌了两口。

"您是公安局的？"

夏克明仍然没吭声。

"哪个是你们的人？男的还是女的？"出租车司机问。

"男的。"夏克明说。

一辆绿色的宝马5系完美精确地画了个短促的弧线，紧挨着出租车的车头戛然停下。出租车司机吓了一跳，嘴里不干不净地骂着。

夏克明回头看了眼停在后面的长城SUV，曹剑爱车到了变态的程度，无论春夏秋冬雨雪霾尘，大白色的车身永远保持着锃锃闪闪一尘不染。

小良子有次骂他："这破车又不是女人，天天早晚趴在它身上蹭啊蹭，真他妈二！"

曹剑不言不语，依然一丝不苟地擦着车。小良子突然口中飞出酽痰，被风吹出了弧度，颤颤悠悠地挂在车门的下沿上，晃晃地拉长。

曹剑的脸立时变青，对着他怒目而视："你丫臭屁眼儿往哪喷稀呢?"

夏克明记得这是从小到大曹剑第一次声色俱厉地辱骂小良子。转眼间,曹剑被小良子锁喉按在车门上,当夏克明拉开小良子时,曹剑转身趴在车身上好像哭了。

"快瞧,你那个同志凑上去了。"司机说。

曹剑的脸快被欲望烧焦了,狠狠搂过姚珍爱的细腰,龇牙咧嘴地往她脸上拱。

"你们是公安吗?"出租车司机问。

姚珍爱轻轻吻了下曹剑的双唇。

"这活儿不错,我也能干。"出租车司机自语。

两人手拉手,出了转门,走到路边的绿色宝马前。曹剑终于松开手,姚珍爱却软软地靠上来温炙地抱了抱他,像在哄一个委屈任性的孩子。随即带着妩媚的笑,坚决地推开欲罢不能的曹剑,转身走向绿色宝马前面停着的红色凯美瑞。曹剑痴痴地站在原地卖呆。

夏克明捅捅看傻了的出租车司机,塞给他100元,拉开车门迅捷地跑到后面,闪身上了曹剑的长城SUV。

"看见了吗?哥们儿真陷进去了。"曹剑耳朵上的小肉瘤红得快要滴血了,一头栽到方向盘上。

姚珍爱的红色凯美瑞驶上主道,夏克明给了曹剑一拳。曹剑点着火,把轮向右打死,避让过出租车的车尾,刚要提速猛地被冷不防拐出来的绿色宝马给别住,曹剑狠狠踩了一脚刹车。

"用你的慧眼好好看看,姚珍爱是不是也爱上我了。跟你说句不怕寒碜的话,哥们儿只要闭上眼,我靠!全是她,信不信由你。36了,从来没有过。"

宝马的刹车灯亮了,曹剑减缓车速,夏克明紧绷脸,默默不语。

"说句话啊!叫你来看看,是想听你的意见,你丫怎么死鱼不张嘴？是不是有点醋意？"

"快一个月了，你怎么不上她？"夏克明问。

"她特保守，特怕对不起老公。跟我说她特痛苦，既想着我，又总觉着愧对老公。像这么善良单纯的女人现在还有几个？"

"我替傻逼感到害臊。"夏克明淡淡地说。

"是我请你来，可你也愿意来看看，看了又吃醋，没劲！这回知道我的魅力了吧？"

十字路口亮了绿色的左转指示灯，红色凯美瑞拐了过去，绿色宝马的左转灯也在持续不断地闪亮。

十四

红色凯美瑞左转后，右转灯马上闪烁起来，驶进一家饭店的停车场，绿色宝马跟着鱼贯而入。

"看见了吗？"夏克明问。

"她跟我说要回公司签合同。"曹剑虚弱地说。

"停下，去看看！"夏克明说。

两人将车停在路边，向饭店跑去。

门童拉开高大的玻璃门，夏克明一眼就看见远处服务台前站着的姚珍爱，旁边紧挨着小个子搂着她的腰不住地摩挲着。曹剑涨红了脸，惊愕地瞅着夏克明。

"我废了丫的！"曹剑发出低吼欲向前冲。

"她老公散打拿过名次。"夏克明提醒曹剑。

"你没认错？"曹剑原地僵立，迟疑地问。

夏克明没搭腔，径自走到身后的窗户前，曹剑也跟了过来。夏克明从玻璃的反射中看见姚珍爱和小个子走进电梯，他跑到电梯前，黑色的液晶显示屏显示出五，电梯在下降，数字快速地变化：三、二、一。

　　刚出电梯，两人都听到楼道里传出房门锁头喀哒的闭合声，他们踮着脚尖走到门旁，里面传出姚珍爱的叫喊。

　　"你连回家都等不及了？撒手，弄疼了！"

　　"我差点下车把那龟孙的蛋给捏碎了。"

　　"你不就喜欢看吗？我特意安排那傻帽站在宝马前对我发骚，让你爽死！好好看看你老婆的魅力。"姚珍爱的声音变得柔和了。

　　曹剑侧耳趴到门上，喉结涌动，不停地咽唾沫，额头渗出细汗，脸也刷成了土灰色，身后响起脚步声，一个身穿灰色制服的保安正朝他们走过来。

　　"那屋正卖淫嫖娼呢，赶快报警吧。"擦肩而过时，夏克明丢下一句，保安疑惑地注视着他们的背影。

　　夏克明搀扶着虚脱无力的曹剑走到停车场，找到车头冲着灰砖墙的绿色宝马记住车号。

　　"你……说怎么办？回去废了他？"曹剑像一捆烂菜叶瘫散在爱车的驾驶座上，断断续续地问。

　　夏克明对着后视镜，看看眼眶上仍显鲜红的嫩疤，淡淡地说："你龟孙敢吗？不怕蛋被捏碎了？"

　　"就这么算了？你也当过龟孙，还挨过他一顿臭揍。"曹剑说。

　　"别激我，眼眶上缝了五针，我没忘。"夏克明说。

　　"看来我还算幸运，该念佛了。"曹剑双手捂在裤裆上。

　　"你给她花了多少钱？"

　　"前后20000多。"曹剑痛苦地答道。

　　"等他们出来，先摸清这龟孙的老窝。"夏克明说。

　　曹剑开车掉头，将保定产长城SUV停在饭店对面。两人沉默无语地坐在车内，望着饭店入口发呆。

十五

两边黑茫茫的开阔地夹着一条笔直的乡镇公路直通香山脚下。夜幕下，公路照明不足，绿色宝马的车身隐没在黑幕中，雪亮的尾灯转瞬迷失，飞驰冲下坡道。

夏克明让曹剑关闭大灯，远远地尾随着绿色宝马。不多时，右前方出现了一片亮点。

"快开，跟上去，就是那片小区。"夏克明说。

长城SUV猛然提速，驰入向下坡道，两人眼前豁然一亮。小区气派的欧式大门吊挂着串串彩灯，最前面的红色凯美瑞和宝马右转灯相继闪动。

"顶着宝马的屁股跟进去。"夏克明说。

门卫控制的不锈钢栏杆缓缓升起，三辆车鱼贯驶入。

黑暗中，夏克明看着小个子搂着姚珍爱上了一幢联排别墅的台阶。曹剑张着大嘴，仍然傻呆呆地望着——屋内亮起了灯。

"走吧！还想进去当调料？"夏克明问。

曹剑唉声叹气地开车出了小区，栏杆在车身后落下的时候，夏克明的手机又收到了牛总的短信邀请。

这一次，两人赤身相见。顶似穹庐静谧空旷的浴室里，几个白衣侍者垂手立于彩釉墙砖拼绘的巨幅伊甸园壁画前，一汪蓝色的池水旁，裸体的夏克明正四处张望。

异形曲转的水池尽头是一座怪石嶙峋的人造莽山，透过锯齿獠牙般的山洞口，牛总躺在里面暗处的冲浪按摩床上正向他挥手。

他蹚过齐腰深温热清澈的池水进入洞口。牛总微微起身，指指旁边的按摩石床。夏克明手臂前伸，触摸黑色感应器上猩红的亮点，躺入水中的石床，立刻享受到石床分布的气孔里急速喷射的水柱对周身冲震的惬意。

"夏老弟，来过这儿吗？"牛总问。

"刚有钱时经常来。"话一出口，他顿感有些唐突无礼。

光线即使暗淡，夏克明也能察觉到他脸上显出了愠色，牛总重又安稳地躺下，浸泡在水中。高高隆起的大肚皮似圆圆的锅底凸显在水面上，活像沸水中仰面浮起的牛蛙闷声不响地隐忍着。

十几分钟后，他们穿着宽大的浴服，趿拉着拖鞋坐到了昏暗的餐厅里。而在更衣时，夏克明注意到牛守礼盯着自己的屁股露出专注惊诧的目光，顿时升起一丝隐隐的不快，即便此刻，仍像余烟萦绕挥之不去。

"夏老弟，能帮个忙吗？"牛总搓着浴后红彤彤的大脸诚恳地问。

夏克明不免警觉地放下筷子轻声说："有话直说，别客气。"

牛总笑了，点点头道："帮我做黄金杠杆交易，我出50万，赚了对半分，赔了对半担。"

"赚了我分六成，赔了你自己担。"夏克明说完，继续啃着油亮的烧鹅腿。

"我没听错吧？"牛总上嘴唇轻微抽搐了一下。

"如果对一般的俗手，牛哥开的条件够肥，但对我这样的，就有点瘦了。而且你的本金太小。"

"夏老弟，我是体制内的人，不怕你笑话，这点钱还是我一张张虚开发票攒的呢。你不能和我做生意，我说了你是帮我忙。"牛总说。

夏克明笑了，想到牛总会所的气派场面；喝着比金子还贵的普洱茶；拉着警笛的奔驰；再看看现在面前有点低三下四的他——敢情是个空心大萝卜。

"好，牛哥，就按你刚才说的。"

牛总的笑脸还未完全展开，桌上他的手机就响了。

"回什么家？我和一兄弟正谈事呢。"牛总说完，拿出根牙签衔在嘴里，电话里传出模糊的女声。

"行啦，行啦！"牛总挂断了手机。

夏克明突然隐约觉着牛总的声音确实似曾相闻。

"我老婆，烦人。"牛总边说边拿过大扎的鲜榨橙汁倒进杯里。

与此同时，夏克明的手机屏亮起蓝光，显示出：米安琪。铃声才响，他抓起来就接通了。

"明天中午有时间吗？"米安琪直白地问。

"有，……"

牛总眯起眼睛，好像也在留意地听着。他不自觉地向后仰了仰身。牛总看着他笑了笑。

"听我妈说，你还没结婚？"牛总问。

夏克明放下电话，"没人要。"

"有钱、年轻、一身的武艺，你就玩吧，小心玩出火来。"

这次两人端着杯子愉快地笑起来。特别是夏克明想着明天和米安琪的约会，笑得特别开心。

第五章

红尘颠倒

十六

淅淅沥沥的雨水打花了车窗玻璃。夏克明焦躁地望着阴郁的天空，云层越来越厚，越来越黑，车内更加幽暗了。

狭长的车流仿佛是筋疲力尽的伤者挣扎着缓缓前移。他乞求手机千万不要响，不要响——担忧米安琪突然来电取消约会。

这么多年过去，你变了多少？她会不会早已发福？脂肪充盈了腰胯间迷人的弧线？不会的！米安琪一定风韵正茂。久别重逢，蓬门今始为君开。夏克明的念头如四射飞溅的火星。经书说：人每日有10000多个念头。他原来不信，此时此刻，深信不疑。

四周的一切瞬间被出其不意降临的黑暗一口吞噬，像没窗的房间砰地关上了门。"我靠！"出租车司机发出惊叹，大街上顿时摇射出一片魔幻般的鬼魅，红灯、绿灯、黄灯烁亮闪闪，似妖怪的眼睛。

他闭上双目，看见少年的自己飞步跑出楼门，在黑黢黢的空地上仰起头，张望着米安琪黑洞洞的窗户，心在锥痛中缩紧，耻辱的震颤令他窒息，窒息中潸然流下冰凉的泪。

突然而至的影像，使他呼吸急促，额头渗出涔涔的冷汗，夏克明迅速睁开眼睛，努力摆脱这白日的噩梦。

出租车停在路边的时候，风车推着积卷的云一路向西，暗室的房门似乎被重新开启，四周渐渐露出光亮。

半年以后，夏克明躺在医院的病床上偶然回想起今天相见的一幕，记忆的底片很多都被曝光，挑挑拣拣勉强拼凑几幅模糊的画面，而见到米安琪最初的刹那是怎样的情景，他却是铭刻不忘。

酒楼门口，两人瞬间的对视，还来不及掩饰已匆匆躲避。米安琪眼光中没有丝毫的激情与暧昧，只有脸上从容大方的笑，笑得他失望和不自然，笑得他忽视了她依然保持的迷人曲线。

雅间里，两人坐定后，米安琪微笑地注视着他，好像在安抚他刚刚若有所失的怅然。夏克明将菜谱推给她。

米安琪要了条清蒸石斑鱼，他点了宫保鸡丁。

"记着你请我吃宫保鸡丁吗？"夏克明问。

"还说呢，你把我气哭了。当时真希望有块鸡骨头把你卡死。"

夏克明笑了，好久没这么由衷地笑了。对面的米安琪在和他一起笑，笑得有点傻，短袖淡蓝色的丝织短衫绷紧隆出的胸部，领口别着枚珐琅贝壳别针很是精致，纤细的黑皮表带衬着藕白如脂的手腕透出优雅的气息。

"你为什么请我吃宫保鸡丁？"夏克明问。

"可怜你呗，你妈把你额头打出一道大口子。我的记忆还可以吧？"米安琪细细地挑着鱼肉。

"我妈为什么打我？"

"因为你上课耍流氓。"米安琪咯咯地笑起来，用筷子指着夏克明说，"你那时候太坏，每天上课看小说，看累了就对旁边的女生毛手毛脚耍流氓。"

"我是流氓，而且是用情专一的流氓，好像只对你毛手毛脚。"

米安琪脸红了，嘴角闪现过夏克明往昔熟悉的笑意。他把手伸过去，"久别重逢，应该握握手，来补上。"

米安琪笑盈盈地递过去半截儿筷子头。

夏克明抓住她握筷子的手，筷子被他另一只手轻轻抽出，夏克明揉捏着米安琪的小手，一时忘情，似水绵软有形无骨的感觉让他浑身绷紧。

"松开吧，人老了，手也老了。"米安琪说。

"我记着你原来没这么丰满呀？"夏克明冲着米安琪隆起的胸部努努嘴。

"你妈现在打不动你了吧？"米安琪涨红了脸抽出手。

"我妈天天忙着震撼宇宙呢。"

米安琪愣了，待夏克明告诉她究竟，她又笑不可支了。

"知道许晴怎么说你吗？"

夏克明摇摇头，米安琪话未出口，自己先忍俊不禁。

"她说同学聚会时，你就像走错了门的土老帽，露了一脸谁也没理，憷憷懂懂地转身走了。"

"许晴太夸张，替我转告她：这是女人步入老年的征兆，至少我向她要了你的电话。"

米安琪低头不再吭声。

"你怎么没去？"夏克明问。

"老公不让去。"米安琪说。

"怕你碰见我？"

"我老公根本不知道你的存在。他是担心我的初恋死灰复燃。"

"他有先见之明，知道你一直是堆干柴，就怕被我点燃。"

米安琪含讥带讽地说："我真羡慕你，自我感觉老这么好。你不是我的初恋好吗？"

夏克明像被人迎面拍砖，双眼直勾勾地看着她，米安琪不像开玩笑。

"谁是你的初恋？"夏克明问。

"李鹤鸣，咱班长。"米安琪平静地扔出一枚炸弹。

夏克明排除万难，昏头涨脑地快速检索着那张脸——一副眼镜后面藏着超龄城府的双眼，刻薄的薄唇上挂着虚伪的笑容，篮球场上摆姿弄态的投篮。"李鹤鸣是你的初恋？我靠，那我算什么？"

"高中毕业前，我要不是和他纠缠，本来可以考上第一志愿，那时你都退学走了。"米安琪说。

"篝火晚会那晚上，我们在楼道里接吻，你敢不承认？后来回家的路上下起大雨，你躲在我雨衣里，咱俩紧紧地搂抱在一起，都不记着了？你家楼门口，我抱你上楼，你还赖着不肯走。"

夏克明觉着自己的嗓子哑了，脸颊烧得烫手，他再也无法掩饰，盯着脸上同样铺满红晕微启双唇的米安琪。

"我承认，你确实让我心跳过。我也喜欢和你说话，觉着你有意思，甚至你耍无赖，我也不真和你计较，但你不是我的初恋，那时你是坏学生，我不可能和你发生这些。夏克明，你记错人了。你怎么会……我想起来了，篝火晚会我和许晴在一起，而且是我俩一起回家的。"

"不敢承认就算了，犯不上拉个死党做证人，就算我自作多情的梦幻吧。"

米安琪低眉垂眼赌气地鼓起粉腮，夏克明舔舔干燥的双唇。他一直顽固地认为，男人是否真爱一个女人就看她生气时你是否会厌恶她的冷脸，而米安琪生气时的模样夏克明一直觉着令人怜爱。

当年高中上早自习，夏克明总恬不知耻地让米安琪帮他做没写的作业，只要她胆敢狠狠地把作业本摔回来，他接着就把本子丢给前面的许晴，每每此时，米安琪便是眼前这副小样。

"你嫁了个什么好人家？"夏克明问。

"相貌英俊，身材高大，特别心细顾家。"米安琪说。

"事业平平的花瓶大都如此。"夏克明讪讪地说。

"我老公事业非常成功，他是MBA、国企高管、高尔夫俱乐部的理事长。"米安琪有如大地回春，心满意足之情溢于言表。"肯定不是游手好闲的混子。"此话出口，居然看着夏克明露出了笑意。

"你的初恋李鹤鸣是个游手好闲的混子？"夏克明歹毒地问。

米安琪笑吟吟地盯着他一字一句地说："我是指你，许晴说，一看就知道，你还是个游手好闲的混子。"

两人一前一后走出餐厅，雨又下大了，豆大的雨点砸在水坑里，溅起一个个水泡。

米安琪神色黯然，视而不见的眼神有点恍惚，茫然地望着街边熙来攘往的人车。夏克明心存内疚，很想说点什么逗她一笑，以弥补结账前那几句刻薄恶毒的反唇相讥。

但内心像冒着白烟的灰烬，涌动着有心无力的沮丧，默默地为她拉开出租车的门，一起坐进去。

车拐了几个弯，停在米安琪单位写字楼下面。她看都不看地掠过夏克明，匆匆含混地说声"BYE"，头也不回地跑进雨中。

十七

卧室里，夏克明湿漉漉地站在穿衣镜前，伸手抹去上面薄薄一层灰尘，头发一绺绺黏在前额滴下水珠。穿了几年的旧衣裤松松垮垮潮乎乎地贴在身上，他从头到脚审视自己，努力找出"一看就知道还是个游手好闲混子的证据"。

他光着脚快步奔进衣帽间，东拉西扯，翻看着一件件平常穿得舒服妥帖的衣裤。忽然间，都变得破旧邋遢。上次买衣服是猴年马月他早忘了。夏克明的无名火直蹿上来，抻出红白蓝条的编织袋，连扯带拽将衣裤胡乱地塞进去，猛地一脚踢进墙角。

心灰意冷的他踱进卫生间，贪婪地望着窗户下的白瓷单体浴缸，真想放满水一头扎进去溺死自己。

夏克明迈进浴缸，阴郁的天完全黑暗下来。拉开窗户，悠悠然飘进诱人的菜香。从小到大蹉跎得物是人非，早已面目全非事事休，唯有这香味清晰持久，一闻到傍晚空气中弥漫着炒勺爆锅时的葱姜香，眼前就会浮现出黄昏中儿时玩耍的胡同。

饥肠辘辘的他和曹剑、小良子靠着电线杆子争先恐后地猜着：西红柿炒鸡蛋、烧茄子、肉丝炒蒜苗。小良子突然喊道：好大的胆子！谁家炖排骨呢？他们含着满嘴的口水沿着墙边寻着肉香溜过去。

夏克明身子向下一滑，盆水没顶，泪水混入浴水，嘴里吐出一串泡泡。

静默中，他忽地从水中冒出，水花坠溅，胡乱地抹抹脸，夏克明从窗台上拿过手机。

"曹剑，这两天陪我去买几件衣服，再，再买辆车。"

"出事了！出事了！我穿体面点，你说是玻璃耗子琉璃猫。我买辆车，你说是大国弱民的媚俗相。你接着蒸馏脱俗，接着玩个性，看看现在的小嫩芽子尿你这一壶吗？他们丫全是把吃汉堡当进化；把韩流当文化的二逼。你还觉着自己多清香可人呢？在他们眼里，你就是一泡粪。"

"又喝了？这么多话？"

"跟哥们儿说实话，什么样的小妖精让你甘愿媚俗，甘愿破费？"

"咱俩高中不是一学校的，说了你也不知道。"

"我知道，就是那个叫……叫米安琪是吧？你高中退学不就是因为她吗？我靠，你可真成，又勾搭上了？沉渣泛起，老蚌生珠，一定百感交集吧？"

"你知道个蛋！"

"我知道，我知道，你把人家按在床上欲行非礼，被她老爹回家正好撞上，差点把你劈了，告到学校，你不是被开除了就是自己没脸混退学了。夏克明，哥们儿这记性怎么样？小20年的陈粮我能一粒粒地数清楚。"

夏克明挂了电话，坐在浴缸里细细地刷着指甲。脑子里极力回忆自己高二上完没有？思绪的管子好像被屎堵住了，只有一个画面在脑屏里不稳定地晃动——他拎着军拎包摔门冲出教室，看见操场上满地的新雪。

同时，他也无法记起自己是如何进入米安琪的家，只记得一张整洁的钢管单人床，铺着平整洗得泛白的蓝底粉色碎花床单。紧靠窗户的书桌，桌面上压着玻璃板，里面有米安琪小时候的照片，挤出笑假装幸福状。

脑门儿上的热汗流过脸颊，他不愿再往下想，抬腿迈出浴缸，抓条大浴巾裹住下身，走进空旷的客厅，坐在书桌前晃动鼠标开始一天的工作。

第六章

开炉炼金

十八

鼠标不停地点击，硕大的液晶屏上黄金周期K线图快速变换，预设的技术分析条件均已满足，夏克明查看各时段的黄金浪形，做下单前的最后确认。

"牛总，今晚开炉炼金吧?"他发出短信。

"万事齐备，只等夏老弟的指令。是否需要账号密码?"

"我发短信给你下指令，炼金表演秀马上开始，预计时长三小时，目标收益率20%。操作规则：接到我的指令无条件执行，不许犹豫质疑。"

夏克明多希望收短信的是米安琪，让她知道我到底是"游手好闲的混子"，还是点石成金的操盘杀手?

"我刚安排了人，随时按我转发给她的短信下单，牛哥等你指令了。"

夏克明看着短信轻蔑地一笑，这个牛蛋其实从没打算过给自己账号和密码。

"950美元，正负误差两美元，做空60手。"

"949美元指令已成交。"

牛总的短信才刚显示，如有神助，黄金价位开始掉头急速下蹿，接连创出当日新低。

"30分钟左右后，935美元，正负误差两美元，将60手空单全部了结，并将盈利精确到元发给我。"

夏克明放下手机，从抽屉中取出爸爸的两寸照片轻轻立在液晶屏旁，又将一张光盘放入主机，点击鼠标，民乐合奏的《苏州河边》潺潺流出，蔡幸娟歌声甜美婉转，在郑进一辨识度极高的深厚嗓音伴衬下美轮美奂。这是爸爸当年最爱听的歌。

手机屏幕蓝光闪亮。

"936美元平仓了结，盈利781美元。佩服之至。爱死你的牛哥。"

"下面我表演空中加油，935美元，正负误差两美元，做多30手。一小时后黄金价位将重回950美元，到时我再发指令。"

"934美元指令已成交，老弟太刺激了！咱这不是在演电影吧？"

夏克明放下手机，看着爸爸照片笑了。

"老弟，真他妈又重回950美元了！你是大大的人才啊！"

"950美元，正负误差两美元，再做多30手。"夏克明回复了短信。

"950美元指令已成交，我手心都出汗了。"

夏克明眼前出现了牛总面红耳赤兴奋异常的面容。手机忽然"嘟嘟"地响起来了。

"你还没说买什么车呢？"曹剑问。

"什么车特大？特气派？能满足丧心病狂的虚荣心？"夏克明问。

"丧殡车大，车头挂朵大黑牡丹，绝对虚荣到头了。"

"200万上下的。"夏克明被逗乐了。

"买奥迪A8，黑色的。"

"满大街的奥迪，看见我就恶心。"

"奔驰、宝马？"曹剑问。

"不要，有合资嫌疑的不要。"夏克明说。

"保时捷卡宴怎么样？"曹剑问。

"好，名字好听，买卡宴。"

"您自己瞅一眼行吗？这又不是万儿八千的东西。"

"四个破胶皮轱辘举个铁皮箱子没什么好看的，有蓝色的吗？"

"我问问哥们儿。"

夏克明忍不住好奇，还是在电脑中搜索了卡宴的图片。心里对米安琪暗暗地说：让你开开眼，看看什么是"游手好闲的混子"。

还没等他发指令，牛总的电话直接追过来了。

"黄金970了，太刺激，我心脏受不了了，钱赚多少另说，关键是你太神了。服了，哥哥服了！"

"牛哥，雕虫小技，仓位全部了结。炼金表演到此结束，把盈利发给我。"

"别价啊！才12点半，老弟再耍两把。"

"你不累？"夏克明问。

"不累，耍一宿都不累，合理合法地明抢还敢说累，太不知好歹了。你老弟是国宝，当官的要认识你，谁还贪污受贿啊？"牛总异常诚恳地说。

"耍一宿太伤身子，牛哥，我累了，细水长流吧。"

夏克明挂了电话，眨眼的工夫，收到了牛总短信。

"今晚盈利总计24686.76美元，收益31%。请给个账号，我将盈利分成给你划过去。"

夏克明在爸爸的照片上轻轻吻了一下，小心翼翼地放回抽屉里。

十九

三天后，公安局的朋友告诉夏克明：臭三在河南信阳叔叔家落网，进去后全撂了，为歌厅看场子发生纠纷，他用灭火器连续重击受害人腹部，造成胃肠破裂死亡，虽无主观故意，但属过失杀人。朋友特别强调：臭三没咬别人。

小良子听夏克明说完问道："我有点不仗义吧？"

夏克明摇摇头说："该死鸡朝上，天火燎阴毛，全是他自己鬼催命定的。"

"过失杀人，怎么也得敲他十几下，我不救他，太不仗义了。"

夏克明"唰"的一声拉开窗帘，屋内大亮。

"现在你自由了，快去救他。"

"怎么救?"小良子问。

"驾驶阿帕奇武装直升机，扛着大力神火箭筒劫狱去。"夏克明推开窗户说。

"去你大爷的!"小良子被逗笑了。

"等判了以后，找机会帮他减刑。不过这可是看你的面，我根本不认识臭三、臭四的。"

"我除了这条命没什么可谢你的，想要的时候说句话。"小良子有点动情。夏克明赶紧掏出手机说:"你的手机，拿那30000块去外地待一阵子，等臭三判了再回来。"

小良子走了，夏克明在屋里转了一圈，处处收拾得干干净净，连厨房灶台上漆黑的锅底也被他擦得雪亮。

站在马桶前，夏克明拉下裤链，隐隐的恶臭扑鼻，他掀起马桶盖，"我操!"马桶中满满冒尖的屎尿熏得他直捯气儿，摔上盖子，抹着夺眶而出的泪水，冲到窗前给小良子打电话。

他的手机还没开，曹剑的电话却打进来了。

"在家吗? 我这就过来。"

曹剑笑嘻嘻地进了屋，"卡宴开过来了，下去看看?"

"你先帮我个忙。"夏克明说。

"没问题，卡宴借我开两天。"曹剑说着拉开冰箱，拿出罐啤酒。

"借你开四天。"

"说吧，干什么?"

"马桶有点堵，你帮我疏通疏通。"夏克明说。

"我靠!"曹剑发出惊悚的大叫，一步蹦进客厅。

"都他妈辣眼睛了，你攒金子呢?"曹剑连连啐着唾沫。

夏克明从厨房拎出蒸锅和勺子递给曹剑，不停地续着好话："卡宴你先开四天。五天，先开五天。"

"开七天，不算今天。"曹剑骂骂咧咧地接过家伙，夏克明躲进卧室。直到听见卫生间传出"咕咚咕咚"通畅的冲水声，夏克明才走出来。

两人笑骂着，刚刚走进一楼门洞，听见老张头在楼上岔了音地怒骂："王八蛋，谁他妈干的？缺阴损德的玩意儿，站出来……"

"我把屎锅堵他家门口了。"曹剑说着跑向楼门口的卡宴。夏克明抑制不住放声大笑，紧跟着飞奔出去。

二十

立秋那天下午，夏克明开着卡宴去看孟老太太。推门进屋，看见牛总正坐在沙发上和老娘说话，旁边放着个丰盛鲜亮的大果篮。

"夏老弟，今儿是立秋，我回来看老太太，顺道过来看看。"牛守礼说。

"克明，你也跟人家学学，多懂事，还给我送个大果篮。你们说话，我上楼找牛大姐有点事。"孟老太太眉开眼笑地说。

"夏老弟，一周多了，我天天等你的炼金指令，那真是玩的就是心跳。"

"牛总，黄金价格的大幅波动不是天天有，我得等机会。而且想挣大钱，让本金翻几倍必须做几个月的中线行情，需要捕捉战机。"

牛守礼专注地听着，不住地点头称是。

"老弟，牛哥对你绝对信任，我明天再往账号里放钱，凑足200万。50万让你这样的高手做，实在不应该，都是牛哥不好，给你赔不是，你别有任何压力，有机会咱就做，没机会咱等着也无所谓。我时刻准备听你吩咐，你说咋办就咋办。"

听着牛总的真情告白，夏克明脸红耳热，忙说："下周黄金可能出现买进的理想价位，到时候我告诉你。"

"好！我明儿就入钱。"

夏克明想了想又说："牛哥，你既然想长久合作，咱们之间签个协议吧。"

"我说了，都听你的。"

"协议无非是盈利五五分成，赔了我不负责。还有以后下单我会先给你打电话，同时再发个电子邮件作为证据。"

牛守礼大笑："我说了全听你的，只要你肯带着老哥发大财，你说啥是啥。晚上干吗去？"

"请老太太出去贴秋膘儿。"夏克明说。

牛守礼站起来，从屁兜掏出钱夹，抽出一张餐券递给夏克明。

"凰展楼，8800元鱼鲍翅贵宾餐券。我孝敬你家老太太的。"

夏克明连忙推让道："我们俩吃不了8800元。"

"你别伤了牛哥的心，我可诚心诚意的，再说了，我是请老太太，你只不过代劳陪同而已。"

牛守礼边说边朝房门走去，临别时还给了夏克明一个充满期待的微笑。

第七章

意乱情迷

二十一

　　卡宴的车头像扁趴趴的大鼻子，两边夸张隆起的鼻孔里藏着车灯。夏克明微微轻踏油门，悄无声息地跟在米安琪的身后。眼看快出小街到大路口了，夏克明加重油门，当他和米安琪并排时，车窗徐徐落下，米安琪转头侧视。

　　夏克明觉着自己笑得有点没皮没脸。车停了，看着米安琪瞬间懵懂的表情，目光终于聚焦在他没羞没臊的脸上，朱唇微启略略上翘，这个笑总能让他着迷心跳。

　　米安琪只是站着看他，夏克明招招手示意她上车，米安琪反倒微笑地侧头看向前方。他突然领悟过来，三孙子似的跑下车，绕过车头，殷勤地为她拉开车门。

　　米安琪自信地抬起腿，黑色的裙摆随之褪到了膝盖以上，夏克明出手搂腰托腿，趁其不备将她环抱举起，放到车座上，就在米安琪落座的一瞬，夏克明的脸埋进她隆起的胸部狠狠地重压，深深地嗅了一回。

　　他抬起头，对着已是红霞满面的她傻笑，米安琪像忽地醒了，扬手扇过来，夏克明从容地接住手腕不容置疑地按在她的大腿上，顺手隔着单薄的白衫重重捏了一把米安琪突起的胯部。"嘭"的一声摔上车门，转眼间坐回驾驶座发动了汽车。

　　米安琪愤愤地说："你停下，我下车。"

　　夏克明目视前方无动于衷，重踏油门，卡宴驶出了小街。轻轻触碰控制键，齐秦的《花祭》随之响起。

　　音响做了改装升级，前后场环绕把一切还原到最真。按曹剑的说法：低音沉、高音准。用他的话是：好音响出来的动静要能把每一个细微化作活力四射的蜜蜂来蜇你，显然米安琪被蜇到了，后视镜中看到她的双眸更加明亮。

"流氓都喜欢装扮痴情郎吗？"米安琪问。

他再次按键，李宗盛的《鬼迷心窍》跃动而出。

米安琪轻蔑地撇撇嘴："痴情郎都有自怜自哀的癖好。"

《加州旅馆》律动摇摆的前奏让李宗盛哑然退出，几把吉他拨弄出莫衷一是歇斯底里的精灵肆无忌惮地相互撞击。

"听得懂英文吗？这句歌词：你可以一时结账，却永远无法离开。指的是毒品。"

"你他妈就是毒品。"夏克明又重重地戳了几下方向盘上的控制键。

伴随着现场版疯狂的欢呼声，保罗·麦卡特尼的歌声飘然而出："HEY JUDE……"

"你的心态真老，歌龄都是爷爷级的。"

"这段新，人民群众当下最热爱的。"夏克明说。

"要说亲，观众亲，观众演员心连心，曾记得早年间有句古话，没有君子不养艺人……"

"我觉着郭德纲的脑袋特别圆，活脱一个狮子头。"米安琪乐了。

"还是红烧的。"夏克明看看米安琪，两人相视大笑。

二十二

余晖尚存，暮色初合中卡宴驶进亚运村。

夏克明泊好车，两人刚走出停车场，不约而同地迎面望见彩霞满天的瑰丽壮美，一道道热烈的橘红，一条条忧郁的黛色，相互杂糅浓淡相宜地涂抹了天空。

他斜睨了米安琪一眼，咽了口唾沫，由衷地慨叹："看见夕阳西下，霍然感悟天地大美，夕照情怀抒发着每个人的悲情，是对我们生命体验的投影与叠合，怎能不涌起惆怅感伤。"

米安琪笑意悠悠，充满鼓励地看着他。夏克明接着说："大自然牵动我们对自身的联想，谁也躲不开日落西山的宿命。所以不如怜取眼前人，不欺骗自己，直面心中最真实的情感，大胆地表白——爱爱爱！"

米安琪紧紧挽住夏克明的胳膊："这样满意吗？"

"差不多，就这意思。"

"你比以前坏多了。学会用不好意思骗人了。爱爱爱，你直接喊：开房得了。"米安琪甩开他的胳膊径自走向西餐厅的大门。

女服务员在单子上飞快地记着．米安琪专注于菜谱边看边点："龙虾肉碎汤、蟹籽青瓜沙律、法式焗蜗牛、蜜梨煎鹅肝、T骨牛排七成熟、干炸鱿鱼脆、慕斯冰激凌。"

夏克明有点犯傻，直到米安琪朝他颔首示意"该你了"。

服务员紧咬嘴唇，同情地看着夏克明，他端详着菜谱心里有点乱。这是馋疯了？还是解恨呢？心不在焉地点了奶油蘑菇汤和牛排、啤酒草草收场。

"你吃得了吗？"夏克明试探地问。

"嗯，每次我们家出去吃饭都叫很多。"米安琪说。

"我忘了你老公是国企领导，吃完开发票？"

米安琪莫名其妙地看着夏克明点点头，又问道："你不开发票？"

"我也挺想开的，但那帮孙子狗眼看人低，没人给我报。"夏克明嘬了嘬雪亮的叉子。

"下次我少要点。"米安琪体贴地说。

"没事，只要你吃得下，我能让加拿大东海岸的龙虾把你埋了。"

"说实话，这车是你的吗？"米安琪问。

"百分百小人的私产，决不是公款配置或向朋友租借。"

"你现在干什么呢？"

"做金融。"夏克明说。

米安琪"扑哧"乐了，"你高中毕业了吗？"

"我这辈子最后悔的就是上学——哪怕上一天，最幸运的就是只上到高二，还剩下点智商，用来知道什么是寒碜。"

"你一色情狂，也敢奢谈寒碜？"米安琪说着用叉子扎在他的手背上。

夏克明捂着手背放到桌下，"每个人心里都藏了个坏蛋，只有遇上你，我才想给这坏蛋放放风。谁让你这本书常读常新，百读不厌呢？哟，笑了，这时候笑特浅薄。"

"千穿万穿，马屁不穿。我是笑你……"米安琪的笑失控了。

夏克明端起啤酒杯，碰了下米安琪的汤盘一饮而尽。

"米安琪。"夏克明轻轻叫了一声。

"干吗？"米安琪抬起头注视着他。

"你是不是还因为那件事恨我，所以才不愿意承认我们初恋的事？"夏克明轻声说。

"哪件事？"

米安琪此时充满敌意的眼神无疑证明夏克明判断的正确。

"就是……那件，在你家非礼你，被你爸撞见了。"夏克明说。

"夏克明，你醒醒，梦游呢？什么时候你去过我家？"米安琪惊诧里含着明显的愤怒。

"见鬼，你没完没了地装失忆有意思吗？"夏克明急了。

"你说我家什么样？"

夏克明仰起头冥想，"你房间的门正对着窗户。左手靠墙是张白色的钢管单人床，铺着平整干净的蓝底碎花床单。窗下一张木质书桌，桌面上压着玻璃板，下面是你儿时的照片。大屋应该是你爸妈住的，有张古旧的铜柱大床，就像过去电影里坏蛋家常见的那种。"

米安琪此时表情异常严肃，瞪大了双眼，夏克明再接再厉继续追忆。

"屋里还有个五屉柜，盖着白色坠花边的桌布，上面放着红色三角钢琴的模型。"夏克明用手比划着。

米安琪不由得捂住嘴巴，彻底惊诧了。两人静默不语地注视着。夏克明暗暗领受到胜利的喜悦。

"许晴告诉你的?"米安琪忽然问。

夏克明禁不住拍着桌沿大叫："你太耍赖了，我怎么可能问过那个小妖精。"

"你说的都对，但我真不记着带你去过我家。"

夏克明怒不可遏地问："那我他妈为什么被学校开除?"

"当初我问过你，你只说你不想上了。"

"你胡说，是你爸上学校告我强奸你，学校才开除我的。你敢不承认?"

"夏克明……怎么说呢，我爸那时特别讨厌你，但我爸决不会去学校干这种事。"

"我没有怪你爸的意思，是我自己不好，做了伤害你的事。我活该。"

"可我不记着你去过我家，更别提强奸我，还有你上回说篝火晚会接吻什么的。"米安琪情急之下快要哭了，夏克明无力地趴伏在桌上。

"我们俩有一个……"

"这儿出问题了。"米安琪用手指指自己的脑袋。

服务员一道道上着菜，他们都无心再用，只想从对方的眼睛中找出错误的所在。

"上回你说和李鹤鸣初恋是怎么回事?"

"就是你摸我胯那回，女巫下午就把我调到李鹤鸣旁边坐同桌了。我拿书包离开时，你还偷偷捏我的手，你都忘了。"

"我操，有这事？后来你就和他好了？"

"也没什么，夏克明，你脑子出问题了。"米安琪眼神忧虑地看着他。

夏克明摇摇头，笑得很难看。

灯光渐暗，烛光摇曳，眼前的她如此迷幻，30多岁的容貌，露出16岁的神态，久久凝视，时光倒流，恍如重回昔日。

汹涌的潮汐一波波袭来，欲望迅速升温变野，不可抑制的冲动驱使他坐到米安琪身边，没有任何抵抗，只有应允的默契；没有丝毫的隔膜，只有宣泄中更多的渴望；唇齿相依灼人地焊在一起，迷乱疯狂地吮吸中，《玫瑰人生》在幽暗的餐厅里静静回荡。

二十三

那天晚上，米安琪上身前倾死死地攥着方向盘，全身绷紧得像根僵硬的钢筋。她被夏克明强抱上驾驶座时苦苦哀求："四年前拿本，从不敢碰车，真的！"

夏克明不由分说发动引擎，同时听到她重重的呼吸。

卡宴呼啸驰行，米安琪立时有如鼠目寸光的蜗牛，只能看到方向盘和车灯照亮的路面，无畏地藐视所有交通规则，闯红灯、连续并线、忠实地扮演着马路暴徒的角色。

在险象环生中，夏克明一次次出手相帮，他陶醉于乐不可支近乎疯狂变态的报复快感。油门和刹车好似魔鬼的诅咒，在米安琪脚下慌乱的踩踏中，演绎着惊心动魄。

卡宴飞驰下八达岭高速，直直地冲向岔道的路基，米安琪发出惊恐的惨叫。夏克明急忙出手向右轻带方向盘，车身刹那间倾斜跃起，似离弦之箭冲入辅路。

车斜斜地停在路中，米安琪仿佛沉溺于噩梦之中，虚脱般喘息着，前方的路灯照亮她额上晶晶的汗水，湿津津的手无力地攥着夏克明的手腕。

"靠边停直好吗?"夏克明轻声问。

"我一点劲儿都没了。"米安琪无法平复急促的呼吸。

"别这么说，容易让我想入非非。"

"除了你妈，这世界还有谁不恨你。"米安琪转过头恍惚地问。

"我妈也恨我。"

"不够时间好好来恨你，终于明白恨你不容易。"米安琪微弱的声音却字字敲击足以令他动容。

"嘭嘭"的敲击声，夏克明恋恋不舍地抬起头，大檐帽顶在车窗上压着下面一张黑脸，车窗滑下。

"看什么看？一边去!"夏克明冲着警察大喊。

身子下的米安琪拼尽全力推开他，夏克明摔上车门来到警察身边。

"干吗呢?"警察问。

"刚刚开始叼Kiss。"夏克明大言不惭地说，余光中的米安琪慌乱地又是拢头发，又是抻平衣服。

"驾照。"警察冲米安琪伸出手。

"我开的车。"

"可她在驾驶位上。"警察对夏克明抢白道。

"停车时，我骗她换了座位，她没开，胆太小不敢开。"夏克明摸出驾照递过去。

"你倒挺大胆的，我先一边去。你接着忙。"警察拿着驾照径自走向路边的警用摩托。夏克明紧紧尾随，不停地嘀嘀咕咕，警察突然笑了，竟将驾照还给了他。

"你跟他说什么了?"米安琪好奇地问。

"没说什么。"夏克明打了左转灯。

"快说!"米安琪使劲捅他的肘部。

"实话实说呗!从两小无猜讲到世事弄人,红知错嫁他人妇,伤心欲绝想轻生。警察宽慰我:事如春水了无痕。我唏嘘地说:往事并不如烟怎能忘记?"

米安琪没有笑,甚至没有任何反应,木然地看着前方,路边一掠而过的灯光照亮她凝重的脸色。

"明天我老公出差回来,咱别再见了。"米安琪说完,拉开车门头也不回地直奔小区入口。

"豺狼嘴里夺骨头,断头台上挣旧爱,这一横我划定了!"他对着米安琪的背影肆无忌惮地大喊。

头顶漫天星月,卡宴像疾风,夏克明像鼓满的帆,《加州旅馆》的精灵伴随着远处教堂的钟声在后院边跳边唱:"你可以一时结账,却永远无法离开。"

二十四

明晃晃的阳光照亮黑白条纹相间的窗帘,夏克明眨眨眼像是要确定自己真的醒了。想起昨天的约会,他俯身捡起床边的衬衫,使劲嗅嗅,余香尚存,是她淡淡的气息,更多的细节插入思绪,米安琪的音容笑貌重现眼前。

"我真不记着你去过我家,更别提非礼我,还有你上回说篝火晚会接吻什么的。"米安琪情急之下快要哭了。

夏克明侧身裹紧毛巾被,难堪的纠结,令他压抑窒息。莫非她大脑萎缩失忆了?

"我们俩有一个……"

"这儿出问题了。"米安琪指指自己的脑袋。

夏克明忽地坐起来，他拿起手机查找米安琪的电话，愣了会儿，又翻到许晴的电话轻轻按键。

"难得，想起给我电话了?"许晴问。

夏克明起身下床走向卫生间。

"找你有点事。"

"肯定没好事。不是借钱吧?"

"请你吃饭成不成?"夏克明抬起马桶坐垫。

"没空。"

"我他妈挂了。"夏克明说。

"臭脾气还挺大，陪我逛商场吧。"

夏克明尿线如注直直地砸在马桶里，泡花翻滚。

"说话啊! 不愿意算了，夏克明，你尿橘子水呢?"

十点多了，东三环上依然排着长龙，夏克明终于摆脱车流开进商城的地下车库。他站在车前摸出钥匙，听到身后"啾"的一声，回头瞅见一辆奥迪A6的尾灯闪了又闪，车旁穿着黑色连衣裙的女人转过身来，夏克明笑了，卡宴也发出鸣叫，车头灯示威地回闪了几下。

"你这连衣裙真够坠的，跟披了层纱似的，什么都挡不住，又好像挡住了。"

许晴迈着优雅的一字步，款款上前。两人相视而笑，夏克明双手不怀好意地在胸前抓挠着。

"几日不见当刮目相看，这话用在你身上绝配。上次同学聚会一副破落相，今儿又人模狗样的。"

"满大街的狗眼辐射，谁也逃不过媚俗是不是?"夏克明贴着许晴的耳根子说。

"你见过米安琪了?"许晴始料不及的反问让夏克明一怔，一双媚眼含笑审视着他。

"我是想先见你，再找她。"夏克明伸手示意许晴先出电梯。

"我可不当王婆，他老公比武松还厉害。"许晴轻车熟路地走过一家家专卖店，直接步进香水廊。

"想什么呢？我也不是西门庆。"夏克明伴着她围绕着一根根水晶柱似的展台转来转去。

"好闻吗？"许晴将手腕伸到他的鼻子下面，自己拿着粉色的小条试纸不停地嗅着。

"你常洗澡吗？"夏克明问。

许晴仰起脸，咬着下唇挑衅地瞄着他。胸前系着蓝飘带的导购小姐望着他俩。

"700多年前，欧洲流行黑死病很多人都死了。但有人发现长期不洗澡，让汗和泥把毛孔糊住就能隔绝这种病毒的传染，但时间长了身上太臭，特别是狐臭，后来不知是谁发明了香水。"

夏克明说完问导购小姐："是不是？"

导购小姐笑不露齿地点点头。许晴恶狠狠地拧了一把夏克明的胳膊，疼得他倒吸凉气。

"我就要这瓶：午夜奇葩，多少钱？"许晴蛮横地说。

"1860元。"

"多少钱？"夏克明一把抢过许晴手中巴掌大的墨蓝色小瓶。

"这是迪奥的。"导购小姐强忍着笑说。

"你回家多洗洗澡，我送你两盒痱子粉扑扑。"夏克明边说边拉许晴。旁边三三两两的人在窃笑。

许晴挽起夏克明的胳膊，刚出香水廊，就把装香水的塑料袋递给他，命令道："你给我拿着。"

夏克明接过来扬手欲往身后的垃圾桶里扔。

"一点都不绅士！"许晴连忙夺了回去。

"咱别溜馊腿，找地儿坐坐吧？"夏克明建议道。

不远处，暗旧的门框上悬挂着几块破白布条，许晴拉着他迈进一家韩式料理店。

"说正题，找我干吗？"许晴刚坐定就开审了。

"没什么事，随便聊聊，你先点菜，别让人家等着。"夏克明看看立在桌边粗壮的侍者。

待到侍者拿着硕大的菜谱离去，夏克明才说："高二我们开篝火晚会跳集体舞，你还记着吗？"

"跳《阿细跳月》，想起来真傻，男生在外圈，女生在里圈，男女相对跳两下，拍拍手，拉拉手，再转个圈……"

夏克明急忙朝捂嘴大笑的许晴连连摆手。侍者分散开桌上的碟碟碗碗，放下白皂色的大盘转身离去。肉粉色的章鱼爪上长着一串串梅花状的吸盘在盘中曲曲蠕动。夏克明皱了下眉，不停挠着胳膊。

许晴捡起一个，重重地按在芥末汁里，放入口中咯吱咯吱地嚼着，得意地看着他点点头。"小爪子在嘴里还动呢，要使劲嚼才行。"说着夹起一块鲜活最大的放进他的料碟里。"这也是米安琪的最爱。"

"胡扯！"夏克明冲口而出。

"你心中的米安琪一直是小情小性的小鸟依人吧？智慧温柔，外谦内敛楚楚动人令你爱？其实比我复杂多了！"

"你要一龇牙，能把她吓哭了。"夏克明说。

"放屁！一见面你就指桑骂槐地说我是狗眼，其实你骨子里是彻头彻尾的势利眼。"许晴端起红酒喝了一大口。

"这两天你痛经吧？"夏克明捡起章鱼爪扔回盘子里，从红漆盘堆砌的冰堆中夹起圆圆的鲍鱼片。

"如果米安琪他爸妈不是高知，是普通工人农民，你会这么有感觉吗？算了，懒得提，看你送我香水的分儿上想问什么说吧。"许晴杯中酒一饮而尽，又抓过酒瓶倒满。

"最起码，米安琪不像你……"

"什么？别忘了，每次你求她帮你写作业，她把作业本拽回来，都是我帮你写的。想想都要扇自己，我真够二的。"许晴闭上眼，仰头豪饮。

夏克明笑了，"许晴，你不会一直暗恋我吧？"

许晴也笑了，"臭不要脸，以为自己是蝴蝶迷？我是替你觉着不值……为她。"

"篝火晚会结束后，你和谁一起回家的？"夏克明不经意地问。

"忘了，什么陈芝麻烂谷子？"许晴咽下嘴里含着的一口红酒，忽地，她狡猾地瞄着夏克明，夏克明避开她的目光。

"你是想问：晚会后，米安琪和谁一起回家的？"

夏克明不好意思地笑了。

"见过王八驮石碑，没见过你这么有劲儿不会使的。"许晴不屑地摇摇头，又端起斟满的酒杯。

"你是不是觉着我不敢抽你？"夏克明红着脸问。

"借你俩胆，少跟我耍混蛋，有本事抽她去。"许晴摆出要拼命的架势。

"都他妈哪跟哪啊？走吧，别喝了，我送你回去。结账！"夏克明扭头冲侍者大喊。

许晴扒拉开他的手，对快步近前的侍者大叫："滚一边去！谁说要结账了？"

"傻逼，喝多了吧？会说人话吗？"侍者怒目圆睁。

许晴抓起红酒瓶歪歪斜斜地拽过去，砸在侍者鼓胀的大肚子上。

侍者隔着桌子扇过去一耳光，重重地打在许晴头上。夏克明抡起木椅砸在侍者的脖根子上，侍者扑倒在餐桌上，夏克明掐按住他的后脑，对准耳朵连续两拳。

在众人的目送下，他和许晴被带进了治安办公室。当夏克明缴纳了3000元，做完笔录和她出来时，许晴的酒醒了，略显怯懦地捅捅他的胳膊，夏克明紧走两步没搭理她，许晴追上来小声说："我想起来了。"

"什么？"夏克明愣愣地问。

"篝火晚会后，米安琪和我一起回去的，是我先送她回家的。"许晴小心翼翼地看着他。

"你没记错？"

许晴坚定地摇摇头。

"开晚会时，你一直和米安琪在一起吗？"夏克明问。

"装什么傻？当然没有了。"许晴忽地笑了。

"我装什么傻了？"夏克明问。

"你把我按在楼道的墙上耍流氓，我哪儿知道她和谁在一起？"许晴红着脸，目光瞄向别处。

"我？把你按在墙上耍流氓？"夏克明痛心疾首地问。

"你还吃亏啦？"

他沮丧地跌坐在长椅上目光呆滞。许晴恶狠狠地踢了他一脚，但夏克明麻木地失去了痛感。

第八章
梦魇伊甸园

二十五

夏克明回到隐秘的"山洞"时，路灯已经亮了，晚风徐徐吹来咸鲜诱人的菜香，第一次让他感到恶心。迫不及待地关掉中央空调，脑子昏昏沉沉，额头滚烫，由内往外冒着寒气，浑身彻骨的冷，上下牙齿不由自主地磕碰撞击。

他从衣帽间抱出厚厚的羽绒被，一头栽到床上，被子紧紧地裹住身体，双脚凉得像踩在冰上。鼻子猛地一酸，眼角涌出温热的泪湿湿地滑过脸颊。少顷，低声饮泣变成了剧烈的抽噎。

渐渐地，鼻子堵塞得到了缓解，偶然间体会到鼻吸的顺畅。眼皮酸胀似降下的幕布重重垂合，恍惚沉沉中一头跌入梦乡。

夏克明看见自己从沼泽的泥水里爬起来，眼前是一片茂密的热带雨林。踩着经年累月积厚湿滑的落叶前行，隐隐听到身旁糜烂的腐叶中传出"沙沙"的声响，不祥的预感像偷袭的冷枪，中弹的瞬间全身僵硬。

视线触到了一条游动的长蛇，幽灵般出现在面前，脊间黑色的条纹贯穿头尾，周身披挂着鲜红的鳞片，阴森森的三角脑袋突兀地昂起，盯着他"咝咝"地射出血红的蛇信。

周遭传来更多更密的"沙沙"声，毛骨悚然的刹那，他突然发现手里多了根合金钢棍，夏克明绝望疯狂地乱抡乱扫，边打边跑。

不经意间，脚下触到冰凉险恶的湿滑感是卷曲游走的蛇身。一直跑，跑出雨林，跌跌撞撞的他觉着实在跑不动了，心脏好像容器里剧烈跳动的弹力球不停撞击着喉咙，马上就要破腔而出。

夏克明脚下一滑，扑倒在黄黄绿绿烂叶覆盖的沼泽里，浸泡在漫漫潒潒浮起的无尽水汽中。透过泥水遮挡的眼帘，四周是白苍苍灰茫茫的一片。

猛然间，米安琪全身赤裸，通体光滑白皙，像只惊恐万状的小鹿，快速地奔跑，奔跑时飞溅起泥浆暗水。

夏克明大口喘息着爬起来，米安琪瞬间被绊倒了，重重地摔下去。一条碗口粗的巨蟒闪烁着靛蓝色跃身而出，几米长的蟒蛇异常灵活，蜿蜒游走中快速缠绕米安琪，她发出惊恐瘆人的惨叫。

片刻间，巨蟒缠绕住她的全身，并且快速地发力收缩，米安琪惊烈的呼号转为隐隐的呻吟，挣扎越来越无力，失血的面庞灰白凄婉，双目迷蒙，红唇也在颓然间还原出黯然的肉色。

夏克明羞耻于自己的无力，拼命地拉扯巨蟒，而巨蟒周身似岩石般坚硬的肌肉不为所动，无法扒开它不断收缩卷曲中淫邪的身躯，每块鳞片的尖端都充斥着邪恶的阴毒。

巨蟒冷不防向他张开恐怖的大嘴，露出白色口腔内一排排向内弯曲细长尖利的长牙，眨眼间，狠狠地冲他咬来。

夏克明在泥浆中翻滚，巨蟒抖动着嘴边令人作呕的长须，依然淫邪地紧紧缠裹着米安琪。米安琪消失了，眼前多了条身上分布着黑色、红色、黄色条纹的银环蛇。

巨蟒得意地扭动着邪恶的身躯，银环蛇体态轻盈，环绕迎合着巨蟒游动，竟然越发自如地摆动周身如放肆淫荡的舞者，散发出对巨蟒令人生妒致死的依恋，依恋是如此的无耻，无耻的又是如此，如此的轻曼浪舞。

夏克明在惊愕中倍感绝望。巨蟒再次张开恐怖的大嘴向他袭来，他完全忘记了恐惧，胸中布满了黑压压乌云般的恨，双手死死掐住直面袭来的巨蟒头颈，反身扑倒将它压在身下。

巨蟒却从容地缠绕，不容置疑地捆绕住他的上身，夏克明感到巨蟒暗暗地发力好像要压碎他的每一寸骨头，他拼尽全力把巨蟒的头深深地按进沼泽的泥水中。

夏克明早已忽视了银环蛇的存在，但在与巨蟒的搏斗中，瞬息间感到锥心刺肺的剧痛，银环蛇无情地咬了他，虽然只有一口。

惊惧的侧目，他清楚地看见银环蛇惨白细长的毒牙上沾挂着鲜红的血液。夏克明更加发疯地埋头撕咬巨蟒的七寸，仇恨好像让他长出了利齿，巨蟒的鳞片在夏克明牙齿间分崩破碎，黑血在撕咬中肆意横流，坚如磐石的肌肉在利齿的研磨中断裂。

在他疯狂的牙撕齿挫下，巨蟒的身躯变成虚飘若连的两截儿。夏克明仰起扭曲的血脸，喷出满嘴的污秽，银环蛇惊恐中沾满了喷溅的血迹。夏克明一阵眩晕栽倒下去，血水向四周荡起暗红色的涟漪。

二十六

黑暗中，枕头被汗水浸湿了，又凉又潮。夏克明听见自己急促的呼吸声，意识渐渐腾闪出凶险的雨林和沼泽，但梦中与巨蟒的搏斗却使他精衰力竭，虚弱得像片羽毛，轻飘飘地浮落到水面上。

银环蛇裸露出惨白细长的毒牙，其间沾挂的血迹在他眼前栩栩如生历历在目。夏克明发觉自己的双手僵硬如铁，死死扣进被单，缓缓松开时睁大了双眼，茫然地瞪着天花板。

黑洞洞的房间里伸手不见五指，唯有烟感器的指示灯亮着黄豆大小的绿点。他凝视着萤火虫般微弱的绿光渐渐放亮，映出天花板上一条盘缩的蛇。夏克明大脑中传来无声的告慰：看错了！你看错了！蛇不可能无依无靠地悬浮在光滑如镜的天花板上。

但他仍然紧绷如木，一动不动地注视着天花板上盘缩的蛇，蛇开始缓慢地伸展游动。他看清了，就是那条分布着黑色、红色、黄色条纹的银环蛇，刚刚才在噩梦中咬过他一口。

银环蛇停住了，居高临下地俯看着他。

额头上又沁出一粒粒汗珠，层出不穷。流下的汗水滚入眼中，模糊了他左眼的视线。蛇再次快速地游走移动。

惊恐心悸中，他极力瞪大眼睛，银环蛇垂吊下扁颈，狰狞的三角头冲他伸吐着蛇信，并正在向他的头部上方游移过来。突然，恐怖的蛇嘴张大异常，露出细白尖利的毒牙。

夏克明意识到，不能让银环蛇游动到自己头部上方。他使出浑身的力气，尽量不被察觉地向着床的另一侧挪动。银环蛇警觉地注视着他，瞬间加快游走，已垂直于他的胸部，闪念间，银环蛇直直地扑落下来。

夏克明歇斯底里地发出惊恐的呼叫，他疯了似的撩开被子，与此同时，听到银环蛇砸到羽绒被上发出的闷响，真实感受到蛇的体重带来的冲压力。

他不顾一切地跳下床，飞奔向客厅，按亮大灯，顷刻间明亮如昼，他惊魂未定地四下张望。颤颤巍巍地返回卧室门口，快速地拍了下墙上的照明开关。

大床上只有凌乱的羽绒被。夏克明找来晾衣竿，小心翼翼挑动被子，细细地来回翻查，他猛地扔了晾衣竿，掀起被子剧烈地抖动，什么也没有。

夏克明蹲身查看床下，只看到经年累月积封的灰尘。他疲惫地站起来，枕头上、被子上显出汗水濡湿的大片印迹映入眼帘。

夏克明浑身瘫软倒在床上，他把枕头翻了个儿，浑身汗津津的，额头湿凉。大脑中那个无声的告慰重复不停地对他说：噩梦，全是噩梦。

然而噩梦起到了阿司匹林的功效，他意识到自己现在退烧了。而刚发生的一切依旧让他不寒而栗，尤其想到米安琪变成银环蛇，居然还咬了他一口，梦中倒吸一口凉气锥心的刺痛仍令他黯然神伤难以排解。挣扎地爬起来，他蹒跚摇摆地走出卧室。

夏克明虚脱乏力，闭目赤身席地而坐，屁股的体温焐热了下面的方砖。淋浴喷头湍急的水线下，他一嘬到底地吸着盒奶。

大脑里如乱石翻滚，他的意识故意躲避着梦境和刚刚发生的一切。恍惚中得出一个判断：米安琪和许晴这俩衰货合谋串通，居然想颠覆他的记忆，用谎言掩埋真相捉弄他，难怪梦里米安琪变成银环蛇竟然咬了自己一口。

他四仰八叉地躺在水滑湿热的砖地上，密集的水线砸着脸和胸部，夏克明觉着精力在一点点恢复。

二十七

过了很久，夏克明赤着双脚，心有余悸地走进卧室，拿起床头柜上的手机……

"亲爷，现在刚凌晨四点多，吃宵夜晚了，吃早饭？太早，让我再睡会儿好吗？"曹剑梦呓般说着。

"少废话，20分钟后簋街见。"夏克明挂了电话。

两人闷声不吭，埋头大嚼大咽，稀里呼噜的吃喝中风卷残云般扫光了桌上的盘盘碗碗。服务员又端上来一屉小笼包。

"你丫失恋了，又让米安琪耍了吧？"曹剑吸溜着嘴里的半个包子。

"曹爷倒是面带桃花，哪块盐碱地上播种插秧呢？"夏克明问。

"情种都有一劫，命中注定，躲不过的桃花劫。米安琪就是你的劫！"

"说你自己的孽缘。看你暧昧的糗样肯定有事。"夏克明说。

"我和姚珍爱又好了。"曹剑低下头。

夏克明着实被惊着了，目瞪口呆地盯着他。

"我们三人挺投脾气，她老公其实也不错，还让我在他的建材装饰公司做总助呢。"曹剑咽了口唾沫。

"你的意思是，你们三人二龙戏珠，玩3P？"夏克明眯起眼睛，试探地问。

曹剑不耐烦地点点头，颇为不快地说："你丫这样就像没见过世面的家庭妇女，问问都特过瘾特刺激吧？"

"空虚啊！堕落啊！"夏克明倏忽间精神倍增，发出痛心疾首的感叹。

"呸！现在有钱的、没钱的、有知识的、没知识的谁不空虚？十年前说人人为我，我为人人；如今是人人坑我，我坑人人；一个缺德带冒烟的社会当然堕落，就像感冒打喷嚏很自然。"曹剑说着，又一个小笼包整个儿塞进嘴里。

"先把别人打倒，自己就好像站起来了，这也算是辩证法吧？"夏克明揶揄地说。

"反正我不认为是堕落，应该叫释放人性抱团取暖。如此男女关系古则有之，母系社会……"

夏克明忍不住笑了，"变态就变态，扯他妈那么远干吗？"接着猛然正色道："他们不知道咱俩的关系和跟踪过他们的事吧？"

"想什么呢？我又不是傻逼？"曹剑说。

"你丫可别玩昏了头，我和姚珍爱公母俩的旧怨还没结呢，早晚给丫清账。"夏克明狠狠地盯着曹剑，逼得他低下了头。

"咱什么关系？你说什么时候办他，我立马和他翻脸，行吗？"曹剑问。

"他老公叫什么？"

"曹建设。"曹剑话一出口，先笑了，夏克明愣了下，也大笑起来，连连说："我靠！还是本家兄弟，逗，太逗了！"

"曹建设搞建材装饰确实厉害，北京几个大房产公司都是他客户。跟他还真能学点东西。"

"我看你丫是玩昏头,快挨抽了。"

"说两句实话急什么?我刚才不是向党中央表态了吗?你这人记死仇没劲。"

"去你大爷的!你倒挺博爱……"

"得得!咱不提这段了,说说你的旧爱难割,死不悔改,让我也乐乐。"曹剑说。

"我?嘛事没有,还是找姚珍爱和你本家兄弟叠床架屋爽去吧。"

"结账!"曹剑真有点急了。

"牛逼!当上总助长出息了,还知道结账呢?"夏克明不依不饶地挤对曹剑。

"再问你一遍,说不说?不说拉倒,憋死自己,乐死别人。"曹剑掷地有声地拍出张百元大钞。

"好大的票子,别老让它瞪着我。"夏克明话到手到,把钱揣进兜里。

曹剑笑了,"求你了,快点说,给曹大夫一个救死扶伤的机会,我给你断断。"

夏克明真的双手合十,对着曹剑絮絮叨叨起来……

"想知道诊断结果吗?"曹剑问,夏克明掏出100元放到曹剑张开的掌心上。

"米安琪不简单,她太了解你了,要想抓住你、得到你,就必须把你最珍视的东西打得粉碎,不惜和那个叫许晴的合谋串供,这样才能伤害你、折磨你、煎熬你,因为你是受虐狂,谁越虐你,你越起劲,越深陷其中不能自拔,俗称贱货。"

夏克明笑了,筷子猛地抽在他夹包子的手背上,小笼包掉落在地上。曹剑捂住手背,龇牙咧嘴地接着说道:"如果你说什么是什么，米安琪傻大姐似的顺着你说，此时此刻，你早觉着她索然无味了，还会如此牵肠挂肚欲罢不能？米安琪就是你的桃花劫。"

夏克明若有所思地点点头表示赞同。

"把许晴介绍给我认识认识呗？"曹剑眨动着小眼，下流地说。

夏克明的筷子又一次抽在曹剑红红的手背上，捡起的包子再次应声落地。

二十八

夏克明和曹剑分手后，一头扎进黎明前灰蒙蒙的曙色中，心里一次次鼓噪，涌起拨打米安琪电话的冲动。

东二环空寂无人，卡宴似流星般一闪而过，他把音量加号一按到底，顷刻间歌声迅速膨胀，震耳欲聋。"你可以一时结账，却永远无法离开。"

以后的几天里，夏克明没有出门。羽绒被放回了衣帽间，入睡前，总心怀忐忑地瞪着天花板发呆；白日里，看着手机上米安琪的电话号码神情沮丧，长吁短叹间百无聊赖地拨通，瞬间又挂断了。

如果不是自己一厢情愿自作多情，如果米安琪心里也有他，依然念及这份旧情，米安琪就应该给他打电话。但是米安琪要是耍他、消遣他，他也用不着主动犯贱。夏克明不断暗暗发誓：这一分钟，我就是想死你，也决不会上赶着缠你。

夏克明转念一想，这不是曹剑说的自虐吗？我算是上了米安琪的道了。现在就给她打电话又能怎么样？也犯不上如此自虐。踟蹰中，记起曹剑又说了："谁越虐你，你越起劲，越是深陷其中不能自拔，俗称贱货。"

他坐在书案前，使劲按着太阳穴，心中骂道：曹剑，左右都是你孙子的理。猛地扬手将电话狠狠地拽了出去，弹落在布艺沙发上。他垂头丧气地走过去捡起手机，大喊一声："我就是贱货！怎么着？"

手机紧贴着夏克明的耳朵，顿时犹如触了电，心中撞鹿，逼着他不停地来回走动。

"哎呀！夏老弟，想死我了。"牛总喜出望外的话音，"这几天老想给你电话，可又不敢，怕你嫌我贫。黄金天天涨，200万本金已经赚得翻倍了，咱是不是该卖了？"

夏克明傻呆呆地听着，电话怎么打给这个牛蛋了？彻底让米安琪玩晕菜了。

"不卖，牛总，千万别卖，还能涨。"

"好的，不卖。你来哥哥办公室看看，晚上咱一起吃饭，我今儿帮赌神放松放松。"

牛总的邀请像给夏克明打开了困兽的牢门，他巴不得立刻换换频道，心里的米安琪快把他虐疯了。

一小时后，夏克明跟着大胸窈窕的女秘书走进大厦顶层牛总的办公室。进门是个能容纳30多人的会议室，女秘书扭到圆拱形的双扇雕花门前，轻敲两下，向内推开，一个浩大明亮的家具展厅映入夏克明的眼帘。

20米外，牛总满脸笑态，正从暗棕色的书案后面站起，夏克明一时眼花缭乱，左顾右盼，浏览着各式古旧硬木家具。

牛总来到近前，自豪洋溢地介绍着："红酸枝的明式条案，怎么样？线条多简洁多大气，这是用简单解决复杂的最好例证。"

牛总指着几米外的棕红色条案说："你看那一堂——清中后期的，白酸枝八角条案，透雕手法，和刚才明式的一比，明式家具又透出一副寒酸相，少了这种富贵气。"

夏克明走到巨大的办公桌前，细细抚摸着这堂色泽深、质地密、纹理细的硬木书案。牛总粗声大气地说："紫檀的，看看书案的腿脚有什么特别之处？"

　　夏克明俯身瞅瞅，又摇摇头。

　　"这叫一木连做，决不用小料拼接，要的就是外观色泽和纹理天然一成，用材厚重、够华丽吧？"

　　夏克明抬起头呆住了，迎面墙上暗黑色紫檀框里一幅钟馗捉鬼图让他想到了什么。

　　"喜欢吗？"牛总脸带微笑试探地问。夏克明点点头。

　　"我叫人给你摘下来。"牛总豪爽地说。

　　夏克明像刚醒过来似的，连连摆手推辞，"不是，不是，你误会了，我看着眼熟，记起别人的办公室也挂了幅钟馗捉鬼。长得都一个模样。"

　　牛总哈哈大笑，"我喜欢钟馗捉鬼，因为意思好，透出那么股正气。对公司里搞阴谋的小鬼怪来说，我就是钟馗。这画送过几个朋友，今儿送你一幅，能镇宅。"

　　女秘书敲门探身："牛总，曹建设来了。"

　　牛总朝她点点头，夏克明盯着墙上的钟馗捉鬼连忙说道："我去趟卫生间。"

　　"会议室就有。"牛总随口答道。

　　他加快脚步闪身出了房门，朝着会议室尽头走过去。从门缝里，看见小个子曹建设夹着鼓鼓囊囊的黑皮包径直走进牛总的办公室。

　　夏克明惊异地暗叹：这世界真他妈小，他迅速扫视着华丽的卫生间，想找件合手的家伙，藏到楼下某个地方，重重地砸几下曹建设的后脑。但他什么也没找到。

　　他轻手轻脚地来到外面，四下张望着会议室，此时办公室隐隐传出牛总爆裂的怒骂，他凑了上去，"我他妈没见过美元，装什么孙子？干脆说，你还干不干？"

门外响起高跟儿鞋声，他迅即抬起贴伏在门上的脸，转头和女秘书四目相对。夏克明走到女秘书身边说："牛总正骂人呢？"

女秘书审视着他，欲转身离去。夏克明又说："牛总肯定不舍得骂你。"

"牛总急了谁都骂。"女秘书说。

"你骗人，谁舍得骂你，谁就是钟馗，没人味。"

女秘书欲言又止，笑而转身，夏克明跟着她走了出去。

第九章

崩溃

二十九

　　镶金包银的多功能厅里，几簇水晶花瓣形的大吊灯黯然熄灭，天花板上内嵌的筒灯发出微弱的光，宽大的皮沙发围拢成一圈，忘情逗笑的男男女女顿时显出影影憧憧的鬼魅。

　　对面迷你舞台上，俩女孩穿着齐到大腿根的热裤，来回晃动着波涛汹涌的大波，手握麦克风一曲接一曲地连唱。

　　段总身边的女孩不时转动低矮的桌面，频繁夹起红烧猫头鹰油亮的肉块，两手并用鼓着腮帮子又撕又嚼。段总撂下筷子，冲牛总极为不快地努努嘴。

　　女孩并未察觉，眨动着长长的眼睫毛，秀丽的大眼睛直勾勾地盯着猫头鹰油亮的肉块。

　　"吃他妈这么多，等着下奶啊？"段总终于发作了，狠狠地捏了一把女孩的丰乳。

　　夏克明一惊，惊恐中，女孩吞下了整块肉骨头，涨着通红的脸，她慌忙举杯向段总敬酒。

　　"看你半天了，知道吗？牛总叫你伺候我，你他妈倒好，解馋来啦？"段总抑制不住淤积的怨气，顷刻间，怒如泉涌。

　　牛总身边的小姐忙搂住段总的胳膊，连声哄劝，"段总，好啦！消消气，她才来，没见过世面。"话到了，钢叉也到了，麻利地戳起冰块上的芒果片送到段总嘴边，"求求你啦，消消气"。段总粗鲁地拨拉开小姐的手腕。

　　"牛总，你地盘上的人太没规矩，怎么调教的？"

　　段总话音刚落地，女经理匆匆忙忙地跑进来，扫了一眼，径直绕过众人，直奔段总身后，堆出满脸的笑意，此时贪嘴的女孩放弃了强颜欢笑，竟不识相地抽噎开了。

　　"叫她立马滚蛋！"牛总愤愤地骂道，粗脖大脸涨红成鸡冠色。桌上的人齐刷刷地一愣。

女经理的面色瞬间惨白，拽起女孩连连鞠躬。

"给段总叫个咪咪大、奶水足的呛死他！"随着牛总发布命令，众人急忙响起喧嚣的笑闹，尽力掩饰刚才的尴尬。唱歌的姐妹更加卖力，纤细的腰肢像安装了马达，疯狂地扭动摇摆着臀部。

"吃完饭，该喝酒了。"牛总宣布。

俩戴着黑领结的酒保垂首侍立桌边。段总鼓起金鱼眼大声嚷嚷："我只喝勃艮第，红酒喝到勃艮第，其他的都没必要喝，波尔多只能勉强漱漱口。哎，不对啊！我要的油渣炒蒜叶呢？快点上！再弄碗大米饭来。"

"怎么回事？"牛总又瞪圆了眼，酒保吓得唯唯诺诺。"把油渣炒蒜叶快上来，给我也来碗大米饭，拿两瓶老酒让段总开开眼。"牛总连续吩咐着。

"你今天喝不喝？要还喝苏打水趁早闭嘴。"段总开始直接叫板牛总。

夏克明猜测段总唇上的胡子不是刀片或刮胡刀的器具作业，而是原始的手工活，一根根自己拨下来的，长短不一若有若无，给人参差杂糅脏乎乎的感觉。

牛总"啪啪"地拍着桌子，"说什么呢？我夏老弟来了，哪天都不喝，今儿必须喝，一直喝到至死方休。"边说着，牛总撸了把泛着油光的大脸，指指夏克明身边的俩女孩，"今儿我兄弟要不喝high了，明天你们俩也滚蛋。"

"你少扯夏老弟，我他妈问你喝不喝？"段总也拍上了桌子，但气势上明显比牛总短了一截儿。

"我喝威士忌，拿拉斐来，还有我的原浆酒。要喝就喝刺激的，别他妈娘们唧唧的。"

"喝威士忌太单调，好像是嫖娼，没意思。喝红酒体验的是变化，仿佛在和女人调情。威士忌喝到单一麦芽就算到头了，没劲！而且拉斐一股福尔马林泡死尸的味道，喝一口就他妈能吐了。"酒论发表完，段总不屑地藐视了牛总一眼，转而问对面的人，"老高你喝什么？"

"我还喝茅台，别的不喝。"胖乎乎的河北开发商憨憨地说。众人立刻起哄，七嘴八舌地讥笑他没品位。

牛总隔着小姐拍拍夏克明的肩膀，嘱咐道："别听我们瞎扯，爱喝什么喝什么，段总是满嘴胡呲。"

酒保把两瓶1979年的勃艮第路易亚都立在桌上，牛总得意地大叫："杵到他眼前，让他看仔细了！"

"喊什么喊？勃艮第33个特级庄我早喝遍了。"话虽这么说，段总还是拿过酒瓶细细地端详。随即向酒保伸出手："酒刀，我自己开。"酒保递过酒刀，被段总塞回他手里，"1979年的，要用老酒刀，有没有老酒刀？"

酒保显然慌了，段总不紧不慢地侧身从裤兜里掏出老酒刀熟练地刮割，并说："把空调降到18度，以为喝老白干呢，太热了没法醒酒。"说话间，红酒汩汩流入大肚小口的醒酒器。

酒保正按着墙上的空调控制器，牛总冲着他大叫："我喝威士忌，温度要高点，23度，不能再低了。"

夏克明不耐烦地看看两位大事儿逼，一把抓过醒酒器，自顾自地将血红的汁液斟满大肚杯，举杯灌满口腔，舌头似螺旋在嘴里稍作转动，微微吸气，慢慢咽下。杯中酒三口见了底，众人投来惊异的目光。

"我靠，兄弟，你先闻闻再喝，香着呢！"段总大呼。

夏克明没搭理他，又给自己斟满，刚放下醒酒器，段总伸长胳膊抓了过去，嘴里还絮絮叨叨的："好几万一瓶，以为猪八戒吃人参果呢。"

几位小姐也活跃起来，频频给大家添酒送笑。段总身边新来的大波妹格外张狂，不住地高喊"玩游戏！玩游戏！"，"遛遛鸟！遛遛鸟！"段总附和地大叫。

此时的夏克明已是头重脚轻，手臂发麻，两侧的小姐紧紧依偎着他，轮流冲他举杯，他则来者不拒。

夏克明经过小姐的讲解，加入了众人呼天抢地的大喊："单倍我倒霉！"，三轮下来，众人的手心朝上，只有牛总和段总身边的小姐手心向下，段总癫狂异常，勺子连续敲击着面前的盘子。

小姐拉着牛总走上迷你舞台，还不忘冲台下抛来媚笑，当众拉开牛总的牲口门，小手伸进去捣鼓了几下，拽出牛总软塌塌黑黢黢的小鸟，随即握在手中，转身朝前拉着走。牛总亦步亦趋步步紧跟，台下众人早乐翻天了，"鸟不遛吐了，不许回来！"段总恶狠狠地叫嚣。

夏克明觉着胃里一阵阵地往上翻，额上渗出细细的冷汗，眼中的灯光更加迷离迷幻，一张张人脸犹如在哈哈镜里晃动，个个扭曲变形奇丑无比。

他拼命喝酒，似乎在和谁发狠较劲。神思游离中，"米安琪"有形无骨似水绵软的小手在他身上探索，越是灌自己，这种感觉越是清晰强烈。

"大爷我今天真高兴，早晨出来遛遛鸟。"牛总还在迷你舞台上和小姐同声高呼。突然，牛总大嘴一张，污秽之物喷射飞溅，小姐惊叫着落荒而逃。

"下面没吐，上面吐了！"

众人忘情地欢呼，声音仿佛从远处传来，醉眼蒙眬中，看见段总粗暴地把小姐抱到腿上。

夏克明瞬间解除了所有的武装，连续的"哇哇"声中，他意识到脑盘将死机，记忆将关闭，像是凌空的断桥，像是上楼被抽梯，就在意识离开的刹那，他的身体顽固地倒向旁边的"米安琪"，以躲开自己喷出的满桌污物。

三十

枝叶繁茂的古树被连根拔起，斜斜地横卧在阴湿的路径上，摧折压垮了四周植物的枝枝杈杈。相邻的巨大树冠撑开绿茵茵的伞盖，夏克明一丝不挂，惬意地躺在粗壮的树身上，头上浓荫密布遮天蔽日，透过交错盘结的绿蔓藤萝，细细碎碎的阳光洒在他光裸的赤身上。

他奇怪地自问：我为何如此大胆？如此放浪形骸？居然丝毫不惧虫蜥蛇蝎的侵袭，这是在哪儿？

两腿似有丝丝移动的凉意，他微微抬头，看见两只小青蛇顺着大腿缓缓地游走上来。

夏克明一手一只抓起它们，两只青蛇异乎寻常的乖顺，依恋婉转地盘曲，缠绕着他的肘臂，不时冲他轻柔地吐出粉红色的蛇信。

倏忽间，似大厦倾覆意外突降，绿蔓藤萝扑扑簌簌地飘然落下，天空顿然豁开，阳光灿灿，直直地逼射下来，转瞬间，青蛇惊惧游散，他从树身上一跃而起。

夏克明猛地睁开双目，屋内亮晃晃的，天花板上嵌着俯视大床的巨镜，他仰面痴痴地看着。欧式大床上，自己赤条条的四肢伸开，左右雪白的身子正簇拥着他，两张俏脸依偎着他的臂膀，睡得正是酣甜。

夏克明感到胸闷臂麻，抽出胳膊慢慢起身，四下环顾，房间四壁镶嵌着形状各异的镜子，目光慌乱地移动，满眼都是屁股、丰乳、俏脸，最后对视着自己槁木死灰般黯然呆滞的眼神。

他垂下头努力修补记忆的断桥，而断裂的一端恰是此时此刻，另一端是迷你舞台上牛总的喊叫："大爷我今天真高兴，早晨出来遛遛鸟。"中间的空当发生了什么？他确实因灵魂出窍无法筑起，记忆的桥就这么断着，夏克明虚弱得像块多孔透亮的蜂窝煤，一步三晃地摇出酒店。

大街上烈日炎炎，人车在川流不息中奋力争先，他转身看看饭店巍峨的大门，确认自己在安外大街。一阵头晕目眩，飞旋出深如枯井的空虚。

有如场记板咔嚓，画面被定格，夏克明看见镜中自己死人般蜡黄的脸，和那楠木死灰般黯然呆滞的眼神。恐惧搅拌着厌恶，胃部忍不住剧烈地翻涌，喉结快速地上下移动，他猛地扶住路边的不锈钢护栏，俯身不停地干呕。

来来往往的众生向他投来鄙夷的目光，夏克明奋力起身，声嘶力竭地高声呼喊："没崩溃过的都是大傻逼！"

众生立时收起大不敬的眼神，加快慌乱的脚步，夏克明歪倚在护栏上，情不自禁地放声大笑，稍作停歇，又断断续续地喊出来："现在……还没体验过崩溃的，都是大傻逼！"

第十章

暗门之恨

三十一

秋天是北京最好的日子，夏克明一直是这样以为的。

这个季节，碧澄澄的天空，白灿灿的云，一日里温差较大，人们衣服穿得不多不少。比起闷热如蒸蟹的夏天，待人接物也更加平和从容。

特别深陷微凉的傍晚，远眺夕阳西下，晚霞缤纷迷乱了所有事物的边界。此时此景，泛起惆怅、孤寂、迷茫，渐渐调和勾兑成一杯伤感的末日情怀。

余晖褪尽时，抓不住一缕阳光，留不住一丝温暖。常常引起他对白日恨短，平添一份缅怀的依恋。

此时窗外秋雨霏霏，不时叩击窗户发出"沙沙"的轻响，像夜归人姗姗的脚步声。

精装小册子随手丢到白色大理石茶几上。夏克明端详着歪在沙发另一端看书的米安琪，她似乎受到投来目光的挑逗，嘴角隐现一丝笑意，夏克明倾身把她拉入怀中，故意瘪着嗓子，咕噜出滑稽的低音"记忆是灵魂的划痕"。

米安琪舒适地依偎在夏克明的胸口，瞄着茶几上的小册子问："亚里士多德说的？"

"我怀疑这老哥一二三纠结思考，四五六抑郁焦虑，星期日崩溃，否则咳不出这么多肺腑之音。"

"你擦掉自己灵魂的划痕，无耻地在意淫中编造记忆，还逼迫我承认。可恶！"米安琪起身推搡了他一把，挣脱了夏克明的怀抱，坐直身子。

"我可恶？你干吗还给我电话？"夏克明露出莫名得意的神态。

"几个月前，第一次见面后，我根本不想再理你，是你，开辆破车追到我单位，死皮赖脸地跟着我。"米安琪红着脸争辩。

"对！那次见面，请你吃西餐，饭桌上和你接吻；车里还对你上下其手；虽说想打冲锋时被警察搅了局，但我也很满足，真的很满足，满足了！我也不想理你了。"夏克明紧抓着她的手腕，米安琪指着他的鼻子，气得说不出话来。

"结果才一个多月，你就熬不住了，电话里央求我，死乞白赖地想见我，是不是？"夏克明边躲闪着米安琪欲要捂住他嘴巴的手，边扯着脖子装疯卖傻地大声质问。

"夏克明，你这个不要脸的流氓。"米安琪嘴里骂着，却又歪在他的怀里闭上了眼睛。

夏克明俯身，轻吻她的额头、细细的眉梢，吻她的双眸，米安琪的眼球调皮地转动，夏克明抿着双唇夹起她细细的眼皮，微微晃头来回摇动，米安琪"咯咯"地笑出声来。托起他的下巴颏，说道："告诉你个秘密好吗？"夏克明好奇地看着她。

"高一时，偷偷看过你一个小本子，里面记了好多酸词，都是哀婉惆怅悲天悯人的，我觉着特好笑，念起来有股陈旧的樟脑味，但很动人，跟课本上诗词的味道截然不同，我觉着你那时……用现在的话就是闷骚。你还记着吗？"

外面冷雨敲窗，更急更密了。水晶花瓣的吊灯散发出黄澄澄的光芒。夏克明抬起头，望着圈圈光晕极力追忆，喃喃地说："那小本子后来丢了，其中有不少是俺的原创：我就像马桶里的大粪渣，顺着曲曲弯弯的下水道一泻千里，奔流入海不复还。"

"少恶心。"米安琪身子向下一滑，枕着他的大腿悄然躺下，"近日帘拢不上钩，黄昏过了未梳头。初灯残梦正当楼，明日不知何处有。闲身安得此中休，那堪临去几回眸。"

夏克明听着她娓娓道来，双颊不由得烧热发烫，米安琪依然微闭双目，诗词从红唇皓齿间流出。

"本子里还有一段，关于听雨的——"夏克明未说完，米安琪已开始吟咏：

"少年听雨歌楼上，红烛昏罗帐。壮年听雨客舟中，江阔云低，断雁叫西风。而今听雨僧庐下，鬓已星星也；悲欢离合总无情，一任阶前点滴到天明。"

米安琪睁开眼睑，凝视着他，语笑嫣然地问："你都忘了？"

"欲知此夜愁多少，试记街前长短更。"夏克明抚摸着她的脸颊，没头没脑地拽出一句。

"本子里没这句，你再背。"米安琪说。

"天堂漫漫你点灯，狱焰熊熊我烧书。"

"您虽然高中没毕业，也不至于恨书烧书啊？"米安琪含讥带讽地挖苦，嘴角挑挂着不屑。

"混张烂文凭，神气什么呀？"夏克明愠怒地拍了下她光滑的脑门。

"学历比你高，读书比你好，嫉妒死你。"

"读那几册破课本也算读书？真够可怜真够窄的，不知道寒碜。若说读书，像你这样的从小就是将计就计的投机分子，为张虚虚晃晃的毕业证自鸣得意，到了儿不过是些攥在别人手里抓小丢大的锤子。臭美个屁呀？"

米安琪被数落得满脸通红，硬硬地坐直身子，眼睛瞪得大大的。"就你看书？你怎么知道我不博览群书？连句玩笑都开不起。捅你肺上啦？"

"您博览群书？烫晕了吧？"

"你再敢满嘴喷粪，我就走。"米安琪看着夏克明一脸不安好心的坏笑，自知情急失言，预料到下面……

"我上课看《暗店街》的时候，您还数豆似的读《捡花生》呢。手淫不算做爱，在咱这地界，文凭不代表文化，那是出门遮羞的屁帘。居然敢跟我臭来劲谈什么读书？有一次，我问你看过《查泰莱夫人的情人》吗?"

"闭上你的臭嘴!"米安琪忍无可忍,捂着耳朵跳起来。夏克明伸手一横,拦住夺路而逃的她,依旧不依不饶逼尖嗓子模仿她当年的回答。

"早看过了。我问你讲什么的?你说:打德国鬼子的。明明是……夫人的情人,你能说出是打德国鬼子。拿着一百分的语文卷子擦大鼻涕去吧!"

米安琪满目羞愤,抓起茶几角上淡黄色的皮包,夏克明一把夺了过去。

"滚开!撒手!"她气恼地叫着,伸手抓空,夏克明敏捷地将包藏到身后。

"还没挤对完你呢,接着听我说。"

"不听!不听!"米安琪跑到了巨大的观景窗前,捂住耳朵。

夏克明紧跟其后,闻闻清淡的发香,从背后把她揽抱入怀。终于,米安琪放弃了身体无济于事的扭动挣扎。

他贴着米安琪耳边的发丝,轻轻揉捏她左面的乳房说:"红了樱桃。"又握住右侧的丰乳:"绿了芭蕉。"

米安琪一声不吭,抬起左手,指甲深深地扣进夏克明的手背,两人就这么僵持着。

湿润的夜色笼罩在空蒙蒙的雨雾下,远方一道龙爪似的闪电撕开了梦幻般的天幕,他更紧地抱紧米安琪,等待着,等待着传来滚滚的雷声。

三十二

晨曦中,米安琪从床上坐起来,光线暗淡模糊,她的背影略显清瘦,两只背过来的细手轻巧地扣上白色乳罩。

夏克明呆呆地看着，一阵心悸，眼前这个塞塞窣窣穿衣服的女人忽然显得陌生。她还是20年前的米安琪吗？身为人妻，身为人母，历经世事，蹉跎中滋生铅华，圆熟中洗尽青涩，夏克明闭上眼，手肘紧紧横按在眼睛上，极力封锁住不快的思绪。

　　"下班还来吗？"他淡淡地问。

　　"我老公……今天出差回来。"

　　两人沉默着，他无意于米安琪站在床前注视的目光，赌气地一动不动，摆出副死样。

　　"我走啦。"米安琪说。

　　夏克明固执地保持着死样。少顷，出于对她就此离去的担忧，轻声问道："他要是……知道你昨晚没回家，怎么办？"

　　"就说陪许晴去了，反正孩子放在我妈那儿。走啦？"

　　米安琪向前蹭了两步，膝盖顶着床沿，很想等他表示点什么。

　　"与奸夫合谋将最终完成人妻的背叛。"

　　夏克明故意向里翻了个身，把光秃秃的脊背对着她，虽然紧闭双目，但自己脸上恶毒的坏笑却从眼前掠过。不看也知道，米安琪肯定正鼓起粉腮怒视着他。

　　"今夜，你会和老公……"话说半截儿，宽大的羽绒枕死死压住他的脑袋，夏克明屏息着一动不动。

　　须臾间，外力消失，他拿掉枕头，暗淡朦胧中，米安琪面无表情僵立在面前。

　　夏克明手肘撑起上身，下床抱住她。米安琪彻骨的冷漠对此毫无反应，直挺挺的像根冰柱。夏克明将她的头按贴在自己的脸颊上，轻轻说："对不起。"

　　忽地，脸上感到冰凉的泪水。

　　"不愿你走，不愿你回那个家……"夏克明对着她的耳畔轻声细语，感到米安琪的身体渐渐变软。一双微凉的手从后面缓缓伸进他的内裤柔柔地抚摸着，"屁股上坑坑洼洼像个月球。"米安琪说。

"别人青春痘长在脸上，我欲望变野时，痘痘都长在屁股上。"夏克明捧起米安琪的泪脸，她居然"扑哧"笑了。

"骗人，这是被人扎的。"

"你说什么？"

"这是被人扎的。"米安琪字字清晰入耳。

夏克明神经质般地全身一抖，双手立时插进内裤摸着自己紧实的屁股，一个、两个、三个……左右屁股蛋子上共有五个凹陷绷紧的坑，深浅不一，环绕着微凸的肉褶。

夏克明手软了、腿也软了，心头骤然缩紧，像被只有力的大手猛地攥住，脑门上不知不觉渗出汗水。米安琪疑惑地盯着他，眼中闪过一丝惶恐。

"真是原来长的青春痘，每个大得都像爆皮的糖炒栗子。"夏克明像对米安琪说，更像对自己解释。

"死要面子活受罪，你也有不敢承认的事？"米安琪揶揄地说着，露出轻松的神情。

夏克明快步走到墙边按亮灯，侧身扒开内裤对着穿衣镜扭过头细细地端看。

镜中，屁股上丑陋残忍的凹坑聚焦了他的目光。米安琪没说错，这绝对是让人扎的。夏克明耳廓中响起尖尖锐利的耳鸣。恍惚中，他望见米安琪拎着淡黄色的轧花手包已经打开房门。

夏克明冲了出去，追到楼道电梯间，一把抓住米安琪细弱的手腕。面对她突显惊恐的眼神，和因疼痛皱紧的眉头丝毫没能引起他的怜悯。

"你怎么知道我这是被人扎的？"夏克明不敢相信自己的嗓音突然会如此沙哑难听，甚至因气短急促而走失尾音。

"你光着身子呢，快回去。"米安琪央求着他。这反而更激起了夏克明的怒火。

"快回去，求你了！"米安琪急躁地叫道，用力挣脱着手腕。

"说不说？"夏克明凶狠地抬起她的手，粗鲁地掰开米安琪紧握的小拳头，攥住她柔软的食指和中指，反关节猛地向外一撅，米安琪的眼泪扑扑簌簌地落下来。夏克明并没有丝毫的放松。

"许晴告诉我的。"米安琪哽咽地说，同时无力地靠在墙上。

"什么时候？"夏克明再次无情地加力，她满眼泪花拼命地冲他摇头。

"高二的时候！"米安琪哭喊地回答，声音格外刺耳。

"谁扎的？"

"真不知道。"

听着她嘤嘤的啜泣声，夏克明无力地垂下双手。

消防门在米安琪身后缓缓合上的时候，夏克明关上房门，又回到卧室的镜子前。

盯着一张铁青扭曲的脸，他反复逼问自己，"到底谁扎了我？高中的时候，谁跟我有这么大的仇？"

脑子里一定有很多曲曲弯弯相互串联又各自为政的黑道，其间杂乱无章地隐藏着一道道黑黢黢的记忆暗门。他徘徊在这道或那道门前，无论怎样的捶打撞击，就是无法闯入。扇扇暗门都是如此的牢不可破。

夏克明抖掉手中揪下的些许头发，虚弱地躺在冰凉的地面上，他剧烈地喘息着，浑身的汗水给苹果白的仿古砖上留下了一个佝偻侧卧的人形。

阳光铺满卧室的时候，夏克明腰酸臂乏地站起来，一瘸一拐地走到书案前，拉开抽屉取出父亲的照片，低泣中泪珠滴落在上面。

"如果真是被扎的，我定要弄死扎我的人。帮帮我。"

三十三

破一居巴掌大的小厅里烟雾缭绕，小良子斜眼瞅着曹剑，他毫无察觉，坐在餐桌旁抠抠搜搜地按着新买的iPhone3。

"你丫喝不喝？这么长时间不见，还添毛病了？"小良子把白酒杯使劲一蹾，伸手去抢iPhone3，曹剑忽地将手机塞进裤兜里。

"别他妈闹了。"夏克明烦躁地说。

"少跟我鼻子不是鼻子，眼不是眼的，有事快说。"小良子点着烟看着夏克明。

"让女人闹的。"曹剑又把手机掏了出来。

夏克明"噌"地站起来，把那哥俩弄得一怔。他解开皮带，转身弯腰对着小良子褪下内裤。

只一眨眼的工夫，小良子发出"我靠！"的惊叹，"谁扎的？"曹剑也忙凑过来，用手机屏幕雪亮的灯光在夏克明的屁股上晃来晃去，屁股泛起团团白光。

"像是青春痘留下的疤，大了点，屁股跟月球似的。"曹剑话音刚落，瞅见夏克明凶狠的目光，又坐回到椅子上。

"你敢肯定是扎的？"夏克明问。

小良子抬腿，刷地撸起裤管，露出膝盖上面一个被肉褶紧箍的凹坑。夏克明俯身仔细地查看。

"是不是被扎的，你自己不知道？"曹剑不解地问。

"废你妈的话！我要知道还他妈问你们？"小良子和曹剑看着夏克明歇斯底里的怒吼面面相觑，夏克明慌忙低下头，扣着皮带转身进了卫生间，灰蒙蒙的镜子里他使劲擦擦眼睛，又清清嗓子，朝马桶里吐了一口走出来。

夏克明接过小良子递过来的烟狠狠地吸了一口。

　　"三棱刮刀扎的，不过是老伤。"小良子说。

　　曹剑张张嘴又立刻闭上了。夏克明瞄着他："说!"

　　"再说错快挨打了。"小良子说。

　　"我不说了。"曹剑端起酒杯，呷了一口。

　　"不说也挨打。"小良子说。

　　"疤上为什么有肉褶?"曹剑问。

　　"三棱刮刀有三面血槽，扎进去后便于放血，防止肌肉剧烈收缩嘬住刀面，有利于行凶的人快速拔刀。但也有后遗症，被扎后的伤口是个方形的血窟窿不能自然愈合，必须去医院缝针。待伤口长合后，肉皮渐渐收缩就形成了肉褶。这都是学问。"

　　小良子讲完，弹掉烟头上的灰烬，曹剑由衷地点点头，透过烟雾，看着夏克明说："哥们儿没恶意，你也别急，屁股上好几个血窟窿，你真不知道怎么来的?"

　　夏克明痛苦地摇摇头。

　　"这可怪了，不理解。"小良子说。

　　"一直以为是青春痘破了，谁他妈没事老盯着自己屁股呀?你们觉着我特傻逼吧?"

　　"那倒没有，不过太难……这不成……"曹剑本来挺能说的，这会儿有点语无伦次。

　　"现在你怎么发现的?"小良子问。

　　"我难道失忆了? 这几个血窟窿到底谁扎的?"夏克明双手捂着脸使劲搓着。

　　"你现在怎么发现的?"曹剑重复着小良子的问题。

　　"米安琪说的。"

　　"谁?"小良子问。

　　"他高中时嗅的小蜜。那你没问她怎么知道的?"曹剑急忙解释，又刨根问底。

"问了，许晴告诉她的。"

"这又是谁?"小良子问。

"那小蜜的闺蜜。你去找许晴问问，她是怎么知道你被扎的?"

"打了一天电话，手机没开。"夏克明说完，冷不防抢过曹剑手里的iPhone3，曹剑伸出的手被他打了回去，手机屏幕上赫然出现一张布满凹坑屁股的照片。

"这资料挺难得的，我马上删了。"曹剑一手护着脸，一手接过夏克明杵过来的手机。

"先别删，发到我邮箱里。"夏克明冷冷地说。

第十一章

记忆碎片

三十四

米安琪跌跌撞撞跑下幽暗的消防通道，跑出公寓大门，跑进明亮晴朗的早晨。旭日温暖的阳光，照得她眼前发花。细细抹去脸上的泪痕，拢拢蓬乱的头发，唯恐引来路人留意的目光，加快脚步走向花园。

长廊尽头僻静的六角凉亭里，她坐在硬邦邦的石礅上，左手揉着右手红通通的手指，紧咬着嘴唇。

她恨夏克明，更恨自己。从高中到眼下，她不知恨过自己多少回，她甚至觉着自己很贱，米安琪赶紧掏出纸巾擦去涌出的泪水。

小巧的方镜中她用心地自我审视。不梳头、不洗脸、不刷牙、不化妆，像这样一脸萎靡倦态狼狈地暴露在大庭广众之下，让她想起穿着邋遢、臃肿的大妈，下了床就蓬头垢面地直奔炸油条的早点摊。

夏克明是个痞子、混蛋、是个疯子。米安琪心里咒骂着，"啪"地合上化妆盒，掏出手机，想都没想拨通了许晴的电话。顿感有点后悔，许晴还没接听，有机会挂断，但她没有，执着地等待着……

会所上午很冷清，从浴室到餐厅没见到其他客人，只有三三两两的服务生来回走动。她俩穿着宽松侉大的淡蓝色皱褶浴衣走进布满深色桌椅的餐厅。

许晴的眼光在米安琪的身上扫来扫去，又不自觉地瞄一眼自己的某个部位。

"看什么呢？"米安琪抢白了她一句。出浴之后，穿着干爽爽的棉布浴衣非常舒适，她的精神也好了很多。

"你的脚真好看，脚面白皙、纤瘦不长，脚踝细细的。"许晴不无羡慕地说。

领位的服务生是个小男孩，一米外停下脚步，谦恭地把她们让进四周有低矮罗马柱围栏的座位。桌旁垂直落地的细白纱帘遮映着窗外的亭台丛竹。

"许姐，先来两杯冰镇蓝莓汁？"许晴赞许地对他点点头，"老样子，你安排好了。"米安琪忙插嘴说："我加一杯冰水，放点音乐。"

小男孩殷勤应承着，转身向远处岛形的咖啡色吧台快步走去。

许晴专注地看着小男孩的背影，脑子里琢磨着米安琪找她的目的，暗暗寻思着，你不说，我也不问。

"女人老，先从脖子老。"米安琪看着她说。许晴一怔，慌忙摸着自己光滑细嫩的颈项自信地说："一想到脖子上的松皮和纹褶就恶心。"

"嘴下留德，咱们都有那一天。"

"你大白天不上班，不是专找我说脖子的吧？"许晴话一出口就后悔了，本来等她开场的，还是被自己先敲响了锣鼓点。

"夏克明老缠着我，特招人烦，找你聊聊天，也没别的。"

"他怎么缠你了？打电话？发短信？"

"到单位截住我，死缠烂打，拉我去吃饭。"米安琪边说边双手向上提提低垂的领口。

"你不搭理他，他还敢怎么着？"许晴接过小男孩递过来的蓝莓汁喝了一大口。

"你没听说过，好女怕男缠？"话一出口，她看见许晴露出怪异的笑，顿觉不妥，连忙从玻璃器皿中捏起吸管插入杯中。

"夏克明整个儿就一臭流氓。三月前，他也请我吃过饭，死皮赖脸地非送我一瓶2000多元的迪奥香水，还……"许晴故意停顿下来，假意清清嗓子，看着米安琪已经绷紧的粉白小脸。

"还什么？"米安琪尽量若无其事地问。

1

"还为了我，打伤了餐馆的伙计。"许晴暗暗揣测，估计把她踹到谷底了。

"后来呢?"米安琪迟疑地问。

"后来没什么，他赔了人家几千元医药费，我们就各走各的了。"许晴说完有点后悔，但又涌动着快意。米安琪喝着冰水，搜肠刮肚地想马上找出新的话题。俩人一时都缄默不语。

"这俩月忙什么呢?"许晴问。

"老样子，没什么。"米安琪不抬眼皮地说。

"你和夏克明上床了?"许晴出其不意地问，但目光却匆匆逃进面前的玻璃杯中。

"想什么呢?"米安琪惊诧地瞪大眼睛。

"我又不是你老公，这么虚张声势干吗?当初他对你有意，你对他有情，我可心知肚明。"

许晴看见米安琪躲闪的眼光，接着说:"那次他参加同学聚会还不是想见你?别看他那副臭德行，心里傲着呢，除了你这块心头肉，他还稀得见谁呀?肯定是你先给夏克明打的电话，你敢否认?"

在许晴的逼视下，米安琪的脸庞迅速泛红，而且红得很厉害，她知道——这就算承认了。

"夏克明不是也向你百般献媚，难道你俩也那个了?"米安琪本想说:他可没花2000多给我买香水。念头才是一闪，却已舌头发涩，心口发痛，生生把话咽了回去。

"向我献媚不假，但说到底还是为了打听你那些陈芝麻烂谷子的破事。这孙子挺没劲的。"

米安琪顷刻间像吸足了氧，全身顿感轻快，避开许晴的眼睛急忙低下头。

许晴觉着她特虚伪，眼下肯定憋着小得意。高中时，每次受到老师表扬，或有骄傲的事就是这副假兮兮的样子。

"对我坦诚点，闹出什么激动人心的故事了？夏克明可不是省油的灯。"

"你怎么知道他不省油？"米安琪抬起头煞有介事地问。

"没吃过羊肉还不知道膻？不说算了，聊点别的吧，夏克明不值得咱俩磨嘴皮子。"许晴说。

米安琪突然想起什么，愣呵呵地说："我老公要问你我昨晚上是不是在你那儿？你帮我圆个场。"

许晴被蓝莓汁呛着了，她极力压抑着，但还是控制不住地咳起来，眼睛里漾着水汪汪的光。

"你和那臭流氓开房了？"许晴真不想再问这么傻的问题，可是身不由己，纸巾成了现成的道具，她抽出一张轻轻地擦擦眼睛。

"他只是请我去他家玩，还神经兮兮地告诉我：那个豪华公寓是他的'山洞'，除我之外再没别人知道了。"米安琪此刻竟然忘记了两小时前对夏克明刻骨的恨，直到听见自己轻快的声音才猛地想到——我真的好贱。

许晴隐忍着，侧头看着纱帘掩映的窗外，继续擦着已经觉着干涩的眼眶，真想大骂一声：夏克明瞎了狗眼！

她转过头，倏然张开双唇，却欲言又止。米安琪的脸腾地红了，两人对视片刻，米安琪喃喃地说："后来我心里闷，就自己去看夜场电影了，来之前刚从电影院出来。"

"您家那一坛子老醋，会信吗？"许晴轻蔑地问。

"所以才让你帮我打个圆场，十有八九他也不问，以防万一呗。"米安琪说着亲昵地拍拍她的手。许晴咬着下唇点点头。默默地看着小男孩摆上小菜。

米安琪脑中忽然闪过夏克明凶神恶煞的脸，犹豫了片刻，没头没脑地问："你原来跟我说有人用刀扎过夏克明的屁股，是谁告诉你的？"

许晴顿时僵住了，瞬间惊诧之后，愠怒地叫道："什么乱七八糟的，我从来就没说过！"

米安琪睁大眼睛，刚要张嘴再问，许晴迅即起身说："糟了，手机忘到衣柜里了，想吃什么你就点。"说完，急匆匆地跑了出去。

三十五

下午，米安琪去单位打了个照面，和办公室几个无聊是非的同事应付了几句，就匆匆赶到学校接女儿放学。

此时女儿睡熟了。黑暗中，隐隐听到她微微的鼾声时断时续，米安琪轻轻抚摸着女儿细细柔顺的发丝。

客厅还亮着灯，屋门缝隙镶着一道光的亮边，提醒老公还在等她。米安琪赖着没动，她真想这么睡了，她发憷看见客厅里那张耳朵下挂着二斤嘟嘟肉的肥脸，和凸凸鼓起的肚囊子。更厌恶在漆黑中，听着他粗重的喘息，过着无异于强奸的夫妻生活。

米安琪往身上拉拉薄被，又想到了许晴，她为什么要一口否认说过的话……"夏克明的屁股被人扎了"，而且反应得如此怪异？是她真的忘了？还是刻意？

她两后来都没再提及此事，东拉西扯一通，只记得分手时，许晴好像说过："祸从口出，别忘了你毕竟是有老公的人。"这是警告吗？米安琪脊背上升起一丝寒意。

夏克明屁股上的疤到底是不是被扎的？如果是，为什么连他自己都不清楚？还发疯似的折磨她？如果不是，他又何必那般的歇斯底里？莫非夏克明的神经出了问题？米安琪忽然感到手心里潮乎乎的，原来渗出了一层细汗。

客厅里响起老公轻轻的干咳声，这是催促她快点出去。米安琪在薄被上摸摸手，硬着头皮悄悄起身。她觉着小姐接客时的心情大概也不过如此，脑际中悄然闪过许晴轻佻的笑脸，玩世不恭地说："单身的好处之一：不用必须法定接客。"

长方形的餐桌旁，牛守礼戴着玳瑁花镜，穿着让她厌恶的老式白色跨栏背心端详着报纸，目光触到他臂膀外侧坠下的蝴蝶肉令人反胃，活生生就是个糟老头子。

牛守礼没搭理走过来的米安琪，越发仔细地翻看着《环球时报》。

"出差累了还不睡？"米安琪问。

"昨晚你去哪儿了？"牛守礼的目光仍没离开报纸。

"许晴挺闷的，叫我去陪她，怎么了？"米安琪若无其事地说。

牛守礼从报纸下摸出个土黄色牛皮纸的小本子，"啪"的一声拽到她面前。本子封面上有"工作日记"四个褪色的红字，米安琪只一瞥，心立刻提了起来。

"谁的？"牛守礼厉声喝问，眼光里像藏了把刀子。

"高中同学的，当时觉着本子里的诗词挺有意思，就借过来抄抄，后来没抄，也忘了还人家了。"米安琪正视着他阴恻恻猜疑的眼光。长期的对敌斗争经验告诉她，此刻要炯炯地盯着牛守礼，不能有丝毫的游移和退缩，否则后果不堪设想。

"前两天收拾书柜偶然发现的，怎么了？你又犯病了？"米安琪说着沉下脸，暗忖瞎话说得很圆满。夏克明这个混蛋说过：人闭眼的时候，满身疮痍，处处缺憾，唯独留下一大堆圆满的瞎话。

虽然剧烈的心跳快速缓解，但她的眼睛反而瞪得更大了，像要喷出愤怒的火。一切只怨自己太大意，看完忘记藏起来，留在了书桌上。

牛守礼放下报纸，拿过小本子翻翻。

"哪个同学的？尽记些淫词滥调。"牛守礼像怕脏了手似的嫌恶地把本子丢到桌上。

"忘了，说了你也不认识。"米安琪赌气地说。

"不是李鹤鸣的吧?"

"哼，你养的那条癞皮狗，也就抄抄青少年修养、摘两段虚头巴脑的名言。哪有这种情趣?"话一出口，米安琪不由得一愣，暗责失言。

牛守礼却笑了，"别这么说人家，李鹤鸣工作能力还是有的。"他用指关节敲敲本子，"倒是你这个高中同学，沉溺于淫词滥调，太复杂，太无聊。"

"记起来了！这本子是我们班赵书呆子的，也可能是他哥哥姐姐的，你不喜欢就把它扔了，本来我也要扔的。"米安琪的声调猛地拔高，像歌曲中的升调。"刚进门就没完没了地审人！你问过孩子一句吗？一年到头，你和女儿能说几句话？"她适时地发起总攻，控制了战场的局势，全歼顽敌的时刻近在眼前。

牛守礼没接她的话茬儿，变戏法似的从报纸下拿出工行储蓄卡递过去，"我这月的工资。"

"每月就这10000多的死工资，你好歹也是国企的局级老总，说出来狗都不信！"米安琪赌气地垂下眼皮，手里的卡不停地戳击桌面。

"年底不是还有几十万年终奖吗？君子爱财取之有道，不义之财如祸水，你想让我犯错误？每次我把家里吃饭的发票，你的出租票拿去报销时都脸红。"

牛守礼重重地抖了抖手里的报纸，"以后少让我干这些小毛贼的事，太失原则。说小了，占国家便宜；说大了，贪污犯罪。怎么做人？八个字：说老实话，办老实事。"

牛守礼拧开杯盖，喝了口烫嘴的热茶，舌尖顶着门牙发出吮吸的"啧啧"声。米安琪难以掩饰厌恶，极力按捺自己，她知道，按习惯，这是给下面的即席发言加油呢。

"行啦！行啦！少跟我表白，恶心！每次和许晴出去都是她花钱，我是什么？跟班，吃白食的？"米安琪这回是真急了。

"既然是好朋友，何必计较这套俗事？谁付不一样？"牛守礼微微低下头，目光越过镜框的上沿瞅着她。

"胡扯！一次、两次、次次如此，我还要不要面子？上学的时候，她是一路走，一路掉渣的土人。"牛守礼忍不住"嘿嘿"地笑了，"我在班里的女生中，吃的、穿的都是最好的，现在……"

"得啦！得啦！下回你抢着付钱。"牛守礼烦躁地打断她，夜深了，他同样也害怕听米安琪痛说革命家史。

"人家一身行头十几万，光爱马仕的包就好几个。"

"你的包也不少！红的、绿的、黄的……"

"你懂什么，许晴一个包就好几万，我的包加起来还顶不上她包的半块皮子贵。"

牛守礼似乎没听见，舒畅地伸着懒腰打了个哈欠，自顾自地收拾合拢起报纸。

"她请我出去吃回饭、洗次澡，少则1000多，多则好几千，凭你这两眼珠子钱，我和人家拼得起吗？日子不过了？"米安琪紧紧攥着卡，脸上满是说不清道不明的委屈。

"你丈夫是国企的局级老总，她有吗？"牛守礼得意地笑了，他深知米安琪贪图什么，并笃信孔子所言：唯女子与小人难养也。之所以难养，因为从不满足，那就给她最看重的，而定要留下次之的遗憾。一旦她没了遗憾，自己就离遗恨终生不远了。

更关键的是，牛守礼觉着米安琪不贴心，正像他老娘说的："她是只养不熟的狐狸精，恋权恋财不恋人，心思压根儿不在你身上。牵头戴官帽的猪，她都能嫁。看她一眼，恶心俩月。"

"没人稀罕你这个破局级。"米安琪嘟哝着。

"行啦,给我片降压灵,血压有点高。"牛守礼忽地沉下脸说道。

米安琪如释重负地站起来走进厨房,"降压灵"就像牛守礼今夜挂起的免战牌,看来令人生厌的夫妻生活她是可以逃过去了。

三十六

书案上这把三棱刮刀是小良子找来的,曹剑说治疗失忆最好的办法——给失忆者找来遗忘事件中的重要物品,常常看,时时摸,猛然间灵光闪过,瞬息闯入尘封的记忆,昔日情景将再次重现。

夏克明呆呆地直视着它,木质刀柄暗黄油亮,三棱状刀身细长冷硬,三道锋刃呈灰白色,几侧刀面通体乌暗,每个棱面都有放血的凹槽。小良子说:这把刀发暗发黑,应该是吃过血的。

从早上到中午,夏克明盯着三棱刮刀,此时已云锁眉头快要拧成了疙瘩。

刚开始,他还把刮刀拿在手里攥攥摸摸。没一会儿,就觉着很脏,很腻歪,将刀丢到书案上,呆呆地瞅着。而灵光闪过、岁月逆流,往昔重现之类的鬼话全是外国人小说、电影里的扯淡。

夏克明丝毫没有电光火石欲要降临的感觉,却越发得胸闷气短,涌起阵阵莫名的焦躁。心中暗暗发狠,咒骂一切:……希区柯克的《爱德华大夫》最为扯淡;荣格是欺世盗名的混蛋;弗洛伊德是浪得虚名肮脏变态的医学神棍,全他妈是骗子,恐龙那么大个儿的骗子!曹剑不过是个以讹传讹的瘟臭虫。

夏克明焦虑地揉搓着脑袋,双手死死地揪住头发,似乎要把整个头皮掀起来吸吸氧,透透气。忽然全身一抖,像被人猛推了一把，除了不知道屁股被扎是怎么回事，我还忘了什么？还忘了……

上次在商城……夏克明闭上疲惫的双眼……

"你把我按在楼道的墙上耍流氓，我哪儿知道她和谁在一起？"许晴红着脸，目光瞄向别处。

"我？把你按在墙上耍流氓？"夏克明痛心疾首地问。

"你还吃亏啦？"

他睁开眼，心怦怦直跳……脑海中，一个个令夏克明情何以堪的画面纷至沓来。

"可我不记着你去过我家，更别提强奸我，还有你上回说篝火晚会接吻什么的。"米安琪情急之下快要哭了，夏克明无力地趴伏在桌上。

"我们俩有一个——"

"这儿出问题了。"米安琪用手指指自己的脑袋。

涔涔的热汗从额头淌过滚烫的脸颊，夏克明胡乱地抹了一把，霍地扯开睡衣原本宽松的领口，扣子滚落到地上，他大口地喘息着。

黑暗的楼道里，和他忘情接吻的不是米安琪吗？她也从来没请自己去过她家？那么，我在她家要强奸她……

回忆在无望的追忆中奔跑，忆往的忆往，像条潺潺无际的河，永远游不到对岸。难道这些都是因为失忆，因为自我意淫的需要而编造的妄想？他凄惨地笑了，我他妈……真够……可怜可耻的。

夏克明面色煞白，无法压抑的痛楚搅拌着难以言状的耻辱如激涛拍岸。一直隐藏在体内无形无影的"他"此时突然现行，凶神恶煞，声嘶力竭地质问："你丫说，你还编造了什么？"

夏克明流露出哀求的眼神，懦弱地摇摇头，似乎是弱者无声的抗辩。"他"拿起三棱刮刀，夏克明对着"他"恐惧地大叫："每个人都在痛苦中逃避，逃避中编造，又在编造中安息。"

手腕还是被"他"箍住，狠狠地划下去，绝望中的夏克明刹那间疼得撕心裂肺。

殷殷的鲜血缓缓地溢出来，转动腕子，血也跟着旋转流淌，像根根粗粗的红线缠绕着手臂，一滴、两滴，滴落在书案上。

两腿不停地发抖，"他"又发出低吼，逼问夏克明："米安琪怎么会请你去家里做客？还逼着人家承认……被你强奸？下流坯，你丫高中到底为什么退学？"

逼问的声音刺刺拉拉，嘶哑中混合着粗粝。夏克明被问得瑟瑟发抖，无处躲无处逃，"他"又举起濡湿了血迹的三棱刮刀，一寸一寸地逼近。

"说！高中到底为什么退学？"

夏克明仿佛被"他"用刀抵到了峭壁悬崖旁，含着满眼的泪水极力忍住抽泣，无望地望着书案上父亲的照片，即使绞尽脑汁地回忆，大脑里还是一片嘘嘘呼呼的空白。

握刀的右手骨节突兀，青筋暴露。夏克明深深地吸气，猛地伸手抓住"他"刺过来的刀，三棱刮刀在左手掌划开一道深深的口子，夏克明剧烈地喘着粗气，整个心痛得抽搐起来，喉咙中发出恐怖的吭吭声，伤口的创面隐隐翻开和血的白肉。额头上止不住的冷汗滴入流淌的血水中。

顷刻间，鲜红的血水满染了手掌，顺着手指淌落到书案上、睡裤上、脚面上。汗水、泪水、血水簌簌地滴落，苹果白的地面迅速染红了大片，"他"终于扔下三棱刮刀，夏克明瘫倒在椅子上全身颤抖，泣不成声。

哭泣声越来越远，远得仿佛直追往昔。那是一个男孩撕心裂肺充满仇恨的哭声，孩子的影像始终模模糊糊，眼前一只巨大鞋底的特写，大脚迎面踹来，孩子摔倒的瞬间，他的脑袋撞到破旧的灰墙上。旁侧的木门和嵌着的玻璃发出"嗡嗡"的轰鸣。

血红激荡着热烈的暴力，却让夏克明感到放松与安慰，电梯是血红的，公寓的门厅、地面都是血红的，天空是血红的，周遭的一切都在血红里荡漾。

夏克明的意识脱身一闪，向上飞升，如空中飘浮的灵，揪心地看着自己的肉身蜷缩在地面上抽搐战栗。

"救救他！帮帮他！"空中的灵苦苦地哀求人们。

人们不为所动，露出厌恶惊慌的惧色，错乱失态中，有人挨近前撇着嘴看着肉身和斑斑血迹。时隔良久，一个老头终于拨打了手机……

救护车高低交错的"嘟嘟"声呼啸而至，在白大褂和众人拥到肉身跟前时，灵也闪回了肉身。

夏克明拼尽全力反抗七手八脚的拉抬，哪怕最微弱的反抗都让他们丑态百出，笑！夏克明实在想笑，发出得意忘形的大喊："现在还没崩溃过的都是大傻逼！"

确实喊了，声嘶力竭地喊过了，嘴还是大张着的，但人们没有任何反应？是自己从未发出声音？还是他们都耳聋了？只有心听到了。

再喊！再喊！夏克明肯定自己张着嘴用尽全部的气力嘶喊，眼前多了些像定格一样丑陋模糊的脸。须臾间，他们开始晃来晃去，对他指指点点。突然，夏克明连鼻带嘴都被罩子扣住，他再也发不出任何声音。

眼前突地漆黑一片，思维出现了断层，但好像电路片刻就接通了，思维的照明又被点亮，他暗想这些麻木不仁的大傻逼肯定是没救了。不管他们了，管也管不了，夏克明闭上眼自顾自地睡了。

虚幻和现实的片子被反复剪辑，夏克明的瞳孔触刺到一束强光。很远的地方，像是从冰河之下传来一个声音："叫什么？"

　　他缓慢地思考着，这是谁？问谁呢？

　　"叫什么？"

　　夏克明努力半睁开眼。

　　"问你叫什么？"

　　干黏的唾液使他张不开嘴。

　　夏克明忍着双唇撕裂的痛感，嘴里咕噜了两下，"哪吒。"

　　模糊的面容忽地被长焦拉远了，凝结成一个黑点，耳边嘈杂的声音令人烦躁，喉头痉挛想吐。

　　"好好想想，你叫什么名字？"

　　"哪吒。"模糊的视线中，大壳帽、男人的脸。

　　"你父母呢？"

　　"我早把肉身还给他们了。"

　　片子又断了，屏幕上"吱吱"地投影出白花花的空镜头，谁把这段儿裁掉了？下面怎么剪辑？没人知道。

　　不知过了多久，片子又接上了，接上就能看，好看不好看无所谓，乏味的人生烂片多如尘埃，和他们相比，我这部掐头去尾地放映出来也叫精彩。

　　芬芳，清凉的芬芳充盈袭来，然后世界颠倒过来，屏幕上出现一张颠倒的脸——秀丽漂亮的女人脸，一点都不虚，如此得悦目清晰，天使的白色帽子，白得耀眼，又有耀眼的光束刺他的眼。

　　有人在急切地叫他："夏克明！夏克明！"

　　下流的叫声居然使魂魄开始苏醒，他恼怒地张开眼，看见正探头探脑俯身过来的曹剑。

　　"你认识他吗？"女大夫轻柔亲昵的声音，她那张漂亮的脸又颠倒地映入眼帘。

夏克明微微点头，他马上意识到自己躺在床上，怕女大夫看不清，更加使劲地点点头。

"他是谁？"女大夫问。

夏克明痴痴地看着女大夫，怀疑她是米安琪假扮的，特别是声音，极度酷似。他直愣愣地问："你多大了？"

曹剑在他眼前露出下流的笑容，让他很不愉快。

"他叫什么名字？"女大夫的声音真好听。曹剑的笑容真下流。

"他叫下流坏。"夏克明严肃地说。

曹剑下流的笑脸消失了。

"大夫，他认识我。我们是哥们儿。"曹剑下流的声音越来越远。

夏克明再醒来时，已是黄昏。

天刚擦黑儿，路灯扑闪着泡眼全亮了。坐在曹剑的车里，夏克明抬起裹着白纱布的左手试着动了动，撕裂的痛顺着胳膊像电流一样突袭上来。他木讷地吸了口烟，冲窗外喷出烟雾，徐徐晚风中，一团淡蓝色舒卷飘散。

"你丫太吓人了，有什么想不开的跟哥们儿说说。连手掌带腕子缝了十多针，万一要废了呢？下午连慈安精神病医院的管片儿民警都来啦，跟我问这问那，最后还在笔录上签了个名。"曹剑说着瞥了他一眼。

"我刚才在精神病医院？怪不得那女大夫老问我些乱七八糟的问题。谁他妈把我当精神病送那儿了？"

"她给你打了一针，你就睡了大半天。下周，她还让你来做检查呢。"

"我没病，查个屁！"夏克明盯着后视镜中—— 一张阴郁惨白的脸。

"你怎么来了?"夏克明忽然问。

"管片儿警察拿着你的手机,按着你的通话记录联系,我一听就赶过来了。吓死了,手还疼吗?"

"你丫这一问,立刻钻心得疼。臭嘴!"夏克明皱紧了眉头。

"回去按时吃药,吃药时闭上眼,漂亮的女大夫正喂你呢,噢……乖,张开嘴,擦擦哈喇子……"

脚下鼓鼓囊囊蓝色的布袋裂着大嘴。夏克明拎起来透过车窗拽了出去,随着"啪"的一声落地,包装呆板的盒盒袋袋抛散到漆黑的柏油路上,后面疾驰而过的车轮将其碾压得粉碎。

第十二章

裂变

三十七

落日余晖斜斜地照进来，客厅深棕色的木地板上铺满了残照，尘埃微粒在光束中快活地飞舞旋转清晰可辨。

孟老太太津津有味目不斜视地看着电视剧。男女演员裹脚绕脖子的台词兜来兜去，没气斗气，无聊找聊，没戏凑戏，像弱智洗澡不用水，活生生地干搓；像捏紧干瘪的奶子咬牙瞪眼地非要挤出点点滴滴愣充大喷泉。

夏克明怀疑天下的孟老太太们是不是电视台的最后一批观众，等这茬人闭眼，电视台八成也该摘板歇业了。他不忍心看着孟老太太再嘬这毒奶子，按下遥控器——黑屏了。

"开开，天天看，不然接不上了。"孟老太太一脸责怨，急得双手互搓。

夏克明朝她晃晃缠着白纱布的手，像是说再见。

"你手怎么啦？"孟老太太吃惊地问。

"进来半天刚看见？您是不是以为我戴了只白手套呢？"夏克明问。

"和人打架了？"

夏克明摇摇头。

"快把电视打开。"孟老太太转眼抬手指指电视。

"打住吧！再看就傻得没边儿了。您也奔七了，天天看这些低俗无聊的滥调情有意思吗？"夏克明把遥控器粗鲁地扔到茶几上。孟老太太垂下松弛的眼皮，沉默不语地低着头，看着脚边的地板发呆。

夏克明叹了口气，点着烟说："我上高中的时候，有没有受过重伤，伤得很厉害？"

孟老太太转过头，望着夏克明满脸期盼的神色。

渐弱的光影中，两鬓弯曲的银丝和浑浊眍陷的双眼装点着一张失神苍老的面容，像画家灰暗心境下创作的素描画。

夏克明诧异，只有半年时间，孟老太太怎么就衰老了这么多，刚才进屋时，他甚至闻到一股特有的老人味道。

阵阵恐惧涌上来，慌张中，他不敢窥视又忍不住张望自己垂垂老矣的明天，以至悲从中来，脑中萦绕着一句酸词——"时不予我的哀愁。"

"你从小认死理儿，不吃亏，爱和别人打架，一天到晚带着伤。"孟老太太似乎是辆经年累月的老爷车突然打着了火，夏克明不禁怦然心动。

"你记着有人扎过我屁股几刀，去医院缝了很多针？还在家休息过一段时间？"

孟老太太露出了笑意，让夏克明暗暗愤怒。

"谁用刀扎你屁股？你不跟人家玩命？别瞎说，我不记着，没这事，你摸摸屁股。"

"那你知道，我高中为什么退学吗？"夏克明问。

"胡说！你高中毕业了，怎么能退学呢？我记着……还见过毕业证呢。"

"你见过我的高中毕业证？"夏克明半信半疑地问。

孟老太太肯定地点点头，"你爸爸死的早，我能让你连高中都念不出来吗？"

夏克明晕菜了，他困惑地看着孟老太太……

"给我倒点水。"孟老太太指指茶几上的蓝色塑料杯，又从兜里摸出个小药盒，倒出两粒圆圆的药片，这才伸手接过水杯。

"饭前半小时准时吃药，我脑子很清楚。"孟老太太说着，眼睛看看茶几上的小闹钟。

"你记着我有个高中同学叫米安琪吗？"夏克明问。

孟老太太忽地眉开眼笑起来，差点没让送药的水给呛着，"你从小就不是东西，上课跟人家女孩动手动脚，老师向我告状，我回家气得把你爸卖西瓜的秤杆都打断了。"

　　夏克明也笑了，俩人相互看着，都笑出了声。

　　"你配不上人家，咱什么成色？和人家没法比。"孟老太太把杯子放到茶几上。

　　夏克明低下头，轻轻握握缠着白纱布的手。

　　"那女孩长得多水灵。"孟老太太由衷赞叹着。

　　"你见过她？"夏克明猛地抬起头。

　　"你把人家骗到家里被我撞上了，你不会真忘了吧？比我记性还差？"孟老太太苍老的面容上居然闪过狡猾得意的神色。

　　"你怎么撞上的？"夏克明问。

　　"我回家开门，那女孩从里屋跑出来，脸红红的像个大苹果，你从小就不是好东西。"

　　夏克明看着孟老太太傻了，"我怎么不记着？"

　　"装傻吧。把电视给我打开。"孟老太太的目光又回到黑屏上。

　　"我给你雇个保姆怎么样？"

　　孟老太太连连摆手，"不要，不要，现在老听说小保姆虐待孤寡老人，有的还打老人，来个生人住家里，晚上我睡不着觉，要不你回来住，就可以雇保姆。"孟老太太的眼睛里透出了些许期盼的亮光。

　　夏克明赶紧避开她的目光，按亮了电视。剧情还在原地打转，像在磨刀石上蹭着块永远不透亮的锈铁，要钱不要脸地只想熬到45分钟。

三十八

"你买这么多，我一人吃不了。"孟老太太说。

夏克明拿出塑料袋里的餐盒，将它们一一打开，排列到桌上，菜汁沾到伤手缠裹的白纱布上浸染成暗黄色。

他回过头，窗外半天的余晖褪尽，孟老太太在傍晚的暮色沉沉中显得更加苍老。

关上房门，夏克明拎着垃圾袋站在楼道里愣了会儿，拿出手机拨打许晴的电话。

"你手受伤了？听说缝了十几针。昨天米安琪电话里告诉我的。"

许晴话音中透出一丝真诚的焦虑，夏克明稍纵即逝的感动过后，随即涌起似是而非的不快。

"米安琪怎么知道的？"

"有个警察给她打电话，询问你姓名什么的。她没去看你？没给你煲点汤补补？米安琪可是煲汤高手，她老公隔三差五地不喝几盅人都能颓了。"

夏克明似是而非的不快一下被许晴挑明了。

"我问你点事。"他克制着自己，平静地问。

"你先说，她去看你没有？"

"没有，我问你点事……"夏克明有点急了。

"那也没给你煲汤喝？"

"废你妈话！没见面怎么煲汤？再说了，狗屎汤谁稀罕，也就她家那傻逼喝！"

"你没吃着葡萄，我都觉着酸，哟！牙酸倒了。"

"许晴，你别臭来劲，昨儿早晨我们刚打了架，她能来看我吗？她又没你那么贱。"

"去你妈的夏克明，以后少给我打电话！"许晴发出母兽一样的吼叫。

夏克明沮丧地将手机放进兜里，忽地想起要问的事还没问，重又掏出手机发短信。

"你知道高中时谁扎过我屁股吗？"夏克明拎着垃圾袋在楼道里来回溜达着，不时看看手机，楼道里的灯亮了，短信提示音也响了。

"不知道，滚蛋！"

夏克明走进黑暗的消防通道，气急败坏地掀开墙角垃圾桶的盖子，手一麻，垃圾袋掉在地上，果皮菜叶撒了一地。

垃圾桶散发着酸臭的腐味，夏克明将半人高的垃圾桶拉到正对楼梯的位置，抬脚踹出去，垃圾桶"咚"地飞起来，顺着楼道"吭当当"地下滑，楼梯上撒落下一堆堆乱七八糟的脏物。

夏克明走出楼门，迎面吹来清凉的晚风，他深深地吸了几口。当他神情恍惚地回到隐秘的"山洞"，在书案前坐定时，努力回忆自己是否吃了晚饭，好像没吃，可肚子一点不饿，如果吃了，却怎么也记不起自己吃了什么。

据说小金鱼只有七秒钟的记忆，眼睛盯着电脑液晶屏上游动的热带鱼……思绪却像夏日屋里飞来撞去的苍蝇。

"她没去看你？没给你煲点汤补补？米安琪可是煲汤高手，她老公隔三差五地不喝几盅人都能颓了。"

米安琪会煲汤？从没听她说过，但许晴的话犹响耳边，一遍遍地重复着，夏克明的手掌锥心地痛起来。

他起身来到卫生间，用凉水冲着右手，左手因刀伤无法完全合拢弯曲，用指尖捏着牙刷棒轻轻蹭着右手的指甲缝。一抬头，看见镜子中自己呆滞的眼神和蜡黄消瘦的脸。

黄金涨势如虹，牛总的本金已经大赚了两倍。经过反复的图形分析，夏克明给牛总发去邮件，作为卖出黄金的指令证据。又打电话通知，吩咐他马上下单出货，并让他把分成盈利划过来。

电话里，牛总提出将本金加到1000万，夏克明乍一听，心中暗暗吃了一惊，

"兄弟，老哥绝对信你，钱是次要的，关键是咱俩对脾气，难得。过几天我往里面再加几百万凑齐1000万，明儿我就把盈利分成给你划过去。记住，别有心理负担，赔了算我的，如果赚了，你以后拿大头，拿六成怎么样？七成也行，哥哥就是信你。"

"牛哥，别……别，咱还是盈利部分五五分账，以后我的盈利部分你也不用次次给我划过来，万一赔了，先赔我的盈利分成……"

"兄弟，炒黄金我是一傻帽，但做人可不输给你。你刚说的不能算数。"

两人你来我往，互不相让，声声相识，惺惺相惜。

"我说一是一，否则我不做了。"夏克明眼眶发红，这世界最珍贵的就是仗义和诚信。

"行！行！不惹你了，臭驴劲又上来了。"

夏克明不知道是被自己感动了，还是被牛总的相知相信感动了，情绪难以平复，快速地翻看着黄金周期图形，却好像什么也没看见。

"电话那头，是你说的操盘天才吗？"暗影中的大床上传来女人的声音。

"不是他，是哪个？"牛守礼拿腔作调地回应。

"刚才，他万一要就坡下驴，真分你七成盈利，你不傻茄子了？"女人嗔怪地说。

"在我这只有一万，没有万一。我几十年专攻人术，啥时候灭他、啥时候夸他、啥时候给他整炸药、啥时候给他整玫瑰，这可老学问了。"

"狗屁学问，兴奋得连乡音都出来了，不学无术。"

牛守礼色眯眯地望着大床上的女人激昂地说："不学无术才能无所畏惧，学金融、学法律，那才都是狗屁，万般皆下品，唯有玩人高，玩人才能以一抵万，其中还包括玩女人。"

牛守礼话到人到，侧身上床。

"这么大劲？你老婆又给你煲汤了？"

"少废话，你先下床把黄金卖了。"牛守礼说。

夏克明关了床头灯，猛然又捻亮了，神经质般地坐起身。瞬息间的黑暗中，他似乎看见天花板上有巨蟒弯曲游走的恐怖身躯。

三十九

"成人了，睡觉还怕黑？"

夏克明猛然惊醒，听见窗外风声雨声"飒飒"作响，睡眼蒙眬，床头灯发出昏晕晕的光亮。他伸手捻灭灯，睡意和漆黑再次交融，混为一体在暗夜中下沉。

"天天念我，看我照片，来了也不招呼我？"

如此清晰，似曾熟悉的声音又将他惊醒。

夏克明惶恐地坐起来，哆哆嗦嗦地欲抬起手。

"不开灯你也看得见。"

他聚焦惊惧的目光，看见暗虚中一个形销骨立的人形。夏克明越屏息定睛细看，越给他信心和鼓励，面孔越清晰，脸依然是棱角分明，浓浓的眉毛，嘴角挂着莫衷一是的笑。

"别傻看了，是我。"笑容更加亲切，夏克明残余的恐惧早已消失殆尽。

"爸爸。"张张嘴，像是轻轻的呼唤。

"给我倒杯水。"

夏克明像孩子般欢天喜地，飞奔着跑进客厅，手忙脚乱地拿起玻璃杯从饮水机接水，不时回头看看坐到布艺沙发上的爸爸，生怕不看就看不见了。

不知不觉中风歇雨停，月光的清辉洒进屋内，夏克明立在茶几旁呆呆地看着他傻笑。就像儿时，看着久出才归的爸爸总是心中欢喜又不言不语，总是这样的手足无措，总是傻乎乎地站在他身旁。

"您怎么来了？"夏克明终于嗫嚅道。

"我有时来，看见你做傻事，看见你做噩梦，可我阻止不了你。你想什么我都知道，但何苦折磨自己。好好过日子。"

夏克明的眼泪默默地流淌，渐渐地，双肩颤动，泣不成声。经年累月的委屈像决堤宣泄的洪，爸爸的面容模糊了，他尽力止住哭泣好听清爸爸的话。

"不要纠缠过去了，面对痛苦，很多人都在选择失忆，甚至自欺。你何苦作践自己，会疯的。"

听着爸爸的话，另一种反对的声音，却在体内哭号。

"弱国无真史，傻逼没过去，我宁可成为疯子，也不当傻逼，死也不！"

儿时梗着脖子，眼眶上挂着泪珠，不服不忿也是这副样子，一切都在恍如隔世中续写重复。

爸爸一声轻叹，"在某些时间、某些地点、某些环境里是不能活明白的，你和我一样固执。仔细想想过去和你有关的人别落下谁，缺口就在那里。"

"您说的是谁？"夏克明问。

"我不知道，你自己想，能想明白。记住：没什么事情比先保护好自己更重要。"

夏克明点着头向爸爸走过去，已是近在咫尺的距离，他缓缓伸出的手停留在渺茫的半空，触不到冥界的亲人，面对了无一人的布艺沙发，夏克明瞪大双眼盯着这一片空虚，久视过后，仍然是空虚。

他轻轻坐在爸爸刚刚坐过的地方，凉凉的，没有任何温度，仿佛什么都未曾发生过。

黎明的晨光唤醒夏克明，他疲惫地从沙发上坐起来，四下看看，想起夜里爸爸来过，大概又是一场梦游，自己的脑子真的出问题了。

蓦然间，他倒吸了一口凉气，夜里爸爸喝过水的玻璃杯还放在眼前的茶几上，夏克明握住杯子，仰头将冰凉的水一气喝下。

四十

当天上午，夏克明开车驶进东城区的一条小街。

记得初中时，这条小街很安静，特别到了秋日愈加萧疏闲冷。街道两边的双扉朱门终日紧闭，连傍晚在院门口玩耍的小孩也很难见到。

有一次，他和小良子一伙人在这里痛殴地安门那片儿的孩子。脆生生的大嘴巴声，闷声闷气的棍子击打声，至今回想起来仍声声入耳。

如今小街两边停满了中低档轿车，脏兮兮的小门脸一家挨一家，做小买卖的外地人从低矮的院门里出来进去。

夏克明向右打把拐进一家洞开的单位大门。反光镜中，有个保安从门房里跑出来。夏克明停在唯一空闲的车位上，刚下车就被保安拦住了。

"您找谁?"保安看着卡宴怯生生地问。

"米安琪在几楼?"夏克明问。

"米主任在三楼,您先到门口登记。"保安坚持着说。

"一会儿米安琪送我出来,让她替我写。"夏克明拍拍保安的肩膀,径自朝院内的四层红砖小楼走去。

站在门口扫了一眼,看见米安琪端坐在屋角临窗的宽大工位里。房内几个闲人投来关注的目光,夏克明晃晃荡荡地步到近前,米安琪全神贯注地看着液晶屏,网页上几个爱马仕的皮包映入他的眼里……

随着周边某人煞有介事的一声干咳,米安琪猛地抬起头,顿时愣住了,迅即下意识地站起来。

"安琪,让小舅好找啊。"众目睽睽之下,夏克明大言不惭地说。

米安琪的脸腾地红了,双唇微启,咕哝道:"你怎么进来了?"

夏克明一副缺心少肺大大咧咧的样子,笑嘻嘻地左右环顾着屋里的几个人,大家慌忙低头躲避着他的目光,避之不及地朝他挤出点假笑。

他能感觉出来——米安琪走出楼门时如释重负,尽管脚步仍然匆匆。

夏克明站在门房的窗前,对里面的保安大声问道:"要不要米主任补签登记?"

米安琪猛地回头怒视着他,夏克明佯装不知依旧站在原地不动,保安冲他连连摆手。

直到走出小街,米安琪忽地转身喝道:"你怎么这么浑?"

"我打你电话,你不接,我就找来了。一个男人,找一个和自己激情余波尚存的女人怎么就浑了?"

"说吧,什么事?"米安琪冷冷地问。

"怎么找到许晴?"

"我不知道，你自己问她去。"

夏克明转身朝着小街里溜达，米安琪紧走两步跟上来，夏克明突然撒腿跑起来，直奔她的单位大门。米安琪一愣，气急败坏地大叫出来："夏克明!"

他停下脚步，又晃晃地走回来。

"你干吗去啊?"米安琪问。

"您爱搭不理的，我找你充满好奇心的同事们聊聊天，行不行?"夏克明一脸无赖相。

"你有病啊?"米安琪气得忍无可忍。

"你有药吗?"夏克明问。

米安琪掩饰不住突如其来的笑意，慌忙转身朝小街外走去。夏克明默默跟在后面。

"你找许晴干吗?"米安琪低头搅动杯里的咖啡。

"谈谈情，跳跳舞。"

"一副无赖相，以前见你还穿得像回事，看看现在，穿得乱七八糟的，手上缠着脏乎乎的纱布，眼屎还没擦掉呢。"

夏克明缠着纱布的左手从容地按住她放在桌角的手上，米安琪像被烫了，慌忙把手抽出来，一脸的愠怒。夏克明朝吧台笑着点点头，米安琪回头看过去。

夏克明敏捷地将她的手机偷了过来。

"跟谁自作多情呢?"米安琪满脸的不屑。

"我去放放水。"夏克明站起来，

"我再要两块瑞士卷。"米安琪说。

"这儿的日式麻薯不错。"夏克明伸手将邻桌的彩绘食单递给她，走向咖啡厅墙角暗处的卫生间。

夏克明站在她身后，才想起拉裤链，看着桌上打包好的几个快餐盒，右手搭在米安琪的肩上轻轻地揉捏着。

米安琪转身，忙拨开他的手，"你便后洗手了吗？"

夏克明左臂趁机绕过她的身子，把她的手机放到小桌上。

"看见好几样甜点特馋人。"米安琪笑说。

夏克明非常赞同地点点头，坐了下来。米安琪看看手表，"我该回去了。"

夏克明仍然点点头，"听说你是煲汤高手。"

"许晴告诉你的吧？"米安琪充满敌意地问。夏克明面无表情地看着她。

"你们俩联络得挺热乎，还装模作样地问我怎么找她？我走了。"

"什么时候给我煲汤喝？"夏克明问。

"让许晴给你煲吧。"

"好主意。"夏克明一本正经地说。

米安琪狠狠地瞪了他一眼，拎起精致的食袋起身出了咖啡店的木门。

四十一

夏克明关上楼道里的灯，捅了两下门铃。室内传出踢踢踏踏临近的脚步声，猫眼里的光亮随之被遮黑了。

对着猫眼孔，夏克明揿着打火机。

"谁呀？"是许晴的声音。

摇曳的火苗似点点温馨的烛光，环绕着哈根达斯冰激凌蛋糕的透明塑料盖画圈。

房门拉开了，夏克明托着冰激凌蛋糕迈脚入屋，灿灿的光亮里，许晴惊恐地被迫向后退让了半步。

待她看清夏克明时，不由得面色飞红，恶声恶气地问："吓死我了，谁请你来了？"

夏克明并不答话，只将蛋糕塞给许晴，眼珠子在客厅里扫来扫去。忽然，迈开大步直奔卧室，许晴将蛋糕放到餐桌上，紧跟着他。

"你怎么来了？"

夏克明还是一言不发，盯着卧室的法式大床——深色的竹节床柱罩挂着红彤彤的纱幔，弥散着暧昧的气息。目光像转动巡视的探照灯，落在身边时尚的欧式梳妆台上，顺手拿起巴掌大的墨蓝瓶香水——迪奥：午夜奇葩。扭头冲着许晴不怀好意地笑笑。

许晴像只愤怒的猫，一把抓住他，"问你话呢？"

他甩开许晴，又闯进对面的房间四下打量着，只见墙上挂满了形状各异的相框。

"你还有没有点家教？"

夏克明死鱼不张嘴，径直靠近墙边，欣赏着一张张相片，许晴也安静下来。在狭长的高中毕业合影前，他伸长脖子，凑得很近。

"找心头肉呢？"许晴阴阳怪气地问。

夏克明指着前排正中指甲盖大小的脸问："李鹤鸣？"

"记忆力不错，看看旁边是谁？"许晴说。

米安琪站在李鹤鸣左边，笑得很卖劲但很矜持，许晴那时像假小子在李鹤鸣的右边，空茫中直视镜头。

夏克明像是在细细品味着，自言自语地说："要说五官眉眼米安琪还真逊你一筹。特别是她的嘴唇有点薄，没你的性感。可是……"

"可是什么？"许晴关切地问。

"气质上……你差了一大截儿。"

许晴没听完，转身走向客厅。

夏克明跟了出去，"说真话，就像蹚雷区，稍有不慎……"

许晴用手指着房门对他说："蛋糕收了，替我谢谢米安琪，你快滚吧！"

夏克明不慌不忙走到餐桌前，揭开蛋糕盒的盖子，端到深褐色雕花的茶几上，一屁股坐在三人沙发里，没羞没臊地说："来，一起米西米西。"

"你真够贱的，滚不滚？"许晴两手交叉在胸前，冷着脸子站在茶几旁盯着他。

夏克明目不转睛地看着许晴因被托起突显鼓胀的胸部，故意露出坏笑。许晴放下双手走到他身边，居高临下地说："那天电话里你骂我贱……"

"你耳朵有毛病？我是骂米安琪贱，你捡骂解闷呢？"夏克明气咻咻地说。

"米安琪贱吗？"许晴斜睨了他一眼，轻蔑地问。

"贱！她要不贱，能让我给你送蛋糕？"

"骗鬼去吧！她是扔破烂之前才会想起馈赠的人。"

倏然间，夏克明的脸莫名地红了。而一旦意识到发热的双颊，脸部越发地红起来。

"她又不是你老婆，捡什么骂？好玩解闷啊？"

"米安琪不告诉我你的地址，在咖啡厅，我偷了她的手机躲在厕所给你发短信，假借她的名义送你蛋糕骗地址，谁让我电话里出口伤人了？"

"我就是个贱人，你说的没错。"许晴低眉垂眼不依不饶地说，身子慢慢坐在一旁的单人沙发上。

夏克明抓起切下的一块蛋糕，起身往她的嘴里塞，"冰爽爽的，给你熄火，省得你没完没了。"

许晴拼命地躲闪推搡，最终还是被夏克明杵进口中。她捂着嘴，鼓着腮帮子，不住地眨巴着眼睛，夏克明从茶几上抽出湿纸巾笑盈盈地递给她。

"你和米安琪一路货，不求人不行礼，要是对我无所求，才不会登门赔罪呢。"许晴气哼哼地擦着嘴，连着口红一同抹去。

夏克明的脸又红了，"给我点酒喝。"

他和许晴的目光一齐投向对面红樱桃木的酒柜。

"威士忌、红酒？"

"红酒，咱俩一起喝。"夏克明对站在酒柜前的许晴说。

"我不喝，你自斟自饮吧。"许晴将两瓶红酒立在他面前，同时放下个大肚小口的酒杯。

"说话啊，你是不是又想打听什么了？"许晴催促着一言不语已经喝了大半瓶酒的夏克明。

他好像没听见，端详着随杯子顺时晃动而在其中打转的酒水。许晴起身也取了个杯子，夏克明给她杯中斟满，面色红扑扑的，眼睛里闪着亮光。他撞了下许晴桌上的酒杯，边饮边看着她。

许晴稍稍仰起下巴，微微闭着双眼，杯中暗红色的液汁慢慢流入口中。少顷，两人凝视着，相对晃晃手中的空杯子。许晴白皙的面庞迅速地绯红了。

"你舍下脸找我……想问……当年谁扎了你屁股？"

夏克明使劲地点点头。

"在我没醉之前，说出你最想知道的好吗？"许晴悠悠地问，夏克明身子一抖，打了个冷战。

"当年是李鹤鸣告诉我你被扎的，也是他指使人干的。他说时，我半信半疑，直到前阵子米安琪又提起这事，我想李鹤鸣当初没吹牛。"许晴说完，静静地看着他。

夏克明从凝神静听中突然笑了，虽然笑得有点勉强，但依然把笑顽强地延续着，留存在脸上。

"你不信？"许晴口中含着酒水，发出混沌的声音。看着夏克明摇头晃脑露出不屑的笑。

"你不敢信吧？心高气傲牛逼哄哄的你居然被自己最看不起的，视为垃圾的人渣把屁股扎成蜂窝煤，快20年了居然毫无察觉，真他妈够受刺激的，活生生一个喘气的穆巴拉克木乃伊。举着冰激凌蛋糕，心急如焚，火火地见人就问：谁扎了我可怜的小屁股？"

许晴被自己的脱口秀逗得咯咯地笑，笑得浑身乱颤，涕泪横流，夏克明低下头无法掩饰地摸摸眼角。

"傻逼，还会哭呢？"许晴讥讽地问。夏克明发觉她的手轻轻抚过自己的头发。

"过去懵懂无知，争强斗狠，被人扎几刀不算什么。问题是，我他妈失忆了，从来不知道屁股被人扎过，还以为是……我操！"

许晴愣住了，笑在不知不觉中哑然无声，空洞茫然地瞪大眼睛。

"什么是真实的？什么是虚假的？什么是亲身的经历？什么是杜撰的意淫自欺？记不住、分不清。整天支撑着一副无耻的皮囊，不敢再照镜子。可脑子里有面镜子，还没打碎，一不小心打个照面，就看见砧板上有块血色模糊的剩肉。"

许晴悄然看着他噙满泪光的双眼。夏克明死死地咬住抽搐的嘴唇深深地抑制着，喉头不住地上下涌动。

一注暗红的汁液缓缓沿着无色的杯身顺势而下，无声地汇聚，无声地涨潮，凝结成沉重的力量。默契地举杯，不约而同在空中碰撞，伤痛伴着渴望一饮而下。

"你看过医生吗？"许晴轻声问。

"他们除了卖我毒药骗财谋利，能唤回我的记忆？鬼才信呢。李鹤鸣为什么会告诉你？"夏克明放下酒杯，注视着许晴。

许晴闭着眼又灌下半杯酒，摇摇头。

"求你了！告诉我！"

"高三时他占我便宜，我要去学校告他，他威胁我说：你知道夏克明为什么退学吗？是我叫人用三棱刮刀把他的屁股扎烂了，没脸见人了，你要敢告我小心点。还说……"

"什么？"

"还说……你妈是……"许晴的嘴巴忽地闭住了。

"是什么？说啊！"

"在班里散布你妈是破鞋，也是他搞的。李鹤鸣说他爸是器件总厂的头，你妈为了涨工资死皮赖脸地缠着他爸。还说你爸投机倒把成了罪犯，在监狱里让人打死了。"

夏克明忽地扬起手，在即将发出脆响的瞬间停在那里，攥成了拳头。像一脚刹车发出尖利的鸣响，顷刻出现心悸的宁静。惊诧间，许晴目瞪口呆，夏克明也惊愕了，迎面扑来的羞耻感让他无地自容。

他缩回手，疯狂的眼神中藏着刀割般的恨，额前两根青筋凸显毕露，不停跳动。许晴不敢再看他血红的眼珠子，低头小声说："给你介绍个大夫好吗？"

"那头猪把你啃了？"夏克明揪心的问话，像奋然举起力不从心的重物。

许晴残酷地点点头，"那时我爸妈正闹离婚。"她慌乱地摆摆手，用酒杯堵住了嘴，难掩眼中的水光，那一定是泪。

"米安琪呢？"夏克明抹去额头上渗出的冷汗，他仿佛虚脱了。

"不知道，她大概不像我那么傻吧？"

"用不着难过，树吹折了，是因为风太大。癞蛤蟆能爬上桌面，是因为有人抬举，我这种人趴在地上，也是因为有人踩着。眼下，这孙子在哪儿祸害人呢？"

"我不该和你说这些，没准儿害了你。"许晴的白牙咬着杯子，眼里涌出清泪。

早晨是分别的时刻，夏克明从沙发上疲乏地睁开眼，直接被许晴喜滋滋地拉到餐桌上。头昏脑涨地喝着稀粥，桌上摆满了好吃的。他竟然想到娶了许晴，没准儿是个不错的选择，真想对她说些感谢的话，但嘴里像抹了蜡，涩涩地说不出口。

只记得出门前，许晴轻轻说："抱抱我。"话音未落，夏克明已经深深地揽她入怀。

"为什么还不结婚？"夏克明问。

"结婚照上的甜蜜都是装的，离婚时恶心的嘴脸都是真的。我早见识过了，会记一辈子。"许晴趴在夏克明耳边说。

"和我结婚呢？"

"在我这儿结？还是在你那只招待米安琪的隐秘'山洞'？"

许晴用力摇摇头，伸手把他推出去，房门关上时，和夏克明一起出来的还有一句告诫"再来先打电话"。

第十三章

经典谋杀

四十二

黑色奥迪像只呆扁愚蠢的硬壳虫子，缓缓爬出地下洞穴驶上路面。

"看！坐后排的那个。"小良子眼神炯炯地说，夏克明瞄着他手指的方向。

"你下去吧。"

"别扯淡，快开。"小良子扭过脸看着窗外。

夏克明摘下长舌头的网球帽扣在他头上，"跟他两天了，别让孙子认出你来。"

夏克明的道奇皮卡几乎横着开上主路，野蛮地别住后面的轿车跟上奥迪，小良子侧目吃惊地斜了眼夏克明。

"老霸道了，那孙子欠你钱？"小良子问。

夏克明摇摇头，"丫欠我一个昨天。"

"你又犯病了，这车可是借朋友的，你当心点。"小良子不无担忧地说。

"没事，你不是说这车最扛撞吗？今儿在东四环，我给道奇做个撞车实验。系上安全带。"夏克明嬉皮笑脸地说。

"不撞，你是我孙子。"小良子也笑了。

"撞了，你是我孙子。系上安全带！"夏克明说。

"别事儿逼行吗？"小良子将脚放到驾驶台面上。

"我帮你系。"夏克明右手伸向对面车窗。

"自己来，我自己来。"小良子熟练地"咔嚓"一声。

高速路上的车流像条蠕动的蚯蚓，夏克明为了拉开一段和奥迪的距离故意压低车速，甚至几次将车几乎停下，后面立刻响起喇叭的鸣叫，前面又有车斜斜地迅速插入。转眼间和奥迪隔了三四辆车。

"这孙子不像外面混的，他怎么得罪你了？"小良子纳闷地问。

"你是混的？没完没了瞎他妈问。"夏克明不耐烦地从兜里摸出张光盘递给小良子，"听听歌"。眼睛眺望着前方，道奇皮卡终于可以加速，载着老鹰乐队的歌声盘下四元桥。

"我不爱听洋歌，一股臭胳肢窝味。唱什么的？"

"这首歌叫：失意之人；小名：亡命之徒。"

"你丫现在就像亡命徒，这孙子去芳园路，前天我跟着他，走的也是这条路。"小良子说。

皮卡在芳园西路上死死地咬住奥迪，夏克明突然慢下来，车速降到了30迈。

"我靠，怎么又慢了？"小良子问。

"没看见前面红灯？"夏克明说。

"真事儿逼！"小良子笑着无奈地摇摇头。

奥迪缓缓停稳在十字路口。皮卡霎时间发出嘶吼的轰鸣，疯狂如飞腾出笼的野兽，像电影的快放再快放，像缝隙间稍纵即逝的意识。老鹰乐队不依不饶的纠缠好似浮动不安的海面托起肆意摇曳的火海。

夏克明大喊一声："扶好了！"

抱头的一瞬追不上震耳欲聋的撞击，奥迪似被拔地抛起的萝卜扑向噩梦，砸落到十字路口。

玻璃碎片在爆破中四射飞溅，两人抱头含胸，像要逃避千刀万剐。夏克明一直屏息凝听着，期待传来第二声巨响，但是在刚刚天崩地裂的"轰隆"声衬托下，此时此刻是一片混沌中的宁静。

他失望地抬起头，透过眼前无遮无挡的车窗——奥迪像昨夜扭曲的宿梦，静静地趴在路口当中。

后窗中央豁开狰狞的大口子，周边参差的锯齿像獠牙一样记录着噩梦的惊恐，几块残留欲坠的玻璃呈现出青花碎瓷般白匣匣的一片。车屁股该卷曲的卷曲；该断裂的断裂；该隆起的隆起，扩展出奇形怪状凹瘪的大坑。

"你丫真够狠的，亡命徒。"小良子的脑袋仍蜷抱在臂弯里，嘴里发出浊重的骂声。

懵懂的片刻寂静后，老鹰乐队的歌声奇迹般地响起，毫发无损地唱着《加州旅馆》，"你可以一时结账，却永远无法离开。"

两人抖掉满身的玻璃渣子，夏克明晃晃脑袋，看着正围拢过来的人们，"人民群众又捡着乐了。"低头按着手机号码——110，"你拨120"，小良子边上下摸索着电话，边说"不过去看看撞死没有"？

夏克明摇摇头，拿着手机报警，声音突然变得微弱颤抖带着隐隐的哭音，小良子诧异地看了他一眼。

四十三

"你脸上有俩小口子。"小良子说。

"丫脸上倒是挺干净，白得像张死人脸。"夏克明残忍地望着前方。

十米外，李鹤鸣双手捂着后脑，满脸痛苦状。

奥迪的前车门推开了，爬出来一个肥壮的大胖子，脑门正中像是刚被河马吻过，印着大块暗色的淤紫，手里提着把厚重的锁棍，瘸着拐到李鹤鸣身边，吃力地弯下腰，为他捡拾地上镜架变形的眼镜。

夏克明摔上车门，回头看看瞎了两眼的道奇皮卡，大灯的残渣远远近近碎了一地。

走近李鹤鸣，才发现他的鼻翼两侧露出擦去皮的红肉，应该是刚刚巨大的冲击力下被眼镜托戳破的。不知是上嘴唇长度不够，还是因为有点内翻，总之双唇裂开道缝隙，仍像高中时，亮着左侧半颗白牙。

夏克明心想，靠着几万元的西装也掩不住丫这半颗白牙露出的贪贱与粗鄙。

"你妈逼怎么开车呢?"大胖子用钢筋锁棍指着夏克明咆哮。

夏克明冲着二人又是作揖又是赔笑，小良子在一旁冷眼旁观。李鹤鸣凑近他面前，眯着双眼留意地审视着，大胖子连忙递过眼镜。

夏克明忙不迭地说:"对不起……"

"你是……夏克明吧?"李鹤鸣鄙夷地问。

"哟!哎!你是，李……鹤鸣。"夏克明迸发出由衷的热烈，使劲拍着他的肩膀。

李鹤鸣带着明显的厌恶推开他的手。

"这么多年，一点长进都没有，还他妈二不愣子似的。"李鹤鸣说着又捂住后脑。

"刚才明明看着还有一大段距离，而且马上要变灯了，所以一脚油踩深了，你看看，真不好意思，有事吗?送你去医院吧?"

"熟人，这就好办了，先去医院。"旁边的老头热心地催促着。

"警察来了!"身后有个小伙子兴奋地叫了一声。

"皮卡谁开的?"

"我，我。"夏克明回头对走过来的警察说。

"和他有仇啊?"

"没有，没有，下车一看，我们认识，高中同学，还是我们班的班长呢。"夏克明说着，又去握李鹤鸣的手，再次被他厌烦地甩开了。

"你车速多少?"警察问。

"50?60?反正我当时觉着和奥迪还有一大段距离，想趁着变灯冲过去，您看看，真是不好意思。"

"这傻逼车速不会低于80。"大胖子对警察说。

"臭傻逼骂顺口了吧？再骂一句，弄死你！"小良子一个箭步冲上去，在大胖子淤紫的脑门上猛戳了一下。

夏克明连忙拉住小良子，慌乱地摆手。大胖子目瞪口呆，小良子转身朝地上啐了一口。

"想解决问题，还是想打架？"警察问。

"解决问题，解决问题，我错了，我全责。"

李鹤鸣对警察说："让他把事情经过写下来，回头有问题再找他，其他的可以走保险，驾车超速是肯定的，我留下司机配合处理……"

李鹤鸣看都没看夏克明，就在大胖子的搀扶下去拦出租车了。夏克明给警察递上驾驶本……

"一起30年了，今天我才有点认识你。"小良子抬腿搭在旁边的餐椅上。

夏克明一言不发，阴沉着脸给他倒满啤酒。

"这李鹤鸣跟你丫仇大了，绝对太大了。"小良子说着探过身，瞅瞅四周低声道："你今儿是想借刀杀人做了他，这局要成了，绝对经典。"小良子点着烟，深吸了一口，"如果我没猜错的话，扎你屁股的真凶就是他吧？瞅丫那操行，就是抠屁眼嘬手指头，坏得流脓的主儿。"

"你想多了。"夏克明低声搪塞着，扭头注视着窗外。

"给我歇菜！咱是东西向，你把奥迪撞飞出去，这时候南北向是绿灯，要是冲上来一辆车侧面撞上，姓李的不挂了，也得残了。"

"南北向确实有辆雪佛兰开过来，刹住了，算他命大，不过没关系，来日方长，我跟丫慢慢玩。"夏克明说。

"你阴得够深的，之前一个字都不透。你行，够仗义。"

"明白就好。"俩人磕了下杯子，仰脖一饮而尽。

"下次，事前点明了，哥们儿就是自决了，也不会出卖你。"小良子盯着他。夏克明点点头说："车撞了，你就是我孙子，所以你孙子听好了：以后让你孙子下车，你孙子就别废话。"

小良子笑了，拿起桌边的长舌头网球帽狠狠扣在夏克明头上，连眼睛一起罩住，"你丫要是戴着帽子，脸也不会像被猫挠了似的。"

"坏了！车让警察拖走了，光盘还在里边呢。"夏克明立刻像孩子般垂头丧气捶着桌沿。

"趁早扔了，都是洋破烂，俺给你逗两口东北民歌：提起那宋老三哪，两口子卖大烟。一辈子无有儿呀，生了一个女儿赛婵娟。大姑娘一十六岁呀，乳名叫那宋大莲……"

小良子唱得字正腔圆，黑土地的痞味儿经过砂纸似的破锣嗓子演绎得至纯至正。

不远处，几个喝酒的小崽可能听多了细嫩的嘿咻，居然歪着脑袋瞅过来，用筷子"啪啪"地给他击桌打点。

小良子越发人来疯了，扯着脖子像发情的母狗狂吠。夏克明臊得满脸通红，真想站到大街当中让车撞死。

四十四

夏克明扶着小良子迤逦歪斜地上了辆倒霉的出租车，刚拉开车门，司机就闻见两人扑鼻的酒气直皱眉头，故意露出厌恶的表情。

"你嫌弃我……是……不是？"小良子挣脱夏克明，跌到副驾驶座上，指着出租车司机大着舌头质问。

"师傅别搭理他，去安贞。"夏克明歪进后座赶紧说。

车刚下安贞桥，进了辅路。小良子抬起手，胡乱地在车门上画圈，"你要想吐，让师傅停车，咱们下……"

夏克明的话还没落地，小良子的脸瞬间憋紫了，一口、两口、三口连续喷到车窗上。汤汤水水又回溅到他的脸上、身上、座椅上。车内弥漫着令人作呕的酸腐臭气，司机和夏克明捂住鼻，不住地干呕。

小良子干哑着喉咙呓语："摇下来了，我把……车窗……摇下来了。"

夏克明摸出一沓钞票，800还是1000，他也没数，夹带着磕头虫似的歉意一股脑儿塞给司机，拖着小良子逃走了。

路灯亮了的时候，他踩着自己的影子进了孟老太太的公寓楼。出了电梯，夏克明蹑手蹑脚走到房门前，右眼凑到猫眼上，就像把望远镜倒过来瞧，屋内亮着灯光，隐约听到电视新闻播音员咿咿呀呀的声音。

夏克明紧揪的心松懈了，他没有勇气敲门，低着头麻木地站了会儿，悄悄下楼走出了公寓，吸着烟溜达进小区花园，一屁股坐在花亭前的长椅上。

前两天早晨，他从许晴那儿出来，就直奔孟老太太，进门劈头就问："你原来单位的头儿姓什么？"

孟老太太茫然地看着他，半天没吭声，夏克明站在原地一动不动地看着她。孟老太太说："器件厂有总厂和两个分厂，你说哪个头儿？"

"你在哪儿？"

"总厂待过，在一个分厂也待过。"

"分厂的头儿姓什么？"

"刘。"

"总厂的头儿姓什么？"

"李。"

"李什么？"

"忘了，你到底想问什么？"

"我想问……你到底……干没干对不起我爸的事？"

"放屁！你爸撒手就走了，撇下你才几岁，我把你拉扯大，我没对不起他！"孟老太太疯似的喊着，老泪顺着眼袋横波滚落双颊。

夏克明的右眼皮不由自主地跳了几下，嘴唇抽搐着问："他是不是有个儿子，叫李鹤鸣？"

"这么多年了，你又提这破事干吗？为这事，你当初闹得还不够？为这事，这么多年，你叫过我一句妈吗？你怎么这么浑啊？"

夏克明惊诧地瞪大双眼，顿觉毛骨悚然，他不停地对自己说："许晴说的全是真的，我曾经也知道这事？难道，又是失忆忘记了。"

"这是什么时候的事？告诉我，这是什么时候的事？"夏克明疯了，他无法控制自己歇斯底里地怒吼。

"你知道！"孟老太太拼了老命似的回敬他。

"我不知道！"

孟老太太双唇不住地哆嗦，极力压抑着，颤声说："你七岁的事。求求你，快滚，快点滚！"

那天上午，夏克明跑出来，虚脱在这张长椅上，脑子里升起一块大屏幕——哈姆雷特痛不欲生满腔悲愤地斥责饮泣欲绝的母后：

"像你这样的岁数情欲该不是太旺，该驯服了，该理智了，而什么样的理智会叫你这么挑的？是什么魔鬼迷了你的心？

"羞耻啊！你不感到羞耻吗？如果半老女人还要思春，那少女何必再讲贞操？在床上淋漓的臭汗里过日子，整个儿糜烂，守着肮脏的猪圈无休止的淫乱。"

不知始于什么时候，这段台词烂熟于胸，扣动扳机，冲口而出。他想背给孟老太太听，但不忍心，也不敢。

那天上午，夏克明坐在这里，一边咽下倒流的泪水，一边心里一遍遍地默念，念着……念着，他掏出手机打给了小良子："帮我盯个人……"

这两天，夏克明一直不愿正视自己的担心——怕孟老太太气出个好歹，直到刚才听见屋里的电视声才算松了口气。

黑暗中，他对李鹤鸣说："你可以一时结账，却永远无法离开。"

第十四章

和自己恋爱

四十五

秋阳和煦明亮，洒照在米黄色橡木的椭圆餐桌上，融融的暖意里，飘荡着四溢诱人的菜香。

夏克明摘下浅蓝色的围裙，指着桌上的佳肴自豪地说："蒜蓉龙虾、清蒸带鱼，尝过鲜活的，再吃冷藏的带鱼就跟嚼劈柴差不多。"

"夏克明，为这漂亮的厨房，和你精湛的厨艺，马上向我求婚，我现在答应你。"许晴瞟了一眼米安琪，笑着说。

"这是咱仨的婚宴，一桌海鲜，把你俩都娶了，合算。"夏克明说着，拿起红酒挨个斟满。

"两个贱内，一边一位坐吧，还等我喂你们。"

"你就没想请我，是许晴叫我一起来的好吗？"米安琪很会笑，她知道夏克明喜欢看她嘴角上翘露出的笑意。

"米安琪，这个门可是你先进的，我是步你后尘，按照老礼，还得叫你一声姐姐呢，来姐姐，妹妹敬你一个。"许晴笑嘻嘻地冲着满脸通红的米安琪举杯示意。

"许晴，端他的饭碗，你就跟着他胡说是吧？我不喝，你俩喝吧。"米安琪轻轻挑起细嫩的鱼肉放进嘴里抿着。

"人家做了一桌好菜，咱糊弄傻帽儿乐一回呗。"许晴说。

傻帽儿还真的乐了，对着她俩没皮没脸地说："革命不分先后，堕落不分早晚，新社会人人平等，你们姐儿俩也平等。举起来，全家人一起走一个。"夏克明举起杯子。

许晴和米安琪并没碰酒杯，脸上挂着浅浅的笑，看着他仰脖一饮而尽。夏克明看着她们哀求地说："爱妻们，托起来，托起来。"

"你替我喝点吧。"米安琪捂着嘴，看着许晴的空杯子，把手里的半杯酒递向她。

"喝不了，慢慢喝，没人逼你，夏克明再混蛋，还真不是逼女人喝酒的下三滥。"

米安琪面露不快，将酒杯原地放下。

"按劳取酬，按需喝酒，尿过地皮湿，慢慢渗。"夏克明说。

"真把自己当贾宝玉了？"许晴挤对他。

"以为自己是史湘云呢。"米安琪丢下一句，竟然赌气地将半杯酒缓缓饮下。

"你是林黛玉成了吧？"许晴毫不示弱地喝了一大口。

在夏克明的印象里，许晴至少面上总是让着米安琪，可谓退避三舍。今天，许晴很反常，弄得米安琪有点急不得恼不得。他看着两人忍不住笑起来。

在她俩及时幡然悔悟后，夏克明挨了一顿臭挤对，呭吧着嘴又开了一瓶红酒。

"咱们玩个游戏吧！"

米安琪和夏克明一怔，吃惊地看着许晴。

"怎么啦？玩个游戏至于如此惶恐吗？不玩算了。"许晴泄气地说。

"什么游戏？"米安琪接过斟满的酒杯。

"脱衣服那类色情下流的，打死我也不玩。"夏克明言不由衷地说。

"比脱衣服还刺激。"许晴得意地说。

"快说说，好期待！"夏克明急得灌了自己一大口。

米安琪笑盈盈地看着许晴，目光中蕴含着一丝戒备。

"真心话大冒险！"许晴说。

"我还以为什么呢，手捏黄叶骗小孩的把戏。"米安琪失望地说，居然把酒自饮。

"咱们溺在羊水里，耳朵刚卷孔的时候就开始听瞎话。落地后，更是畅游在谎言连篇的海洋里，凿壁偷光地刻苦研习。待会儿真话说多了，出门忘了改口，再让人打死。"夏克明掩饰着心中的渴望，故意欲擒故纵。

"关上门，连交心的勇气都没有，算了！伴着言不由衷喝酒吧。"许晴垂下眼皮，搛起一段带鱼放入碗中，悻悻地吃着。

"玩就玩，夏克明，你别以己度人，我可不是在谎言里泡大的。"米安琪以身赴死的大无畏气势引来两人吃惊的目光，夏克明怀疑她是不是喝多了。

"谁要说瞎话怎么办？"许晴问。

夏克明起身，从冰箱顶上摸出支特大号黑水笔，"咱仨人都是天生的谎言鉴定专家，如果两人同时认定另一个人说瞎话，就有权在她脸上、身上画王八，想什么画什么，让说谎者丑陋不堪。"

许晴兴奋得像孩子似的，拍着手积极赞成。米安琪显出畏惧地盯着黑水笔。

"你不是从小就说真话吗？怕什么？"夏克明问。

"我说怕了吗？"米安琪抢白了他一句。

"每次只能问一个问题。"许晴说。

"我先问。"米安琪说。

"单倍我倒霉，谁倒霉，谁先问。"许晴说。

"就我先问，要不不玩了。"米安琪看着眼前的酒杯。

"好吧，让着你，你先问。"许晴大度地说。

蓦然间，夏克明觉着这一幕恍如往昔——教室里，许晴坐在前排，经常回头对米安琪说："好吧，让着你。"

"许晴，这几天夏克明去过你家吗？"米安琪举起大肚红酒杯，半闭着眼，俏皮地瞄着杯中暗红的液体。

许晴顿时有点发愣，不由得瞥了夏克明一眼，米安琪抿了一口酒，悠悠地看着她。

"我路上就和你说了，怎么又问？"许晴闪烁其词。

夏克明微笑地注视着许晴，看着她自己挖坑自己跳。

"我要听你现在说，这几天，夏克明去过你家吗？"

"去过，行了吧？"许晴嘴里咕噜着。

米安琪眸子里放出光芒，"你们同床共枕了？"

"一人只能问一个问题？下面该我了。"夏克明抢过话茬说道。

"你一个大男人，绅士点好不好？"许晴的底气忽地壮起来，夏克明叹口气，无奈地点点头。

"米安琪，你爱夏克明吗？"许晴问。

"不爱，从来没爱过。"她不假思索地说，同时瞟了他一眼。夏克明猝不及防被蜇了似的，脸上挂了霜，手里紧紧攥着特大号的黑水笔。

"大傻帽儿，该你问了。运什么气啊？"许晴一脸坏笑地看着他。

"许晴，你爱过我吗？"夏克明一心想要报复米安琪。

"爱，某年某月的某一天。"许晴和米安琪夸张地哈哈大笑起来。

"又该我了，许晴，你俩同床共枕了吗？"米安琪旧题重拾。

"没有。"

三人互相来回瞅着，脸上都露出诡秘的微笑。

"我不信，把笔给我。"米安琪说着向夏克明伸出手。

"向人民币发誓，我没撒谎。"许晴认真地说。

"夏克明没占你便宜？"米安琪刨根问底。

"分手时，是我主动让他抱抱我。"许晴脸红了。

5

夏克明闭上眼，端起酒杯自己灌自己，他觉着桌子下面有只脚持续地狠狠地踩他。

"你问了我两个，我也要问两个。"许晴看看米安琪，又看看夏克明。

"米安琪，你来这儿和夏克明发生过性关系吗？"

他俩瞳孔同时放大，瞪着许晴。许晴歪着头绷着脸，眼光中隐忍着坚定。

"这游戏不好玩，完全假借游戏之名，肆无忌惮地打劫别人的隐私，太野蛮。"夏克明虚张声势中，透出一股虚头巴脑。

"耍赖是吧？别找我跟你翻脸！"许晴恶狠狠地说。

米安琪低着头不吭声。

"说，快点说，别耍赖。"许晴不耐烦地催促着。

夏克明试探地伸出脚，轻轻碰碰许晴，他被猛地踢了一脚，屋子里陷入沉默。

"发生了。"米安琪突然平静地说，抬起眼帘看着许晴，"一共三次。"

许晴像强咽下一块鸡骨头，使劲儿地点点头，突然严酷地问："你和李鹤鸣发生过性关系吗？"

米安琪不屑地笑了，"我可没那么傻，傻子才会让那条癞皮狗得逞呢，高中时，他总拿入团引诱我。"

她脸上挂着的微笑僵住了，冲着许晴烦躁地摆摆手，"不提了，太恶心，反正我没让他得逞。"

许晴目光呆滞，脸上燃起了红红的火烧云。夏克明不敢正视她，心中五味杂陈，搅拌着隐隐的痛和不忍。连忙放下酒杯，慌不择路地问："许晴，你很有钱，怎么发财的？"

许晴玩世不恭地笑笑："你说呢？"

夏克明摇摇头。米安琪一时间专注地盯着她，眼光里饱含期待。

"当婊子，卖身呗。"轻飘飘的一句回答，许晴的眼圈却红了，仿佛被深深地刺痛，痛得泪流双颊。

屋内立即像被抽真空的瓶子，人人感到压抑，沉默无语，大家同时窒息了。

秋阳易逝，余晖隐隐，黄昏中，房间不再明亮。

夏克明和米安琪对视着，看见彼此眼中含着点点泪光。

许晴止住哭泣，一边抽出纸巾一边问："你不结婚是因为米安琪吗？"

夏克明想笑，但没笑出来，点燃一支烟。

许晴也抽出一支，匆匆点着，把袅袅的烟雾吹到他的脸上，"问你呢？"

"不是。"夏克明深深地吸了一口，"我似乎一直在和自己恋爱，不忍心，下不了决心，把自己交出去。实话。"

她俩注视着他，"我总是……脑子里有一个模子，她应该是什么什么样的，倒不是……怎么说呢？随着时间流逝，那个模子越来越清晰，而遇到的女人在这方面或那方面都不像我想象的样子，我指的不单是相貌。"

夏克明刻意避开米安琪的目光，"可能我太痴迷自己塑造的木偶，也许现实太残酷，把女人变得扭曲。反正，我只好和自己恋爱。"

半晌，许晴说："你这话太让米安琪伤心了。"

"我一点没觉着，他说得挺好，我也有类似感觉。大家到最后都是和自己恋爱。"米安琪冷冷地说。

最后的夕阳被黛色点染，隔窗眺望，像悬浮于天际的油画。暮霭沉沉更像一句骂人的脏话。昏暗中，三人静静地享受着别人散发出的人气。

"拿琴给我们唱首歌。"许晴小声请求着。

夏克明拎着吉他回到桌边坐下，火红的烟头儿有节奏地划亮一小片黯然。

"失意的人，我们都是。
用扭曲编织花篮，
以为未来真美好。
失意的人，我们都是。
用白蜡捏造翅膀，
传说自由酷爱翱翔。
……"

四十六

敞开的房门前，夏克明对许晴玩笑地说："抱抱?"

"好啊!"许晴张开双臂，大方地搂住他的脖子，深深投入他的臂弯，像个马上和大人别离的孩子。

许晴的忘乎所以全心全意让他油然升起一丝感动，夏克明把她抱得密不透风，唯恐怕她受到什么伤害。

当两人的目光转向身边的米安琪，她似乎品味着一幅赏心悦目的作品，脸上挂着莞尔的笑意。夏克明轻轻地将她拉入怀中，米安琪矜持地靠上前抱抱夏克明，对他说道："今天特得意吧?"

"得意应该是这样。"夏克明重把许晴揽腰入怀，紧紧抱住两人。万万出乎意料的不是两人对他捶胸掐臂的打闹，却是耳鬓厮磨间相偎相依的感动，夏克明瞬时飘了，虚无得好似浮游在一片花海之上。

那天夜里，他梦见了米安琪和许晴。

似乎是一个浩大明亮的画室，又好像是座两层楼高的厂房，耀眼的光芒从至上至大的窗户投射进来，注目仰望，感到一阵眩晕。

夏克明看见米安琪，近乎裸身侧卧在贵妃榻上，心中不由得怦怦直跳。

她缓缓起身，褪去身上白色柔软的薄纱，一丝不挂，踟蹰地走过一幅幅巨大的画像；一座座栩栩如生的雕塑，停在巨型古旧的镜子前，伸手从旁边画架上拿起一支黑水笔。

特大号黑水笔——那是玩真心话大冒险时吓唬人的。此时，夏克明躲在高大的沉思者雕塑后面，斜对着不远处的巨镜，悄无声息静静地看着，镜里镜外的她一览无余。

镜中的米安琪全神贯注地审视自己，眼神里含着一丝怯弱。最终，她小心翼翼地在鼓胀的双乳上画了两个黑色的圈，看上去像两个大号的肚脐眼。

夏克明赶紧捂住嘴，差点笑出声来。米安琪歪着头，对着镜子细细比划了一下，握着粗粗的黑水笔又在胸口间画了一条斜斜的直杠。

惊异中，夏克明抚着沉思者冰凉的脊背，痴痴呆呆地冥思苦想，乳房上两个黑圈加一条斜杠，好像是百分号。

米安琪从小腹由下往上、由左往右写着：0、1、2、3、4、5、6、7、8、9，三个数字一排，整整齐齐。

"下面该画加减乘除了。"耳畔响起熟悉的话音。

夏克明被吓了一跳，许晴不知什么时候站到身后。他回头再看时，镜中米安琪若隐若现的肋骨上已经画上了加、减、乘、除的符号。夏克明转身充满敬意地看看许晴，她正得意地朝他微笑。

"在赤裸的上身画计算器算行为艺术吗？"许晴问。

夏克明慌忙伸出食指竖在唇间，许晴仍然大大咧咧的样子，满不在乎地说："她画计算器的时候，打雷都听不见。"

夏克明回头再看时，米安琪围着上身正画着大大的方框。黑色的液体缓缓向下流淌，转眼间，白皙美妙的身体被墨水染成斑驳花花的一片。

"她喜欢计算器，喜欢算账，赤裸裸地算得失，真可惜，这辈子从没算过大数。"

夏克明觉着许晴的话太刻薄，心中隐隐作痛。

"心痛了？为她？还是为自己？"许晴问。

夏克明没搭理她。

"真心话大冒险时她撒谎了，自责呢。"许晴说。

"是不承认爱我？还是不承认李鹤鸣对她得逞了？"夏克明的话音终于引来了米安琪突然的回视，惊恐羞愤的双目紧盯着他，好在此刻许晴早已遁身，无了踪影。

夏克明浑身一颤，醒了，被子里燥热，踢开被子晾着腿，抬手抹去额头细细的微汗。

他紧闭双眼，努力使自己再度入睡，然而听到床头柜上的手机传来"嘀"的一声。

"我找人给你联系了精神病医院的大夫，据说特别神，能帮人恢复记忆，明天下午我带你去。"

"你自己去吧。"

夏克明狠狠地回复了许晴几个字，把手机扔到一边，可他再怎样平躺侧卧地折腾也睡不着了。

第十五章
心因性失忆

四十七

夏克明不停地玩着交叉手，左右左右地打着方向盘，"这道儿跟鸡肠子似的，都拐四个弯了。"

"医院在胡同最里头。"许晴赞许地看着他娴熟从容的车技。

夏克明笑了，"神经病大概都是死心眼，像这一条道走到黑的死胡同，钻着钻着，扎进牛角尖犯病了。医院的选址倒挺有象征意味。"

许晴嘴唇翕动，欲说还休，脸上露出浅浅的笑意。

夏克明顿觉尴尬，沉默中又拐了个弯，淡淡地说："我可是陪你来的，追求女人有送花的；有甜言蜜语往床上哄的，我倒好，装成神经病给你逗乐，回去以后别和人乱说，听见没有？"最后半句明显加重了语气。

胡同尽头霍然开阔，卡宴驶进了无人把守的大铁门，"有点空城计的意思，这地儿我怎么好像来过？"夏克明心里开始发毛，卡宴居然压在白线上，没停到车位里。

"你上次自残来的就是这儿——慈安医院，才几个月就忘了？"她说着下了车，奔向一座灰秃秃的楼门口，台阶上孤零零站着个中年男人，看见许晴，脸上露出微笑。

"这是医院行政科的李主任。"许晴为他介绍。

夏克明挺直腰板率先伸出手，面带微笑，紧紧地握着李主任略显冰凉的细手。他察觉到李主任目光中一丝别有用心的审视。

"许晴总是疑神疑鬼，为了让她放心别嫁个神经病，我就来了，真不好意思，给您添麻烦了。"

"别客气，举手之劳。"李主任说着连连摆手。

"我们办婚宴的时候，您可必须来，让许晴给您多敬几杯，待会儿给她也检查检查，我倒无所谓，主要是为了下一代着想。"

许晴和李主任傻帽儿似的"咯咯"笑起来。夏克明腾地红了脸，他闭上嘴，看来话说得太多反而不好。

"我们院有两个业务尖子，一位是老专家，一位是年轻人，都还不错，你们想请哪个看看？"李主任问。

许晴回头看着夏克明，投来征询的目光，"你定吧。"夏克明无所谓地说。

"李主任，就请老专家吧。"许晴说。

"好，咱们走。"李主任说。

"找那个年轻大夫吧，李主任。"夏克明忽然说。

李主任愣了下，看看面带不快的许晴连声说："好，好，咱们走。"

一条狭长的楼道，天花板上浑浑晃晃的日光灯给人暗无天日的压抑感，地面上水磨石的绿色斑点脏乎乎的。夏克明磨蹭在最后面，他很后悔来这个鬼地方。

许晴回眸对他笑笑，夏克明狠狠地冲她对口型："你大爷的！"

眼看着李主任和她走进房间，关闭的房门挡住了许晴的身影。

房门是银灰色铝合金的，上半部镶着磨砂玻璃。夏克明闷闷不乐地站在门外，里面传出嘀嘀咕咕的说话声，这算什么啊？明明我看病，他们倒先聊上了，还不让自己听。

"你们聊吧，我先撤了。"夏克明正赌气地想着，李主任拉开门走出来，脸上失去了先前的热情，表情麻木地说："你进去吧。"目光却在夏克明的手上扫来扫去，片刻，朝着楼道深处走了。

一只脚刚迈进屋，夏克明开心地笑了——自残时见过的女医生就站在桌子后面。

"快进来，见见柯大夫。"许晴像招呼儿子，夏克明真想骂她。

"我叫柯小薇，坐下说话吧。"她从容地脱去白大褂，挂到墙壁的挂钩上，身后窗户射进来的阳光打透了她合体的白色皱褶衬衫。背光中，柯小薇青春迷人的笑脸是那样的真诚，夏克明腼腆地低下头。

"柯大夫让你坐呢。"许晴催促着，居然还捅了他一下。

"我知道。"夏克明不快地说。

"你去挂号吧，我和他单独聊聊。"柯小薇大方地对她说，许晴犹豫了下，答应着走了。

"你手好了吗？"

柯小薇的相貌颇似米安琪，夏克明努力分辨比较着两人长相上的区别，鼻翼更加精巧，洋溢着淡淡的书卷气，比米安琪少了些妩媚多了点庄重，年龄估计在30上下。

"你手好了吗？"

"好了，好了。"夏克明冲着柯小薇亮出手掌，他们同时看见掌心上一道长长丑陋的疤，夏克明下意识地缩回手攥成了拳头。

"听你未婚妻说，你因为失忆很苦恼，上次自残也是因为失忆引起的？"柯小薇注视着他的眼睛，夏克明微微低头，看着桌面说："刚才那女的不是我未婚妻，我们是高中同学。"

"对不起，我听李主任这么说的。请告诉我，你是怎么发现自己失忆的？"

夏克明想了想说："这问题先留着，你能再问一个吗？"

柯小薇笑了，"你和妈妈一起长大的？"

夏克明点点头，暗骂许晴的大嘴像四面漏风的破窗户。

"你爸爸是因为什么进的监狱？"柯小薇的声音虽然很轻，但夏克明听着仍很刺耳。

"原来叫投机倒把，现在叫搞活市场流通领域。"他直视着柯小薇，目光中不可抑制地跳动着挑衅的火苗。

"那时你多大了？"柯小薇问。

"七岁。"

"你妈妈后来又找过爱人吗？"

"干你们这行真不错，打着救死扶伤的幌子，明目张胆合理合法地打听别人隐私，等到晚饭桌上，再给你男人绘声绘色地讲讲，就当多添了个菜吧？"夏克明的话脱口而出，让柯小薇着实愣了，瞬间收敛了笑容。

"我没结婚，更没男人，按照这行的职业道德与医务人员准则，本人从不把患者的病情当成调料去和旁人议论。我们现在不是正单独谈话吗？"柯小薇的声音不高不低、不卑不亢，不失涵养与坦诚，夏克明的愤怒在疲软。

"我来这儿，只想恢复记忆，你有没有特效药，或者用催眠的方法，让我一觉睡醒，可以想起忘记的事情？"夏克明问。

"真抱歉，没有，电影小说里可能有。现实中更多的是繁琐和令人不快，以及无奈的失望。夏克明……"

这是柯小薇第一次叫他名字吗？夏克明觉着很动听，目光不由变得柔和了。

"你做什么工作的？"

"没单位，自己炒黄金、买卖股票，这算工作吗？"

"当然，赔的多、赚的多？"柯小薇颇感兴趣地问。

"我只赚不赔。"夏克明为在漂亮女人面前如此满足自己的虚荣心感到脸红。

"吹牛。"柯小薇忍不住笑了。

"你不信？我给你拿交易单据看看好吗？"虚荣心脱缰了，夏克明感到身不由己的快意。

"好！你下次可一定要拿来。"

"你炒股票？黄金？"夏克明问。

"我不做也不懂，但非常佩服你们这样的高手。谁不喜欢聪明理智有意志力的富人？"

夏克明意识到自己在笑，恬不知耻开心舒畅地笑，但就是控制不住，真想狠狠地掐大腿一把。

柯小薇无辜地说："我说的是实话，你觉着我很好笑?"

"不是，不是。"夏克明慌忙摇着头，脸上的笑容顽固地不肯褪去。

"下面，你去做几个检查。"柯小薇说。

"查什么?"

"检查是要排除……你的失忆不是由脑损伤引起的。很简单，照几张片子。"

"我脑子没受过损伤，没问题，我不查。"夏克明固执地说。

"我也希望如此，但毕竟要经过检查才能确认，上次你割伤手，让你来复查就诊，你就没来，这次配合一下好吗?"

"要缺钱说话，我把拍片子的提成直接给你，用不着费事，让我像傻子似的躺在那儿吃射线。"

"医生在你眼里这么烂?"柯小薇严肃地问。

"你以为呢?"夏克明反问。

"今天到这儿吧，下次别忘了带你的交易单据给我看看。"

夏克明站起来转身走向房门，"夏克明。"他回头看见柯小薇也站了起来注视着他。

"人往往在遭受重大生活事件的变故，面对社会心理压力时，造成身心崩溃，忘记一些发生过的重要事件。或因往事伤害过深，身心刺激太大不堪回首，患者对某些记忆采取主观回避，通过强烈的自我暗示选择遗忘，以达到自我麻痹、免除精神痛苦的目的。精神病学上称为心因性失忆。"

夏克明的脸拉得老长，冷得像块墓碑，木头人一样呆呆地站在那里。

"没有检查和充分了解你的过往之前，这仅是我的猜测臆断，如果日后记忆恢复，会给患者带来更大的痛苦，你要有心理准备。"

"有药吗？"夏克明喃喃地问。

"没检查之前，不能开药，我不挣那种伤天害理的钱，你以后也别再侮辱我。否则，某天真需要给你开药时，我会有心理负担。"

柯小薇勉强露出笑意，他点点头，仍站在原地。柯小薇绕过桌子伸出手，夏克明慌忙轻轻握住，只是一瞬，他又马上松开了。

门开了，许晴满脸不快地站在门外。

"我们走吧。"夏克明说。

"不做检查吗？"许晴问。

"我不想做。"

"柯大夫，他不想做就不做？"许晴问。

"他不想做，当然就不做了。"柯小薇说。

"那怎么诊断他的失忆是器质性的，还是功能性的？"

夏克明惊讶地看着许晴，这时柯小薇对他说："你真该向你同学好好学学，多了解点医学常识，我们会配合得更好。再见。"

房门轻轻地掩上了，夏克明拉着许晴朝楼门走去。

"从她屋里出来，我就不是你未婚妻了？"

"你懂得还挺多，什么是器质性？看过这方面的书？"夏克明问。

"我上网查过，你以为就米安琪认识字吗？柯大夫是不是挺像——"

"米安琪？"夏克明不假思索地抢过话头。

"我真够二的！"许晴快步走向卡宴，夏克明又朝楼门里看了一眼。

四十八

两个多月以来，夏克明成了牛守礼的心病。猛然间，他会抓起手机快速地翻阅，或查看邮件，唯恐错过夏克明的黄金操作指令。

失望之余，身上某处常常发痒不止，而痒藏在皮下，越抓越痒，一直抓出血道子。最可恨的是，有时恰逢纵性于波涛汹涌的女人身上，却恍然想到这个混蛋，瞬间激情全无，变得索然无味。

自从上次给账号凑齐1000万，对夏克明好话说尽，而他至今一笔交易没做。牛守礼不敢问，更不敢催，眼看着黄金行情起伏波动，大把赚钱的机会一次次擦肩而过，只能叫来下面的奴才，打鸡骂狗地扼腕痛惜。

有一次，他实在按捺不住，自己下了黄金买入指令，仅半天工夫，大赔150多万，伴着层出不穷的臭汗，匆匆平仓止损，认赔出局。

沮丧间，百味丛生：有被惊吓虐起的突突心跳；短时巨亏的恐惧和懊悔，更多的是对夏克明咬牙切齿的痛恨。

第二天一早，牛总往账号里打钱，把亏损补齐，自此深知：没有臭鸡蛋吃不上槽槽糕的道理。但夏克明这个臭鸡蛋实在太臭了，每次都捏着鼻子和他交往。

他曾经反复问自己，夏克明是不是看不起我？每次的回答都很肯定，牛总心中立刻反唇相讥：不知天高地厚的胡同串子，我他妈还看不起你呢。

牛守礼的指尖轻轻敲击桌面，肉泡眼里射出阴森森的光，眼镜男将一个红塑料袋放在黑压压的紫檀书案上，掏出一捆人民币在他眼前晃了晃，"曹建设刚送来的，50万。"

牛守礼探身扒开袋子，往里瞧了一眼，不耐烦地连连向外摆手，"拿走！拿走！太脏。我越来越讨厌曹建设。这人动不动就讨价还价，一副小商贩的嘴脸，花花肠子太多，不老实。"

"您又为夏克明烦心呢？"眼镜男试探地问。

"告诉你多少回了，少他妈揣摩我！长着脑子多想想，如何办好交给你的差事，让你找的黄金操盘手呢？一个多月了，弄来几个卖嘴的傻逼，只要实战交易就他妈阳痿。"

"这些股票首席分析师、财经专家，媒体上个个口吐莲花的巧嘴名笔，谁知道下了池子就呛水。"

牛守礼从鼻孔重重地"哼"了一声，忍不住破口大骂："都是些钻、捞、爬、舔的肉虫子，要钱要名，唯独不要脸的破货，掏出名片一串头衔的骗子。"他忽地站起来，指着眼镜男问："你看看夏克明有名片吗？破衣烂衫，走到哪儿还牛逼哄哄的，就像个咧开口的臭鸡蛋，那臭味，也够让人讨厌的。"

"我有招整他。"眼镜男狠狠地点点头。

"吃豆攒屁，一肚子馊主意，小心让你滚回老家种地去。"话虽这么说，但牛守礼还是投去期待的目光。

"到郊区找个隐蔽的地，把夏克明关起来，天天让他不停地做交易。赚钱了，好酒好肉好女人地伺候他，不听话，往死里削他。"

牛守礼不屑地笑了，无奈地摇摇头，"这招对你行，对咱们这儿的人都行，可你们除了溜须拍马、抖脏余、搞破鞋、挖空心思贪黑钱，你们会做交易吗？夏克明是他妈属麻雀的，气性太大明白吗？"

"您还没试呢，没准儿行。"

"真想回老家种地去？滚蛋！"牛守礼忽地瞪大眼睛。

眼镜男不敢吭声了，低眉顺眼地原地站着。牛守礼起身几步走过去，死死地掐着眼镜男的瘦脸皮，"再敢和我秘书动手动脚，我先阉了你。"

眼镜男没被掐的半边黑脸也刷地红透了。牛守礼仍觉着不解气，又在他的胳膊上狠狠旋拧了一把，疼得眼镜男五官错位，差点叫出来。

牛守礼收了手，恶狠狠地说："不许想，一口气说出夏克明的优点、缺点，敢停下来还掐你。"

眼镜男苦着脸说："我没和他打过交道，不太了解。"

牛守礼一把揪住他的耳朵死命地拧，"见他那么多回，品也该品出来了，懂不懂什么叫印象。"

眼镜男人挣扎地连连点头，"不讲究穿戴，破衣烂衫，这是对别人不重视，不礼貌。"

牛守礼停了手，"嗯"了一声。

"好像也不缺钱，上次去喝酒，他还开了辆卡宴。酒桌上没大没小，我站在一边仔细观察了，只要上菜，他抢先下筷子，不但不给领导们敬酒，还抢酒喝，没里没面没眼色。"

"不错，接着说。"

"脑子有点笨，像您那么器重他，他也不知道要个一官半职，挺傻逼的。"眼镜男用眼角瞄着牛总。

牛守礼笑了，"那不是笨，是他看不上，这种人自以为是得厉害，不稀得和咱们搭灶入伙。"

"未必，您可以在这方面试试。这种人牛哄哄的，没准儿得您先开口。"

牛守礼疑惑地盯着他，眼皮跳了一下。

"您觉着他好色吗？"眼镜男问。

牛守礼一巴掌扇在他的后脑上，"你问我呢？"扇得他直翻白眼。

"好像不好色，上次他喝醉了，我给他安排俩小姐，后来听小姐说：这傻逼一醒就连滚带爬地跑了。"

"所以难办呀。"牛总搓着手犯愁了。

"但有一点我一直想不明白，要说夏克明不爱钱，他为什么又会答应为您做黄金交易呢？虽然有一搭没一搭地做，但毕竟还是给您做了。"

牛总双眼鬼光一闪，"接着说。"

"是您的人格魅力感召了他。"眼镜男眼角的余光瞄着牛总绽放的笑脸，牛守礼连连摆手，"别扯淡，我有什么人格魅力。"

牛守礼突然审视着眼镜男："为什么他会答应为我做？"

"不知道。"眼镜男惶恐地连连摇头。

"知道我上次为什么不提升你去做项目经理吗？"

"不知道。"

"因为你脑子不够用。怕你出去很多事摆不平。"

眼镜男深深地低下头。

"好好想，夏克明为什么答应为我做黄金。"

"这小子吃软不吃硬，您的礼贤下士、百般殷勤把他给拘住了，所以要想让他对您唯命是从，分分秒秒都给您做交易，就得沿着这条道下家伙。"

"现在明白我为什么不能把你撒出去了吧？"

眼镜男彻底蒙住了。

"你花花肠子太多，比咱老家雨后篱笆上长出的黑木耳还多。但你别忘了，我是怎么爬到今天位置的。"

"在您身边待一辈子，是我的福分。"眼镜男的诚恳之情溢于言表。

"一笔写不出俩牛字，时机成熟，会给你地盘的。"牛守礼也由衷爱抚地拍拍他的肩膀，看着眼镜男离去的背影，牛总宽大的脸上浮现出淡淡的笑意。

四十九

"别磨叽,快进来!"小良子堵在门口向外招呼着。夏克明随手关了电视,不耐烦地问:"谁呀?"

"不进来?我关门了。"小良子也生气了。

夏克明直勾勾地盯着门口,惊诧地张大了嘴巴。

"还认得出来吗?"小良子黑着脸问。

他搀扶着一个脱了人形的丑八怪蹭进屋来。半边脸肿得像挂了个光皮紫茄子。两眼眶乌黑鼓胀,挤压得眼睛眯成了一条细缝,鼻梁上顶着白色的纱布包,打着夹板的右臂横吊在胸前。

夏克明慌忙四下瞅瞅,伸手扶着曹剑坐到沙发上,"谁干的?"

曹剑翕动双唇,没说出话来,豆大的泪珠从眼缝里扑扑簌簌地蹦出来,抽噎中痛苦地揪住前胸的衣襟。

"别哭啦,胸口又该疼了。"小良子说。

夏克明隐隐地意识到了什么,"你的同靴之好——曹建设打的?"

曹剑痛彻心肺地点点头,用一只好手胡乱地抹着过河的清鼻涕,小良子往他手里塞了一团纸巾。

"那个龟孙给你打哑巴了?"夏克明问。

"肋骨打折两根,说话、喘气都疼。"小良子说。

"丫很会打人。"曹剑虽然说得很慢,很含混,但终于开口了,"吹牛逼呢!等你好了,带我找丫的去,一枪轰爆了杂种操的。"

"慢慢说,告诉我到底怎么回事?"夏克明坐到一旁关切地看着曹剑。

"姚……珍爱想和我真好,离开曹建设,我找他谈,他……打我。"

"姚珍爱呢?"夏克明问。

曹剑沮丧地摇摇头,接着剧烈地咳起来,含混地说:"打电话不接。"

"你就是个傻逼。"小良子狠狠地骂。

"什么时候的事?"

小良子坐到餐桌旁的椅子上,斜着眼想了想说:"有几天了,前两天还不好意思来,又怕被他老娘看见,赖在我那混,天天还得带丫去医院,夏克明,这孙子玩的还真花哨,3P!这回被打得一屁了糟。"

"我早晚……要了他的命。"曹剑嘴唇哆哆嗦嗦地说。

"屁再大也当不了雷,只能吓吓我。"小良子点着烟不屑地说。

"你今儿怎么好意思来了?"夏克明问。

曹剑看看小良子,小良子立刻来了神,小眼睛像星星点灯放出光亮,"哥们儿这几天累劈了,除了带着丫去医院换药,还得带丫去跟踪李鹤鸣。今天中午,你猜猜我们看见李鹤鸣和谁一块吃饭了?"

"男的女的?"夏克明紧张地问。

"男的,你肯定猜不着。"小良子得意地笑了,曹剑嘴角竟然翘了翘,好像也要笑,可没笑出来。

听小良子的问话,夏克明猛地就想到米安琪,接着是许晴,所以才问:男的女的?转念一想,这哥儿俩根本不认识她们,那肯定是他们和我都认识的人,谁呢?

"夏克明,你要猜对了,我是你孙子。"

"你这孙子我收定了。"夏克明肯定地说。

"猜错了,你是我孙子。"小良子兴奋地拍着大腿,曹剑这回的笑容真真地显现在半边脸上。

"曹建设。"夏克明紧盯着小良子说。

"行,你丫真神了!"小良子噌地站起来。

夏克明眼神狐疑地看着小良子。

"错!"小良子摊开双手，曹剑咧嘴笑了笑，他的半边脸挂着紫茄子，半边脸挣扎着笑意。

"告诉你吧，刚才骗你呢，和李鹤鸣吃饭的不是男人，是女人——姚珍爱，想不到吧?"

"你丫还笑，缺心眼儿吧?"夏克明看着曹剑骂道。

"我心里早没她了，我不在意。"曹剑的口齿忽地利索起来。

"曹剑原来在曹建设那儿打工，也听说过李鹤鸣，你说这世界小不小?"小良子说。

"曹建设最大的客户是昊天地产置业集团，老板叫牛守礼。李鹤鸣是集团下属工程安装公司的总经理。"曹剑的话音浊重含混，伸手接过小良子的烟，深深地吸了一口，剧烈地咳起来。

"别他妈抽了，快说!"夏克明急了。

"我以前没见过李鹤鸣，只听曹建设提过几回，每次都对姚珍爱一口一个龟孙地骂他。中午看见姚珍爱这个骚货，又听小良子一说，才知道是他。但真没想到，姚珍爱……居然背着曹建设勾搭他，两人吃完饭开房去了。"

"有一次在牛守礼办公室聊天，看见曹建设去行贿，我躲在门外，听见牛守礼骂他跟骂孙子似的。"夏克明说。

"你认识牛守礼?"曹剑问。

夏克明点点头。

"帮我引见引见，那人可是地产圈的牛逼货，货真价实的老大，没人不哈他。我要跟上他，抽死曹建设，丫都不敢还手。"曹剑急切渴望地说。

夏克明看着曹剑半天没吭声，像在研究他右脸如何挂得住这么大个的光皮紫茄子，乌紫发亮。他一直暗自庆幸上回没撞死李鹤鸣，真要把这个活口灭了，自己的过去可能成为永远解不开的谜案了。

"以后不用再盯着李鹤鸣了。"

　　"我靠，终于解脱了。"小良子说。

　　"什么时候干曹建设。"曹剑问。

　　"你这顿打挨得好，曹建设、李鹤鸣谁也跑不了。"夏克明轻轻拍拍曹剑脸上挂着的光皮紫茄子。

第十六章

猫鼠争上游

五十

　　两天前，夏克明背着许晴去找柯小薇做了几项检查。他拿着一摞看也看不懂的白色、灰色的单子递给桌子对面的柯小薇。

　　"脑子里没多什么，没少什么，线路也正常，难道我真像你说的在刻意逃避什么？我有这么胆小吗？"

　　"过度自卑或自尊比胆小更糟糕。"柯小薇把几张黄金交割单在他眼前抖了抖，"很荣幸认识你这样的人，做这一行的，有多少人能达到你这样的操作水平？"

　　"万分之一？十万分之一？我也不知道，你为什么对黄金交易这么感兴趣？想让我帮你赚钱？"夏克明问。

　　柯小薇眼里闪过一丝犹豫，认真地说："主要想证实你不是在妄想。失忆症有时会伴随着错构的妄想，以填补空缺的记忆。俗话说，缺什么补什么。妄想在临床上分为很多类型，关系妄想、自大狂妄想、嫉妒妄想、男女关系方面的钟情妄想。"

　　夏克明好像意识到什么，脸一红慌忙低下头，又抬起头望着柯小薇身后的窗外，可好像什么都没看见。

　　柯小薇沉默不语，静静地看着他。夏克明似乎要努力正视她，但始终没有成功，索性放任自流，脑子里一片混沌的状态，继续熟视无睹地盯着窗外，甚至连窗户上焊着的几根绿色铁棍也没注意到。

　　"在高中女同学否认你过去的记忆时，你怀疑过或发现过自己有钟情妄想吗？我说的不是幻想，是妄想。"柯小薇的轻声细语像把执着挖掘的探铲。

　　夏克明没有搭理她。这次接触，他对柯小薇似乎有了更深的认识，她真诚的表情是伪装出来的，像坚硬冰面下暗暗流动着自以为是的城府。身上起了阵阵燥热，他终于转过头，正视着她：

"我从不妄想。"

"什么是幻想？什么是妄想？"

"我看你他妈有病。"夏克明从心里讨厌她摆出这副坚冰似的真诚模样。

"告诉我幻想和妄想的区别好吗？"柯小薇的声音依然轻柔，但透出毫不退让的执着。

"我……从不胡思乱想。"

"自知的胡思乱想是幻想，不自知并信以为真的胡思乱想就是妄想。你有过妄想吗？"

"我以为发生过的，别人认为从未有过。这算吗？"

"能具体说说吗？"柯小薇问。

"你干吗老想打听别人的隐私啊？"夏克明疾言厉色地质问她。

"你高中时喜欢一个女孩叫米安琪，现在你发觉很多曾经发生的事情和你的记忆却对不上，是这样吗？"

"不是，是米安琪在撒谎，是她在要诡计，是她在折磨我，不是我在妄想。"夏克明像拼命拽住裤子不让柯小薇扯下来。

"如果米安琪把一切都给你了，她有这个必要吗？在你们最亲密的时候，她也要折磨你？她也在撒谎？"柯小薇起身为夏克明倒了杯水，放在他面前。

"对不起，上次和许晴见面时我了解过一些情况，我也会推演一些情景。你要不是胆小的人，就必须直视不愿意看见的，甚至是令人难堪的事情。否则我们现在可以结束。懵懵懂懂地活着也挺好的，外面很多人都是这样生活的。"

"不能给我点药吗？让我自己，我说的是靠我自己恢复记忆。"夏克明忽然低声下气地说。

"没药，不该吃的药我一粒也不会给你，我不赚药品回扣，你只能相信我，好好跟我配合，我一定尽全力帮助你。"

夏克明使自己竭力站起来，头也不抬地说："我走了。"

"回去把所有可疑的记忆写下来，凡是遭到别人否认的记忆都是可疑记忆。下次来别忘了带给我。"

"我都不知道自己还会不会再来。"夏克明恢复了自信，轻蔑地说。

"有一种人死也不想活明白，还有一种人不活明白宁可死。你属于后一种。"柯小薇的笑还是那么从容亲切，但他慢慢感到这笑里多了层压力。进入这房间就像被关进了大纸箱子，陪着柯小薇玩猫捉老鼠的游戏。当然她是那只猫，她耍尽花招，一心想揭掉自己的鼠皮。

"把水喝了再走。"柯小薇这份关切令人讨厌，夏克明看看纸杯里的水，舔舔干燥的嘴唇。

他赌气地抓起杯子仰头灌入，动作一点都不潇洒，水顺着嘴角沥沥啦啦地流洒下来，衣襟瞬间浸湿了一大片。

夏克明坐在车里拿出电话，真想把许晴狠狠地暴骂一通，但最终无力地垂下手。少顷，打给了米安琪。

五十一

夏克明厌烦地听着米安琪手机里的彩铃歌声——女人装腔作势寻死觅活的腻唱，既无旋律更无真诚，歌声断了，换成"嘟嘟"的忙音。

媚俗的手机彩铃像肆意流淌的污水，夏克明的思绪随之蔓延伸展。

男人好似千奇百怪的容器，有三角的、菱形的，还有大盘子。女人像什么？像水。倒进什么形状的容器即呈现什么样的姿态。

米安琪的老公是什么形状的容器？俗气平庸的圆柱花瓶？圆墩墩的尿盆？

女人为什么会选择把自己倒进如此丑陋的容器？呈现出令人作呕的姿态？

因为在不同女人的眼中，容器幻象出不同的姿态。明明一个臭烘烘的垃圾桶，却通过形形色色女人的视角发出谜一样的变换。男女位置互换，反之亦然。

所谓独立人格早已被今天市侩地误读成在物欲横流中找到立足点，再努力插上世俗的价格标签。

夏克明暗叹，女人要是把自己倒进垃圾桶算是彻底毁了，这是在暗示米安琪吗？他立刻中断了脑子里的自问自答，又一次拨打她的手机，只是不再贴到耳朵上。

"有事吗？"米安琪冷冷地问。

夏克明怀疑刚才是她故意不接电话。"问你点事。你出来一下。"

"你好好去医院检查，好好在家养病，别问东问西了，有什么意思？"

"许晴这张臭嘴。"夏克明恶狠狠地骂道。

"真没良心，人家都给你介绍到精神病院去了，快去做检查，别让许晴着急了。"

"跟她有个蛋关系？你立刻出来，我去接你。"夏克明气急败坏地说。

"你有事电话里问吧。"米安琪说。

"你去过我家吗？"夏克明紧张地问。

"我不记得了，应该没去过吧？"

"我妈说你去过，还和她打了个照面。"

"那就算我也失忆了，想不起来了。还有问题吗？"米安琪赌气地说。

"我刚才又去了医院,要一点点把过去记忆的疑点找出来,帮帮我。"

夏克明静静地等着米安琪的答复,此时他真有点后悔,后悔自己的过去怎么和她联系在一起,好像许晴问过他:"为她,值吗?"

"你过来吧。"米安琪随之挂断了手机。

夏克明看见车窗外的柯小薇不由得一愣。户外初冬的阳光明晃晃的,她的面容比在屋内时显得更加光亮。笑容里少了些稳重,多了点活泼的气息。

车窗玻璃徐徐降下。

"你怎么还没走?"柯小薇问。

"打个电话。"夏克明冲她晃晃握着的手机。

"你眼睛怎么红红的?"柯小薇审视地问。

"是吗?没事,我请你吃饭去吧?"夏克明想也不想,使劲揉着眼睛顺嘴说出来。

"别揉了,多脏呀。少虚情假意的,真想请我,就不要先约别人,再见。"柯小薇向上举了举小巧精致的保温桶。

夏克明和米安琪的不快此时早已烟消云散。眼下倒被柯小薇说得不好意思了。"你是精神科医生还是女巫?"他说着一把拽过柯小薇手里的保温桶,"让我看看。"

"你这人太过分了。"柯小薇罕见地收敛了笑容。

"笋丝炒百合,这格里是玉兰片炒鸡肉,真香,都挺下饭的,你做的?"夏克明问。

"我妈的手艺,失忆症不传染,你有兴趣尝尝?"柯小薇恢复了笑容,歪着脑袋问。

夏克明注意到她口中呼出的淡淡哈气,赶紧拧上了盒盖,

"对不起，去吃吧，凉了。"

柯小薇拎着保温桶走向楼门，他不好意思傻乎乎盯着她的背影，车窗缓缓升起。柯小薇停下，转身走回来，夏克明赶紧再次降下车窗。

"早点把疑似记忆整理出来，早点过来治疗，你可是个敢想敢干的恐怖分子。出事就晚了。"

夏克明挂上倒挡，重踏油门，卡宴"轰"的一声向后蹿出去，转瞬间，紧擦着柯小薇猛地戛然停下。对着脸色发白瞠目结舌的她说："从现在开始，我决不会再走进你那破纸箱子似的房间；从现在开始，你是老鼠，我是猫。"

夏克明看着后视镜里柯小薇渐行渐远的白色身影，心里为打破她的优势地位涌起说不出的愉悦。

第十七章

撕裂旧爱

五十二

"我不是来请你吃饭的，我是来……想吃什么，你说吧。"

"我也不是要饭的！"米安琪说着拉开车门，夏克明伸手"嘭"的一声重重关上，斜了她一眼——脸上涂着一层冷霜。发动汽车，驶出小街上了大路。

"你少看人下菜碟。"米安琪嘟囔着。

"什么意思？"夏克明问。

"你心里明白。"

"我不明白。"

"你找许晴打听事，给她花2000多买迪奥香水，轮到我，就想坐在车里干聊，不是看人下菜碟是什么？"

"我靠，许晴改名叫许破嘴得了。你也别这么捏酸捻醋的，装得多在意我似的，容易让我产生钟情妄想。"

米安琪笑了，"现在医患关系现实得很，你一会儿也帮柯大夫买瓶香水，30岁的单身女人适合用CARDIER，香味中调恬淡，我帮你挑，她肯定喜欢。"

"眼睛直通肛门的是许晴；耳朵下面挂着肛门的……"

"夏克明，你少和我说脏话！"米安琪忽地瞪大眼睛，狠狠地捶了他肩膀一拳。

米安琪好像早有主张，拐弯抹角地提出去西三环边上的著名会所。30分钟后，两人站在富丽堂皇的会所接待台前，清新可人的小姐一脸职业的笑容。

"许晴有这儿的银卡，消费打七五折，你给我存20000，送我张普通的贵宾卡就成。"米安琪咬着嘴唇紧盯着他。

夏克明匆匆移开惊诧的目光，不敢正视她的眼睛，像突然当众被人抽了一记耳光。他替她难堪，也替自己难过。许晴肯定问过这句话："为她，值吗？"

极力掩饰眼神中痛苦纠结的意味，假意专注地盯着清新可人的小姐。

"普通贵宾卡消费只打九折。消费打七五折的是银卡，需要预存80000。"小姐的眼光来来回回扫着他俩，米安琪默然不语。

"金卡存多少钱？"夏克明问。

"15万。"小姐说。

夏克明笑眯眯地看着米安琪，像是在问怎么样？

"太贵了，要不送我张银卡？"米安琪略带惶恐地说，他不置可否，随手抻过一本硕大豪华的"肥猪屠宰厂的项目介绍及价格说明"，翻看了两页，指着一栏问道："白钻卡存多少？"

夏克明的问话让小姐感到兴奋和惶恐。

"20万。"

"太便宜，还有更贵的吗？"

"没有了，白钻卡能打四五折。"

米安琪尴尬地笑了，"送我张20000的贵宾卡就行，别和人家瞎逗。"

夏克明瞅着她，笑得怪模怪样，仰起头想了想，在两个屁兜里摸了一遭，双手插入裤兜掏了好一阵，忽地抽出张旧兮兮的建行借记卡。清新可人的小姐接过卡仔细看看，脸上褪去了刚刚燃起的光彩。

"刷20000？"小姐严肃地问。

夏克明摇摇头。

"刷20万？"小姐媚笑地问。

夏克明点点头。

"那我可刷了？"

他看着小姐又点点头。

"请您输密码。"小姐说。

夏克明对着POS机龇牙咧嘴地挠着头，越挠越使劲。

"密码忘了？"小姐紧张地问，她和米安琪同时屏住了呼吸。

随着打印机发出"吱吱"的响声，小姐和米安琪的脸上绽放出灿烂的笑容。夏克明刹那间想到柯小薇，不知这张卡能否刷倒她。

贵宾包房60多平米，装修家具一派欧式风格。一圈烛芯形的水晶吊灯从天花板垂到餐桌上方。夏克明沐浴在明亮的光照中，坐在长长的法式白色古典餐桌一端，双肘撑着桌边，手里托着小碗的茄丁刀削面，稀里呼噜地吃着。

放下空碗，从盘中拿起根粗短的小黄瓜，"咯吱咯吱"地嚼着。回头看看浴室白色的雕花木门，大声喊道："泡秃了皮也泡不回20万，快出来。"

浴室的门被拉开，米安琪裹着桃红色的丝绒浴袍走出来，红润光灿的双颊越发粉嫩，抑制不住兴奋，连声说："喝着冰镇鲜榨，听着高保真环绕泡温泉太享受了。"

"快点拾掇拾掇，咱们谈正事。"夏克明用纸巾擦着嘴，格外冷漠，淡淡地说。

"干吗板着脸，心疼了？"米安琪问。

"我花20万，就想听你几句实话。"

米安琪一脸的笑意，懒懒地侧卧在贵妃榻上，专注地望着夏克明。他低下头说："告诉我，你去我家是怎么回事？说实话。"

"我想喝水，给我杯水。"米安琪说。

夏克明一动不动，脸色阴沉，盯着青花瓷碗里残留的茄丁卤汁，眉头紧锁。

"你那时已经退学，有天下午，在放学路上拦住我，拉我去你家，你当时脸色特难看，我有点害怕，就去了。"

夏克明的脑子里勾画着往昔的情景，"然后呢？"

"到你家，你就吻我，摸我，脱我衣服。"米安琪的脸更红了，洁白的牙咬住了下唇。

"然后呢，快说。"

"我喊叫，扇了你嘴巴，后来我哭了，跑出卧室，在门口碰上你妈回来，就这样。"

"我为什么这样做？"夏克明低着头问。

"你从来都是想做就做。"

"我高中为什么退学？是因为李鹤鸣扎了我吗？"

"真不知道。在许晴说李鹤鸣扎你之前，你早就不来了。"

"我到底为什么退学？"夏克明抬起头看着米安琪。

"你那天叫我去你家，就现在这表情。"

"回答我。"

"可能和同学议论你妈有关系。"

"议……论……我妈什么？"

米安琪迟疑地摇摇头。

夏克明说："是……破鞋。"

"高二红五月歌咏比赛，因为你在台上出怪声，咱班全校最后一名，班主任女巫特别恼怒，当着全班骂你上梁不正下梁歪。"

"你后来不愿意搭理我了。"夏克明声音小得像蚊子。

米安琪看着他点了下头。夏克明抽出纸巾擦着额头渗出的汗水。

"那时你在班里被孤立，没人愿意和你说话。同学在背后都议论你妈和李鹤鸣他爸有不正当……"米安琪虽然细声细语却字字锥心，夏克明慌忙摆手制止了她。

"李鹤鸣在你这儿也得逞了？"

他没有勇气抬起头，反而将头埋得更低。米安琪静默着……

时间放慢，慢得有如水滴石穿。

一股股淤积于胸的痛，和揭皮抽筋的耻辱令他指尖发麻；一个个水晶灯芯发出耀眼的光晕，迷幻般像是诡异的嘲讽。

夏克明极力聚焦，定睛望着此时僵硬如尸仰卧在贵妃榻上的米安琪，面无血色目光迟滞。

他无意识地站起来。

"想吃想喝尽管叫，这儿应有尽有；还可以叫人入室美容、美体、精油SPA；点上香薰灯去除你不易被男人察觉的角质；最后再做个玫瑰浴水疗，20万够你陶醉一阵的。"

"夏克明，他没得逞，你回来！"米安琪近乎无所顾忌地喊叫着。

他停在高大厚重的房门前，迟疑中，握紧银灿灿的门把手。猛然间，拉开门，头也不回地走了。

房门在液压柱的作用下缓缓合上。他听到米安琪啜泣中的咒语："神经病！"

五十三

夏克明被服务生请到接待台前，清新可人的小姐露出妩媚的笑，呈上一张印刷精美的表格，"刚才忘了让您填相关信息。"纤手递过圆珠笔。

"让包房里的女士填吧。"夏克明把表格推了回去，不经意间，看见五个硕大的计算器一溜儿排开在长条柜台上。

"放那么多计算器，熬着吃？"

"用着方便。"小姐说。

"手机、电脑上都有计算器，还不方便？"

"我手表上也有计算器。"小姐冲他晃晃手腕，"老板可能怕我们算错账，特喜欢买计算器，下面抽屉里还有好几个呢。"

"老板应该在你们身上画计算器。"

小姐听见他的话，吃惊地瞪大眼睛。

夏克明脑中拉开一张彩色宽银幕——对着镜子的米安琪正在乳房上画圈。他对小姐伸手指点着，"在这儿和那儿，一边画一个大大的圈。"

小姐的脸腾地红了，表情僵硬，忙向后退了两步。

"中间画个百分号的斜杠。算账的时候直接在身上按来按去。"夏克明投入地比划着。

旁边站着戴眼镜的黑胖子，"嘿嘿"地笑出了声。

"你笑什么？"夏克明转头直盯着他。

"没什么。"黑胖子怔了下，忙移开视线，低头拉开手包翻找着。

"找计算器？"夏克明凑过去，紧挨着他问。

"不是。"黑胖子警觉地往旁边挪挪身子。

"你有计算器吗？"夏克明问。

"手机上有。"黑胖子说。

"还哪儿有？你想想。"夏克明又凑了上去。

"没有了。"黑胖子焦虑地望了眼柜台里的小姐。

"要我提醒你吗？"

"司机去哪儿了？"黑胖子好像没听见夏克明的问话，转头茫然四顾，同时迈步，欲要离开柜台。

"这儿有个云计算。"一个脆亮的响奔，狠狠地弹在黑胖子油光光的秃脑门儿上。

"干什么你？"黑胖子翻着白眼，惊恐地尖叫起来。清新可人的小姐由惊诧瞬间转为忍俊不禁。

后面有人猛推了他一把，夏克明忽地撞到黑胖子身上，顺手抄起服务台上厚重的玻璃烟灰缸。还未来得及转身，已被俩穿西服的高大保安驾到一边。

"主任没事吧？"从后面推夏克明的大汉拾起地上的手包，恭敬地递给黑胖子。

黑胖子尖利地号叫着："抽他！"

大汉像狗一样扑上来，被保安拦住。

夏克明莫名其妙地看着乱糟糟的场面，低头瞅瞅手中的烟灰缸，递给保安。对黑胖子龇牙笑笑，又指指脑袋，关切地说："别忘了，这儿有个云计算。"

夏克明甩下身后一连串密不透风脱口秀似的暴骂，开着卡宴扬长而去。

他回到"洞穴"，这里已不再隐秘。夏克明疲倦地躺在床上，忽地从头下抻出高密度记忆棉的枕头，猛地扔到墙角。心里不断咒骂：用乱七八糟的东西填充枕头，脑袋能不睡坏了吗？

他跑进衣帽间，一阵乱翻，却怎么也找不到早已退役的荞麦壳儿填充的枕头。

手机响了，夏克明垂头丧气地拿起电话。

"从今以后，你再不登我的门了？"孟老太太电话里伤心欲绝地抽噎起来。

"什么你的门，那房子是我买的，我这就去登我自己的门。别哭了，这就去！"他像逃债似的匆忙挂断手机。

夏克明在门口踟蹰了一会儿，硬着头皮开门走了进去。他吃惊地看着四白落地的新墙，围绕天花板的四边还贴上了精美的石膏角线。

孟老太太早就没了电话里的悲痛，看着她眉开眼笑，夏克明悬着的心也松弛下来。

"马桶也是新的，名牌货。"孟老太太说。

夏克明走进卫生间。美标马桶发出白幽幽的光，旁边的墙上还安装了不锈钢扶手。天花板上装了浴霸，瞪着几个大眼珠子。

"你可真能折腾。"夏克明满脸疑惑地说。

"牛大姐的儿子——牛总叫人给我弄的。落地窗帘是韩国的纱布，还安了滑轨，唰唰地可好用了。"

"你怎么没告诉我？"夏克明边说边走过去，粉色碎花温馨的窗帘，垂度极好。

"你管我？你除了气我。"孟老太太看见他变了脸色，忙改口说，"牛总不让我告诉你，说你太忙，这点小事让公司的人就给办了，正好也给牛大姐装修。"

"你没给钱？"夏克明问。

"给了，100，牛总只要100。"孟老太太竖起食指，小心翼翼地说。

夏克明的鼻子差点气歪了，下意识地摸出手机。

"你想给牛总打电话？"孟老太太忙问，"别打了，听牛大姐说：牛总身体不舒服前两天住院了，你多买点东西去看看他。"
夏克明狐疑地搔着头，瞅着孟老太太。

"装修那几天，牛总给我和牛大姐还找了个度假村，在怀柔，每天衣来伸手，饭来张口，这辈子也没享过这份福。我知道，他这肯定是冲你才对我这么好。"

硬硬的酸楚没有征兆地爬上了夏克明的鼻翼，他赶紧向前走了两步，将孟老太太置于身后。

"装得不错，挺好的，慢慢享受吧。过两天，我送你和牛大姐去平谷度假村，接着衣来伸手，饭来张口享福去。"

五十四

开门的是个穿白色护士服的小女孩，夏克明刚说要找牛总，屋内立即传出他的粗声大嗓："夏老弟吧？想死了……"

夏克明一进屋门，迎面正对着客厅的落地窗，满眼是夕阳下金灿灿的果林。牛总从里屋快步走出，一把拉住他的手使劲地摇着。

"牛哥，听老太太说你病了，气色不错啊？"

"没什么大不了的，有点血稠，调养几天，打打吊针，稀释一下。你大老远的还跑过来？坐，坐。"

牛总对小护士热情地介绍道："我兄弟——金融大鳄，有点石成金的本事，但为人特别低调，你去把我带来的茶叶泡上。"

牛守礼说着话，顺手接过他递来的红丝绒长方盒子，踱步到窗前，在余晖明亮的光线下，歪着头细细地审视。

夏克明四下环顾，忽听到他止不住地放声大笑。小护士轻轻放下茶杯，不明就里地看着牛总。

"兄弟，还礼来了？太外道。"牛守礼走到茶几旁，居高临下地看着他问。夏克明不好意思地摇摇头："这根野山参也是朋友送的，听说牛哥病了，给你补补身子。"

"好大的参，真漂亮。"小护士由衷赞叹。

牛守礼从她手里拿过来，小护士识趣地开门走了。

"你从来没把我当朋友，多少钱？"牛守礼板起脸问。

"朋友送的，没花钱。"夏克明脸红了。

"我50了，没别的本事，看人没走过眼。多少钱？"

"80000。"

"给老太太装修，连工带料也就三四万，虽然占的是公家便宜，但掏心窝子说，我是实心实意，冲的是咱们的兄弟情义，肥水不流外人田。你他妈倒好，花80000买根假山参送我，挑明了在说：夏克明不欠你的，牛哥不配和你称兄道弟，我不配交你这个朋友是吧？"

夏克明被说得连耳根子都红透了，不由得暗暗扪心自问：我好像是挺没劲的。特别是牛守礼说："花80000买根假山参……"时，他透过红绒镶边的玻璃盖，死盯着盒里面根粗须茂、服服帖帖钉在红绒背板上的山参，眼前晃动着鼻青脸肿的曹剑。

"夏克明，要不是我铁瓷的关系，这根参最少卖你15万。同仁堂的采购跪求，我哥们儿就俩字：不卖！"

"我说这根参假，你信不信？"牛守礼笑着问。

夏克明觉着有点缺氧，极不自然地笑笑，"我朋友的哥们儿是玩参的专家。"

"要说玩参，你可谈眼上了，我就生在长白山下，十岁上山采参，是边棍，就是走在第三个；我爸是跟随，走第二个；我爷爷是把头，领头走第一个。"

牛守礼粗重的眉毛挑了一下，目光也显得久远了。"我家祖孙三代都是这百草王养大的。16岁进北京，我就凭着根野山参才换今天吃饭的这个地盘。那根参是我爷爷、老爹用命换的。"

夏克明咽下口唾沫，知道今天算是彻底栽了，彻底栽在曹剑这孙子手里了，茶杯成了他掩饰不安遮丑的道具。

"你不教我炒黄金，我教教你认参。"牛守礼话到手到，三下两下撕裂红绒，抠下盒盖，起下假参。

"野山参的皮是黄褐色。看看这根假参，皮无光泽，发青发白；根上也没有圆芦，就是那种像马牙形的芦碗；皮上要有一圈圈的兜纹，纹路要细要密；参须讲究的是皮条须，有韧性。"

牛守礼说着轻轻一折，参须脆脆地断了。夏克明好像被人迎面拍砖，红头涨脸地不住点头。

"皮条须上还要有珍珠点……"

牛守礼算是卖弄痛快了，夏克明觉着头皮发痒，不自觉地狠狠挠着。

"兄弟，参是假的正常，现在连爹都净是假冒的。可交友交心，心不诚就不好了。"牛守礼笑了。

"哥哥说几句重话，成不成？"牛总谦恭地问，夏克明低下头，又去拿茶杯。

"牛逼的人最怕欠别人的。这话你同意不同意？"夏克明对着他不置可否地一笑。

"你牛逼，万事不求人，谁的也不欠，但你欠了一份大债。"牛守礼说。

"我欠谁的？"夏克明问。

"欠老天爷的，老天爷给了你那么大的本事，你不当回事，你以为点石成金是你自己修炼的？没有长白山，能有这百草王？"牛守礼说着又把盒里的假参拿起来抖了抖。

夏克明像被他捏住了劣根，忙着点头称是。

"你有本事，但没志气。"牛守礼看着夏克明笑了。

"你别不爱听，那么大的本事在你手里竟成了吃好喝好的混世玩意儿，从没想着用它成就一番事业？说国家、民族现在都是唱高调、是扯淡，但给没学上的孩子盖几间教室，买点课本还是挺实在的事吧？"

夏克明有点晕了，木讷地看着牛守礼。

"为了那根参，爷爷、老爹都冻死在长白山了。16岁，我和老娘带着根野山参进了北京。谁苦我都不可怜，但就看不得孩子受苦，真的。"

牛守礼动容了，眼睛发红。夏克明心里一紧。

"这阵子，我寻思着咱成立个投资公司，专门做黄金买卖，赚了钱也成立个慈善组织，用你的名字命名，就叫夏克明慈善会啥的。帮帮那些苦孩子、没学上的孩子。兄弟，这只是我的一厢情愿，你也想想，人到50，早已锦衣玉食，总该想着给别人做点好事。"

夏克明揪心揪肺，听完他的真情告白像获得了某种难堪的解脱。牛守礼努力掩饰着自己的动容说："明天就回去，这地方把人待软了。"

"牛哥，这事让我认真想想。"夏克明轻声说。

"不着急，我也是话赶话这么一说，如果你愿意干，我筹集两亿资金交给你，咱哥儿俩拧成一个拳头干点大事，也算没枉活一世。天天自己觉着自己牛逼没意思，等你活到50就明白了。"

牛守礼拿起夏克明的杯子走到饮水机旁为他接水。小护士推门进来按亮了灯。牛守礼对她吩咐道："叫厨子弄几个小菜，我和兄弟整两口。"小护士答应着出去了。

夏克明觉着没喝就有点醉了，从前对牛守礼的轻视与怠慢此时让他感到自责。

第十八章
心灵捕手

五十五

夏克明在西四转悠了半天，迫不得已停下车，站在街边找人打听，经过卖糖炒栗子的老头儿对他一通指点，终于找到了"川府百味楼"。

一幢破败斑驳的二层砖木小楼，坐落于相对宽敞的胡同内。久经风雨的吹打，窗下灰色的墙皮破损剥落，窄小对开的红漆木门早已脱色。夏克明皱着眉头，踩着羊肠曲转吱吱呀呀的木楼梯登上人声喧嚣的二楼。

柯小薇临窗而坐，低头翻看着简陋粗制的菜谱。夏克明伸手在她眼前晃了晃，差点触到她润泽光滑的鼻尖。柯小薇抬起头，看着他笑笑，又埋头研究起来。

"咱走吧，我请你吃蘑菇菌汤涮澳洲肥牛。"

"很贵吧？"

"小贵，半斤肥牛400多，盘在白瓷碟里像艺术品。在沸腾的菌汤里涮涮，鲜、香，啧啧，好吃死了。"夏克明闭上眼一副神往的样子。

"不好吃。"柯小薇干脆地说。

"特好吃，不骗你。"

"吃不起，就是不好吃。"

"我请你。"

"电话里，我和你说清楚了，吃饭的地方由我定，花费AA制，你要不想吃可以先走一步。再说了，你还没吃就把这儿看扁了，势利眼。"

夏克明忽地站起来，甩手朝着楼梯走过去，"噔噔"地下了楼，破门而出，被迎面的冷风呛了一口。立在门外，默默地发了会儿呆，朝着斜对面的小卖铺溜达过去。

柯小薇看见夏克明东张西望地走回来，随即叫住欲转身离去的女服务员，向他问道："你吃不吃？"

"到饭馆不吃饭，和你相亲啊？"夏克明把刚买的三五烟大大咧咧随手往桌上一扔，托着腮帮子坐下了。

"我刚才要了钟水饺、川北凉粉、河水豆花。"

夏克明看着她点点头，柯小薇抬头对女服务员说："对不起，再加一份韩包子、碗碗羊肉、谭豆花，两个麻圆，每份装两个碗。"说完，柯小薇抑制不住地笑起来。

"买个烟这么好笑？我还没点菜呢？"夏克明说。

"我替你点了，你对这儿不熟，点也是瞎点，反正都是我爱吃的。保证你也爱吃。"

"柯大夫嫁不出去，是因为迷恋四川小吃吗？"夏克明恶毒地问。

"你没成家，是因为失忆难寻吗？"柯小薇一反常态，针锋相对地还击。

"拿患者的病痛开玩笑有损医德。"

"电话里，你是把我当朋友请出来吃饭的。既然是朋友，就理应互相尊重，凭什么你看不起我喜欢的餐馆和食物？你有钱，我没钱，在一起消费你就要格外考虑我的意见和支付能力。以后少在我面前摆阔。"

夏克明被数落得直翻白眼，连视线都恍惚模糊了。真有心再站起来甩手走人，让这个精神病医生一个人结账去，但双腿很不争气，始终站不起来，面红耳赤地听训。

"你今来吃饭是假，发泄积怨是真，没劲，小心眼儿。容易得气迷心精神障碍。"夏克明瞅着端上来的盘盘碗碗，想动没敢动，怕又犯了精神病医生的忌。

"咱们先吃担担面。"柯小薇把小碗放到他面前。

夏克明掌心里捧着小面碗，鲜咸麻辣的香气扑鼻，看看少半碗面，暗暗咽下满满的口水说："我吃辣长痔疮，你连问都不问，专拣自己爱吃的点，这算尊重朋友吗？"

"不爱吃给我。"柯小薇说着伸过手来。

"偶尔也能吃一点。"夏克明身子向后躲闪，三口两口连汁带面呼噜进嘴里。

"失忆症患者最好别撒谎。医院的问讯信息上，你在饮食习惯一栏写的是：酷爱麻辣。"

"这几根面条喂猫都不够，多少年没吃这种穷人乐了，还真香。"

"北京只有这儿的担担面才好吃，是当年陈包包做的味。"柯小薇碗里的面才吃了一半。

"谁是陈包包？"夏克明夹起一个裂口露馅的韩包子囫囵个儿地放入口中，不停吸溜着。

"1841年，自贡市有个叫陈包包的人创了担担面，当时他挑着担子沿街叫卖走街串巷，一个铜锅隔两格，一格煮面，一格炖鸡或炖蹄髈。"

"你上大学选修过四川小吃？"夏克明说着又去搛包子，被柯小薇狠瞪了一眼，"四个包子你吃了俩，剩下是我的。你吃钟饺子，可以吃三个。"

柯小薇一双秀眼忙乱地扫视着桌上的盘盘碗碗。夏克明咂吧着嘴，搛起一个沾满红油的饺子。

"钟少白创了钟水饺，最初的店名叫：协森茂，1931年挂出'荔枝巷钟水饺'的招牌。满肉无菜，微甜带咸，兼有辛辣。好吃吗？"

"嗯，嗯，真好吃。"夏克明伸出筷子，又连忙缩回来，意识到自己的三个饺子已经下肚。

"再讲讲这个——凉粉。"夏克明用筷子挑了几次，滑不出溜的凉粉都脱筷跑掉了，索性把碗凑到嘴边往里呼噜。

"凉粉是谢天禄创的，最初在南充渡口搭草席棚卖，因凉粉细嫩清爽，佐料香辣味浓而出名。这儿的四川小吃是北京最原汁原味的，现在信了吧?"

"你当吃货比当医生更称职。"夏克明巡视着桌子，看看自己还能吃什么?

"这些都是我爷爷讲给我爸爸的，我爸爸再讲给我，现在我又讲给你。"柯小薇一愣，自觉语失，看着夏克明，两人对视着哈哈大笑。

"你占我便宜，碗碗羊肉全归我了。"夏克明麻利地两碗归一碗，自顾自地埋头吃起来。

"河水豆花全归我了。"柯小薇也照方抓药二归一。

"少耍赖，给我留一半尝尝。你别被窝里放屁独吞呀?"夏克明说完有些后悔，柯小薇却已忍俊不禁，笑得上气不接下气。用手指点着他说:"你说话太……太粗糙了。"

"你们家是四川人?"夏克明问。

"不是，我祖籍安徽，爷爷是美国毕业的神经学博士，本想回国效力，没料想57年被打成右派，没两年死在甘肃河西走廊的大漠里了。经济条件不好时，老人嘴又特别馋，他常带爸爸来这儿勾馋虫，后来爸爸又带我和哥哥老来。他总是边吃边讲，我都能倒背如流了。"

"你还有哥哥?"

"嗯，他是我家的骄傲——斯坦福大学心理学博士，毕业没几年，在伊利诺伊州开诊所了。"

夏克明觉着柯小薇的家事就像这幢破败斑驳的二层木楼。曾几何时，也是志气满满喜气洋洋。虽世事艰难中久经磨难;虽窄小对开的红漆木门早已被雨打风吹得黯然脱色，但深入骨髓的色香味依旧留存，有着自己的骄傲和坚守，并以此给你莫名的压力，让你感到难以企及的优势。

"夏克明，求你件事。"

他看着柯小薇点点头。

"好好配合我，让我治好你的病。像你这样的病症通常对医治有顽固的对抗性，没有你对我的信任，我很难对你进行有效医治。"

"你想当新时代的林巧稚?"夏克明揶揄地问。

"我没那么伟大，只想把你当成小白鼠，完成我的一次医疗实践而已。我要写一篇论文，是关于……"

"服务员结账。"夏克明朝柜台招招手。

柯小薇沉着脸垂下眼帘，从钱夹里细细地数出钱，递给服务员。

"不够，还差一半呢。"服务员粗粗地扫了一眼。

柯小薇咬着下唇看着他，服务员投去疑惑的目光。

夏克明用手掩住嘴角，若无其事地转头看着窗外。柯小薇小脸紧绷，依旧执着地盯着他。夏克明压抑不住满脸的坏笑，起身奔向楼梯。

他立在饭馆门口，看见柯小薇捏着粉色账单，和三五香烟小心翼翼地走下楼来。

"还钱!"柯小薇气哼哼地把账单和香烟塞进他手里。

"过两天我去医院让你扒皮抽筋。"夏克明凑近她的耳畔贱嗖嗖地说。

柯小薇咬紧下唇，脸上极力掩饰着得逞的笑意，两人一前一后走进冬日的暖阳。

五十六

卡宴熄火的刹那，夏克明看看后视镜中——一只说话不算数眨眼耸鼻的小白鼠。几天前，他还曾发誓，再也不进那间破纸箱子似的房子。一会儿，他将食言，大摇大摆理直气壮地走进去。

"穿上白大褂，工作时间太随意不好。"夏克明摆出一副视察工作的派头，晃晃荡荡走到桌后面，一屁股坐在柯小薇的转椅上。柯小薇把水杯放到他的面前，坦然坐到他的对面，微笑地看着他。

"咱还是换过来吧，这不舒服。"

"做好扒皮抽筋的思想准备了?"柯小薇再次把水杯推到他面前。

"你这儿太不专业，那儿应该放张黑皮软榻，头部有点曲度那种，我躺在上面秀目微闭，你坐在一旁，连哄带骗地问这问那。电影里，干你们这行的都这么耍。"

"你喜欢看电影?"柯小薇问。

"不吹牛，电影学院本科生要求观影总量450部，我一年至少看200部，比他们研究生看的都多。"

"电视剧论集算，外加武打片吧?"柯小薇挖苦地问。

"我还没混吃等死到作践自己的智商不当回事。本人从不看电视剧，武打片是武侠小说的变种，胡适早做过评价：下流。别穿上白大褂就挤对人，和我侃电影，您是碎豆腐上不了秤，白给。"夏克明喜滋滋地仰头望着天花板，一副旁若无人的德行。

"你喜欢看关于精神分析，或精神病人的电影吗?"

夏克明挑衅地看着她，目光中有一丝狡诈的意味。

"你说我记，我对这类片子感兴趣。"柯小薇诚恳地说。

"《精神病患者》《危情十日》《犹在镜中》《雨人》《飞越疯

人院》《城市英雄》（道格拉斯的）《满洲候选人》《闪亮风采》（也叫《钢琴师》）《沉默羔羊》《心灵捕手》《美丽心灵》《蝴蝶效应》《记忆碎片》……"

夏克明闭着眼，一口气如数家珍，有点上气不接下气，直到缺氧。他睁开眼看见柯小薇红唇微启关注的目光。

"我觉着《危情十日》不能算。"

"当然算了，女护士作为畅销书作家的粉丝，居然囚禁作者，逼迫作者按照她的思路去写，不听话即对作者砍脚断腿，你觉着她神经正常吗？"

柯小薇赞许地点点头，夏克明笑了。

"你落下两部最经典的。"

"别卖关子，哪两部？"夏克明紧张地问，脑子里快速检索。

"《欲望号街车》，费雯·丽主演的妄想狂。"

夏克明无奈地叹口气，拿起杯子一饮而尽。

"还有希区柯克的《爱德华大夫》。"

夏克明没吭声，起身走到饮水机旁。

"上大学时，我一直幻想以后就是《爱德华大夫》里的康斯坦斯医生。"柯小薇的笑里带出点羞涩。

夏克明把接满水的纸杯放在桌上，迫不及待地说："那电影——骗傻大姐的烂片，想起希区柯克自以为是卖弄聪明的精巧设计就让人恶心。以弗洛伊德这个打着科学名义的流氓神棍为幌子胡编乱造。"

夏克明发现柯小薇认真地听着，甚至好像在点头。

"整个片子毫无真诚，充满虚假造作的气息。康斯坦斯凭什么一开始就认定假爱德华大夫不是杀人凶手？活脱脱一个老姑娘加花痴。"

夏克明忽地醒了，怔怔地看着柯小薇，自觉失言。

"骂痛快了吗?"柯小薇问。

"这叫影评,怎么是骂?单单凭借假爱德华的梦,就能把现实严丝合缝地一一对照;并对杀人案件按部就班地象征隐喻,那不是扯淡吗?我怎么没这么个梦?假爱德华一看见餐布、睡衣、沙发上的条形文就立即发病,我怎么没见过这种催情的物件?纯粹鬼扯淡。"

"我也能帮你一一找到,你信不信?"柯小薇说。

"医生当腻了,改行装神棍?"夏克明讥讽地问。

"你最喜欢的影星是谁?"柯小薇没搭理他的挑衅。

夏克明低头想了几秒钟,"阿尔·帕西诺、罗伯特·德尼罗、道格拉斯也不错。"

柯小薇停下笔抬起头,"说几部你最喜欢的电影,那种能牵动你的情感;能激发你的同情心;脑子里一闪立刻能说出来的。"

"我看的太多,喜欢的能说出几十部。"

"所以这个问题对你才有意义,快说,凭直觉说。"

"《性书大亨》《鹅毛笔》《闻识女人香》《城市英雄》……"夏克明轻轻按按脑门儿。

"好了,等一下。"柯小薇从抽屉里拿出一副小巧银丝边儿的眼镜文雅地戴上,专注地在电脑上飞快地敲字,仔细地查看着。

夏克明痴痴地看着她,脑子里闪过《爱德华大夫》中英格丽·褒曼饰演的康斯坦斯医生。

"别这么看人,我可没英格丽·褒曼漂亮。"

夏克明不好意思地笑了,"英格丽·褒曼块头太大,令人生畏,你比较符合中国男人的审美。"

柯小薇看着电脑笑了,笑得由衷自然,丝毫没有职业装的扮相。夏克明索性趴在桌上,没羞没臊双眼直勾勾地餐食着她。

五十七

"你心胸狭窄，脑子里充满诡计。但有时又像个大龄婴儿。"柯小薇对着电脑说。

"假公济私地骂人，一样会挨打，即便她是女人。"夏克明冲她攥了攥拳头。

"我问你几个问题，你如实回答好吗？"

夏克明点点头。

"你发誓。"柯小薇认真地说。

夏克明无耻地笑了，"一个无主可依的人对谁立誓？安拉？释迦牟尼？耶和华？人民币？我对原装卡宴发誓吧？"

"对你的良知发誓：诚实地回答问题，否则一辈子失忆，永无回转。"

柯小薇看着夏克明举起手掌，闭上眼睛，嘴里一本正经地默念着。

"第一个问题，你刚才历数精神病患者的诸多影片时，想到过《爱德华大夫》，但你没说，是不是？"

夏克明瞪大双眼，呆呆地看着她。

"是，或不是，快回答？"

"我有权保持沉默，医生扮演法官，我就找律师，要不太吃亏了。"

"回答我，别耍贫嘴。"

"是。"

"这部片子你看过很多遍，是不是？"

"是。"

"你不提这部电影的原因……是因为你将我类比康斯坦斯医生，并且你由此想到她的情人——文雅帅气的格里高利·派克扮演的假爱德华大夫，如果提到这部电影，你心里会感到不舒服，是不是？"

"你不为自己的妄想感到不好意思吗？"夏克明强挤出笑，讥讽地问。

"以诚相待，声声相识，这点小高度我跨得过去。"柯小薇自信地说，夏克明垂下眼帘点点头。

"你恶毒攻击影片《爱德华大夫》，是因为讨厌影片男主人公：格里高利·派克，是不是？"

"好像吧。"

"这一切都是发生在我说上大学时幻想成为康斯坦斯医生对不对？你立刻肯定地认为格里高利·派克饰演的假爱德华大夫也是我梦中的白马王子，于是引发了你强烈的心里对抗和言辞激烈的攻击行为，其实你原来并不讨厌这部电影，对吗？"

"你是想说我喜欢你，所以嫉妒格里高利·派克，类似的问题你刚问完，交叉重复，形式逻辑没学好。"

"这是你两个意识流动的节点，丝毫不重复，回答我。"

"明知故问，没劲。"夏克明拿出烟，放在鼻子下面闻了闻。

"而你的诡计在于：绕过格里高利·派克只字不提，以掩盖你的嫉妒敌视，迂回地从其他角度恶毒攻击整部电影，以解你心头之快。嫉妒……"

"Shut up！你有钟情妄想症。"夏克明粗鲁地打断了柯小薇。

"急出英文来了？电影里学的吧？面对真相时，每个人都容易吹胡子瞪眼；谈论真理时，个个口若悬河争做孔子的门生，不新鲜，我见多了。"柯小薇莞尔一笑。

夏克明忽然觉着他正在被抽筋剥皮，于是把全部注意力放在指尖上，不厌其烦地抠着本来已很干净的指甲缝。

"你最爱的几部影片有一点是相同的：强烈的反社会情结，而且是偏执型的，隐含着伤痕累累者的复仇心结。在潜意识里，你甚至把自己划归为他们的同道中人。"柯小薇略作停顿，观察着夏克明。

"从上次吃饭，到刚才的谈话，你的性格轮廓、心理特征很鲜明：敏感、自负、过激的好胜心、不安全感伴随着焦虑、善于掩饰与顽强的意志力、极度易怒，有可能失去自知的能力以致不计后果、强烈的偏执倾向。"

夏克明的头埋得更低了，像丝毫没有听见柯小薇的话，更专心致志地逐个抠着指甲缝。

"你比格里高利·派克在人格上更有魅力，他饰演的人物性格单薄，没你生动丰满的维度。"

夏克明猛地抬起头，注视着柯小薇，"你……再说一遍，我没听清楚。"

"大家都耻于看见自己的真相，没关系，你只是把人性的阴影给放大了。前天，你发给我的疑似记忆整理资料太笼统，没有童年部分，我会帮你从童年开始梳理……"

"你真把自己当康斯坦斯了？她可不会为80多元饭钱追了我半条街。人家也不会这么羞辱病人，她总是摸着格里高利·派克像狗一样尖翘的下巴说：我爱你，哦！我爱你，然后'唧唧唧'地和他亲嘴巴子……"

柯小薇被夏克明逗笑了，隔着桌子忽地向他摊开细嫩的掌心，"还钱！"

"该吃午饭了，今天你妈又做什么了？"夏克明把纸杯放到她手里。

"海米炒白菜丝，粉丝炒豆芽。"柯小薇得意地说。

"你家晚上吃什么？晚上我去你家吃饭吧？"

"没脸没皮爆炒滚刀肉。"柯小薇看着夏克明，两人不约而同地大笑起来。

第十九章
夜半惊魂

五十八

想起才和柯小薇分手的一幕，夏克明的脸像点着的干柴腾地红了，好似做了龌龊的事被人发现，反手挨了一记耳光。游离的目光躲躲闪闪窥探自己的丑陋，经常只需要匆匆一瞥，就让你知道什么是寒碜，仅仅这一瞥，足以使你瞬间忘记呼吸，很憋气，很紧张。

这一切不是因为他主动握住柯小薇的手，而是他竟然毫无来由地对她说："马上要和朋友成立一家投资公司，注册资金几个亿，我是总经理。"

他不明白，他为什么会这么糗？一向以决不虚荣为自我标榜，而刚才的嘴脸让人情何以堪？他降下窗户，让冬日的冷风吹散浑身的燥热。

柯小薇是何等聪明，眼前浮现出她洞穿一切开心的笑，耳畔又听到她轻柔的话语："小心旧患未除，又添新疾——格里高利·派克综合征。"

夏克明无意识地重踏油门，仿佛要踩烂心中囚锁不住的虚荣，也是奔四的老男人了，还这么轻浮，撞死完了。

其实和牛总分手后，他早将成立投资公司的事情抛到脑后，刚才突然顺嘴说出来，让自己也暗暗吃惊。柯小薇送他到车旁时认真地说："病好之前，做事要慎重，能不做最好不做。"

霍然间，前面的车在视线中急剧放大，持续响起刺耳的鸣笛，夏克明一脚急刹车，和已近在咫尺的现代SUV迅速拉开距离。他长长地吁出一口气，拨通手机，贴到耳边，等待接听牛总永远热情似火的声音。

"夏克明，你最好来一趟，我在办公室等你。"没等他搭音，牛守礼挂了电话。虽然心中隐隐不快，但他还是左转掉头，开向牛总的昊天集团。

　　冬日阴郁的午后，牛守礼办公室没有开灯，原本挤满的明清家具少了大半，看上去像展厅刚刚撤展，倍感空旷，也增加了几分落寞。

　　夏克明挑了把简约古朴的明式素圈椅坐下。对面20米外的《钟馗捉鬼》看上去缩成黑乎乎的一团，像牛总黯然神情下黑黝黝的脸色。

　　"集团董事会对你的资历不认可，特别是有几个跟我一直不对付的人说：你既没专业教育经历，也没知名大公司的从业背景，仅凭几张黄金交割单，就交给你上亿的资金，做高风险杠杆交易太荒唐了。"牛总说。

　　"没事，不行算了，反正我从来也没想过给谁打工，现在这样过挺好。"

　　"不能就这么算了，他们那些人除了拿着尺子量格子，懂个屁！尽找些驴粪蛋外面光的废物。夏克明，我牛守礼认定你是难得的人才，认定你是我的知己，这事咱干定了。"

　　牛总快步到书案前，拿着一沓纸走回来，递给他。

　　"《关于成立昊天投资公司的会议纪要》，为了这份东西，会上我和他们都打翻了，但是老弟，有点委屈你了。"

　　夏克明草草翻了翻，抬头看着牛总。

　　"会上最后相互妥协：以你现在操作的1000万账户为实验账户，一年内做到3000万，操作次数不限，但操作成功率不能低于80%，集团就追加投入到两个亿，全权由你操作，并正式委任你为总经理，划入集团正式编制。"

　　"牛总，这条件对别人也许比登天都难，但对我不算苛刻，如果连这点本事都没有，凭什么拿人家两个亿？"

　　"这和咱们上次在医院说的不一样，我已经食言了。尽管我在会上和他们吵得面红耳赤，争取你不用为1000万本金保底，也保住了你的盈利分成比例不变，但合作期间，你的盈利部分不能撤出，共同承担操作风险。夏克明，别管我为难不为难，只要你觉着不合适就别做。"

夏克明来回翻着几页纸，默默不语。他从来就没在一个正经体面的单位工作过。虽然他经常对此报以鄙夷不屑，但偶尔也会涌起一丝向往。特别像上次汽车追尾，看见李鹤鸣那副傲慢的领导派头，神气活现的丑态，颇让他感到愤恨不平，大有取而代之的冲动。

"集团是局级单位，分公司是正处级，我知道你对这些都看不上，处级工资那几个讨饭的小钱，还不够你老弟搓几次大餐、泡几次澡的。"

牛守礼停下话头，眼睛盯着他，目光中流露出探寻的意味。"正处级"对夏克明来说就像迪拜、撒哈拉沙漠一样陌生遥远，就像异教徒听见教堂的钟声，漠然而麻木。

但出人意料伴着猝不及防，牛守礼递过来一张动身启程的机票，教堂的大门豁然间对他洞开。夏克明此时不由得怦然心动。

他平静的外表下，思绪却异常活跃，从李鹤鸣的傲慢，想到许晴对米安琪说的：游手好闲的混子；想到了孟老太太；也想到了柯小薇。

"公司不许你撤出盈利部分，但盈利部分再投资的收益还是你的。如果真把集团的两亿拿过来，你的收益分成将从现在的5%降到30%，意味着有6000万的操作收益属于你个人，这当然是后话。"

牛总不遗余力地为他降下纷纷扬扬的瑞雪，夏克明左顾右盼，看得有点眼花缭乱心猿意马。身上似乎也安装了计算器，他不停地按心、按肝、按肺、按肚脐眼。

牛守礼和他同时听到——来自于他体内的声音："有聘书吗？总经理的聘书？"夏克明意识到自己的脸又红了。

牛守礼看着他笑了，"有，当然有，集团的正式编制，我是副局级，你是正处级，而且还享有公司30%的投资收益分成，这对其他人是绝无仅有的，也算对你杰出能力的认可吧。"

牛守礼看着他，诚恳地点点头，又指着他严肃地说道："账户里的1000万赚到3000万时，你和集团签一份合同，把刚才说的那些白纸黑字地写下来，这年头谁也别信。"

牛守礼向他伸出手，夏克明犹豫中欲言又止，神志不清地握住了牛总的大手。

五十九

"混蛋，又被医院的小米安琪弄迷瞪了吧？"许晴电话里粗声恶气地骂。

"以后别在我晨便的时候打电话。"夏克明看着马桶里砸出的泡沫快速聚集。电话那头沉默了。

"听说晨便泡沫太多是肾不好，你知道吗？"夏克明拿着手机，低头仔细地查看着。

"问柯小薇去，让她拿放大镜看看。"

夏克明听见"嘟嘟"的忙音，浑身抖了个激灵，睡意全消，醒了。

两个星期过去了，实验账户从1000万做到了1500多万。他得到了牛总无数激情洋溢的赞誉，而失忆症的治疗却收效甚微。

他听柯小薇说：自己高中的部分失忆与妄想是由于童年的失忆引起的。夏克明第一次意识到，自己可能有一个不堪追忆可悲可叹的童年。

儿时的胡同像被昨夜的大风拔地刮走了。他和柯小薇傻傻地站在初冬灰秃秃的暮色中，几只寒鸦寥寥的叫声似是对他们粗鄙的唠叨：没啦，没啦，都没啦！

比肩林立的楼丛构筑起凶险浩瀚的钢筋海洋，他们沉囚在海底讨论逃生的方向。黄昏时刻，钢与泥媾和的丛林里，孕育着太多的诡异，变换着暗藏的杀机，两人分辨着南北西东，吹过一阵阵削脸肃杀的北风，像水面下急旋而过的冰冷逆流，柯小薇不住地打着寒战。

"上车吧?"夏克明搂着她的肩膀走向卡宴。

"你多大从这儿搬走的?"柯小薇坐在车里不停搓着双手。

"十三四岁，记不清了。"夏克明轻按暖风键的加号，车内迅速升温。

"搬楼房了?"

"简易楼，一居室，没有暖气和煤气那种。冬天搬煤、月月扛瓦斯罐，但和平房比，毕竟有了厨房和厕所。"

"楼房怎么来的?"

"老太太单位分的。"夏克明低头看着方向盘。

"你妈妈是普通工人?"柯小薇问。

"你什么意思?"夏克明厉声质问。

柯小薇慌忙摇摇头说："去那简易楼看看。"

"早拆了，拆之前我把那破房卖了20多万，用这笔钱开始做股票，给老太太租了间有双气的一居室。"

"去看看，快点。"柯小薇决意地说。

卡宴开到和平里十五区，夏克明指着一片光溜溜的街心公园，转头对她说："应该是那块地方。"

"你能想起什么吗?"柯小薇问。

夏克明疲惫地趴在方向盘上，"想不起来什么，我那时应该上初三，晚上老刷夜，经常十天半月不回家，回家和老太太大吵一架又跑了。"

"刷夜都干什么?"柯小薇好奇地问。

"让我想想。"夏克明直起腰板。

"也没干什么，多数时候几个孩子在街上瞎晃悠，经常在电影院惹是生非，或在学校门口劫俩零花钱。后来我迷上了弹吉他，紫竹院、双秀公园，很多大桥下面，春风沉醉的晚上都留下了我动听的歌声。"

昏暗的车内，柯小薇看着他在笑。

"我那时最爱唱的是齐秦的《花祭》《外面的世界》。有一次，在新街口宏声乐器行门前，我和一哥们儿两把木吉他一首接一首地唱串烧，唱到《喜洋洋》，我靠! 不到十几分钟，整个丁字路口堵死了。骑自行车的、步行的，加上无轨电车挤在一起，水泄不通。"

夏克明满目喜悦，眉飞色舞地对柯小薇吹牛。恍惚中，他觉着此时很像曹剑，也深深地体验到做口贩子的愉悦。

"米安琪听过你弹琴唱歌吗?"柯小薇问。

"有一次傍晚，我在她家大院的小花园里唱歌。她和她妈恰好遛弯儿。她看见我，但没敢理我，我唱的是《花祭》。后来她和她妈妈回来时，我在唱《十八的姑娘一朵花》，那时虽然天色渐暗，但我能看见她笑了。我身边的哥们儿朝她吹匪哨，吓得她妈拉着她跑了。"

柯小薇不知何时将头扭向了车窗。

窗外，暮冬的昏暗天色逐渐变得漆黑一片。早早垂下的夜幕把四周的楼群染成了巨人黑幢幢的轮廓。

"走吧。"柯小薇淡淡地说。

大灯的光芒刷地把前方的路面照得雪亮。CD机中传出凄婉动人的青春纪念——《呼唤》。

"我买错了一包香烟，而你也穿错了高跟鞋。在爱你的那天，就注定了失眠，感觉被打回到了起点，我的明天就被你全部毁灭。可怜我走不进你的世界，可怜我得不到你的永远……"

夏克明下意识地关上CD。少顷，黑暗中歌声再次响起。

"挺好听的。"柯小薇微弱的声音融在齐秦清纯哀伤的歌声中。

"……可怜我心碎了不止千遍，你没感觉，这份爱怎么给断了线？感情的世界，我越过了界，还要不顾一切，继续为爱，继续冒险。"

六十

那天晚上，伴着齐秦的歌声，夏克明载着柯小薇去了米安琪的老宅。卡宴在北新桥拐进一条胡同，行驶了几十米，停在左手边的小区大门前，半米高的隔离板横在半空。

夏克明和保安磨了半天嘴皮子，卡宴才驶进小区。院内道路两边，停满了车辆。转来转去，还是柯小薇发现了一处两车之间狭小的空当。

"停得下吗？"

"下车，就搁这了。"夏克明说着熄了火。

"不行，挡在路上了。"

"活该，这是物业管理造成的，我他妈也是受害者，人不能老委屈自己，成全了他们这帮孙子。"

"不行，你必须把车停好了。"柯小薇绷紧了脸，严肃地说。

夏克明笑了，"坏人都是让好人惯出来的。"

大院里处处见缝插车，如果从空中俯瞰，整个院落定像一张布满雀斑的脏脸。多年以前，空间上的从容与闲适已是回忆中拾起的只鳞片爪。

两人下了车，夏克明左右张望着，指指朝南的一幢六层红砖楼说："好像是那幢……"

"你仔细看看，除了唱歌，还能记起什么？"

"脑子里偶尔闪过些画面，是个深夜，我从米安琪家的楼门里跑出来，站在那边空地上，望着她黑洞洞的窗户，心里特难过。"

"你去找米安琪，她父母骂你了？"

夏克明摇摇头。

"米安琪让你以后别再来找她？"

夏克明使劲揪扯着头发，深深吸了口冰凉沁肺的冷气，垂头沮丧地晃晃脑袋，"想不起来了，反正心里特难过，站在那儿，望着她的窗户还哭了。"夏克明嗫嚅地说。

"你说知道米安琪家里的摆设，而她又不承认请你去过她家，是吗？"

"别问了，咱们走吧。"

"你指指哪扇窗？"

夏克明抬起头，努力搜寻着，过了一会儿，突然指着一扇亮灯的窗户说："好像是那扇，排水管紧挨着的那扇。"

柯小薇抬头默默注视着，"是三楼对吧？"

"撤吧！"夏克明催促着。

"咱们上去看看。"

"我不去，没准儿记错了。"

"你害怕？"

"懒得上去。米安琪不住这儿了。"

"她父母住这儿吗？"

"不知道。"

他跟在柯小薇的身后，进了一梯三户的楼门，蹑手蹑脚地走上一道道水泥台阶。豆绿色的老门越发暗旧，还能隐隐看出褪色的红字：03。

柯小薇敲响房门，夏克明的心骤然缩紧，他难以控制瞬间涌起的恐惧，不自觉地向后退下几级楼梯，柯小薇又敲了几下。

"谁呀？"屋内传出女人模糊浓重的外地口音，夏克明暗暗松了一口气。

门开了一半，夏克明向前探探头，看见半张蓬头垢面蜡黄憔悴的女人脸。

"米安琪住这儿吗？"

"不认识。"

柯小薇伸手挡住欲关上的房门，"那……原来这儿住的米先生呢？"

"这房是中介租给我的，你说的人，我不知道。"这次房门关得很坚决，夏克明看见屋内一角暗黄的墙面，而脑子里闪过的墙是雪白的。

"我这失忆还找得回来吗？"夏克明坐在车里泄气地问。

"能找回来，你好好配合我，一定能找回来。"

"还要我怎么配合你？你说去哪儿就去哪儿？你说怎样就怎样？"

"谈谈你童年，谈谈你妈妈，你就回避，你就不配合。"

"我他妈都忘了，跟你谈什么？"

"我去和你妈妈谈谈？只要找到一个记忆点，我就可以试着启发你，逐渐向周边扩展。"

"不行，不能找老太太。"

"她是找回你失忆的突破口，她如果能提供你遗忘的一些细节，很可能会触动你记起什么。"

"我说了不成。"夏克明扭头看向窗外。

"你怎么这么固执?"

"她能和你谈什么?说她怎么当破鞋的?"

夏克明猛然转头,向她大声吼着。柯小薇默然低下头,两人都不再说话。

卡宴驶出小区,夜晚街边的霓虹灯掠过她疲惫的面容,夏克明心中暗暗懊悔,不时扭头看看她。

"吃饭去吧?"

"送我回家。"柯小薇面无表情地说。

昨天的画面在脑海中一幕幕清晰有序地闪过。夏克明赖在暖暖的被窝里,叹了口气。伸手抓过床头柜上大开本的《精神病学》,心不在焉地翻着。

失去的记忆死死地锁在暗门之中,何时能找到那把钥匙,也能如此放一遍电影,重拾我的爱恨情仇。

六十一

"你在哪儿?"柯小薇电话里的声音很像米安琪,总给他一种错觉。

"床上。"夏克明坐起身,仰靠在宽大的床背上。

"还在睡觉?"

"早醒了,看你介绍的《精神病学》。"夏克明扫了眼身边翻卷到最后几页的大开本。

"你给我念一段。"柯小薇说。

"不信是吧?听好了,夏克明小朋友给柯老师背一段:记忆是既往事物经验在大脑中的重现。包括:识记、保持、再认三个基本过程。识记是过往经历在脑子里留下痕迹的过程;保持是识记的痕迹保存于大脑,免于消失的过程;再认是记忆痕迹显现的过程。记忆障碍中包括了：记忆减退、遗忘。"

"你真是背的？"柯小薇问。

"不信就过来，坐在床边看着我背。"

"你背的不是《精神病学》，是《意识与记忆》里的第三章。给你当老师很不易，一不小心就成了马戏团里的猴子。"

"所以他们讨厌我，他们孤立我。老师喜欢听话的；脑袋长在别人身上的；拿着几本烂教材当《圣经》无暇它顾的；从不坚持什么；为了虚荣功利而发誓时刻准备放弃所有的——口是心非的奴才。"

"接着说，我听着呢。"

"他们不许你坚信什么、喜欢什么、寻找什么，一切真假善恶好坏是非，他们都给出了标准，画定了框框。需要的只是你遵守和膜拜。别说话、手背后、坐好了，操他妈。"

"最后三个字不是老师说的。"

"那是我对老师说的。我们每人从6岁就进了一个叫学校的监狱，里面都是托着大鼻涕的小犯人。他们不惩罚小犯人拔麦脱坯，但他们强迫我们相信他们的所言，用变态沉重的家庭作业，和划分人格优劣的考试分数实施更惨无人道的迫害。你胆敢反抗，就勾结家长用难听的话骂你、羞辱你、大嘴巴抽你，用明天把你扔进社会的大粪坑恐吓你。"

"还有吗？"柯小薇声音很小，但她确实在问。

"下面他们得逞了，小犯人被他们不断地分化甄选，变成了密密麻麻的小虫子，爬上又陡又峭的梯子。能够登堂入室的，变成了大大小小的屎壳郎；半途而废或功亏一篑的，都弱化成平庸绝望的芸芸众生。一代代地繁殖小虫子，就成了他们后来不多希望里最有希望的事情——盼着自己的小虫子变成屎壳郎。"

"你一直拒绝变成小虫子？"

"当多数人都有了小虫子的特征，这个局就算成了。意味着你也将被彻底消声。因为你敢大放厥词说三道四，小虫子和屎壳郎都会咬心，都会对你怒目而视，所以没变成小虫子，只能变成疯子。或者索性把自己涂抹成无赖、流氓、痞子，反正你必须给小虫子和屎壳郎留下宽阔腾挪的舞台空间，能让你喘口气直直腰靠着边缘歇歇脚，你丫就感恩吧，再敢多说一句踩死你。"

夏克明舔舔干燥的嘴唇，不知什么时候声音嘶哑了："我现在是选择性失忆，如果有一天都遗忘了，连去寻找记忆都忘了，他们丫就彻底笑麻了，不知道我离这疯傻癫痴的路还有多长多远？"

"你现在来医院吧？"柯小薇说。

"不去了，我觉着恢复记忆没什么希望了。这些书都是那些名利骗子为自己登堂入室一笔笔画出来的门票。他们不过是消遣我们，换取他们的锦衣玉食，你也赶快改行吧。"

"夏克明，你别挂电话，我们再聊一会儿。"柯小薇急切地说。

"你别担心，我不会做蠢事，让你这个医生丢面子。"

夏克明丢掉电话，他的目光久久地停滞在墙壁上。坚固雪白的墙面渐渐软化波动，如水面般层层扩展，起伏荡漾，在眼前炫目地晃动起来，映现出李鹤鸣粗鄙不可一世的嘴脸。他倒吸了一口气。

捆绑他，折磨他，逼他说出扎我的凶手。他肯定会百般抵赖死不承认。怎么办？决不能放他，这个屎壳郎只要一离开我的视线肯定会报警。直接用土枪轰了他的头，轰掉他半个脑袋，轰得他脑浆子四溅。

夏克明涌起无比亢奋的快感，他看见竖立垂直的水面上，蘸挂着大块黏稠的血浆糊，其间隐隐的白色物质曲曲蠕动，瞪大双眼细瞅，一条条蛆虫正在爬出暗红色的斑斓……

夏克明右手握着土枪，连续冲着水面上李鹤鸣的躯体快速扣动扳机。一瞬间，他似乎意识到手指比划成枪管的可笑，恼怒中，拼命反关节撅着食指，痛得他五官立时错位。

手机不停地响着，夏克明热汗淌面。不经意间，他气喘吁吁地想起土枪藏在小良子那里。瞥了一眼铃声持续的手机，颤抖地拿起来，汗水滴落在液晶屏上。

"我突然想起你爸爸，和我谈谈他好吗？"

听见柯小薇平静的声音，夏克明扭曲的脸上露出诡异的笑容。

"你撒谎，你还是担心我出事。记住，我也看过很多精神病学方面的书。我能理解你，就像你了解我。"

"告诉我，还记着你爸爸吗？"

"不记着，他那时总不在家，好像天天忙着做生意。后来的事我都和你说过，他死在监狱里了。只有一次，我梦见他夜里来看我，还让我给他倒了杯水，告诉我：无论做什么事都要先保护好自己。"

一时间，夏克明痛不欲生地哭出声来，他努力压抑着抽泣，把电话扣在被子上，怕柯小薇听出破绽。但一切举动都是徒劳的，柯小薇早就听出了他不体面的变调。

六十二

"你是我见过的最有意志力的病人，也是最善于掩饰自己的病人。"

夜幕中，对面驶过的汽车灯光照亮了柯小薇间或露出的皓齿，和明亮的双眸交相辉映。

"还有什么？"夏克明问。

"最好学的病人。"柯小薇说。

"和柯大夫关系最亲近的病人。"夏克明停住脚步，站在卡宴旁边，搂住柯小薇的细腰，轻轻触摸着羊绒大衣的绵软，感受到隐隐透出的温热。

"最危险的病人。"柯小薇笑着扭身，曲臂攥住他的手腕。夏克明身子前倾，坚决地将她紧紧地拥抱入怀，他感到柯小薇的双手渐渐地迟疑地在他背后探索环绕，发出渴望的力量。

比夜色更黑暗的是忘情地埋入，再埋入，深嗅，再深嗅，冷夜中的芬芳沁人心扉，冰凉浓密的发丝幻化成无岸的海洋，在激情的漩涡中跌宕。

夏克明向微启的花蕊探出柔软饥渴的蜂针，寒风吹得花蕊摆动摇曳。柯小薇贴近他的脸颊，轻轻印上一个冰凉湿润的吻，耳语道："按医务人员条例，越界了。"

"按我的条例，这才报幕。"夏克明轻轻含住她柔软的耳垂。柯小薇猛地推开他，并且向后快速退了几步，直到貌似安全的距离，情急中伸出手掌，"还钱！"

"刚才吃炒河粉是我掏的钱。"夏克明觉着她穷疯了。

"刚才花了100，我应该付五十，上回四川小吃你欠我80，现在还差我30，还钱！"

"刚才花了102。"

"那两块人家没要。"柯小薇得意地笑了，很开心。

夏克明眨巴着眼睛看着她，"你花招太多，太可恨。"

"别闹了，这离你的学校还远吗？"柯小薇靠上来，主动挽住他的臂弯。

"这条街到头右拐，再走几十米就到了，上车吧。"

"走过去。"柯小薇说。

"太冷了。上车吧。"夏克明恳求着。

"快走。"柯小薇拉着他的胳膊，不容置疑地向前拖拽。

幽暗的小街上，人迹寥寥。路两边零落破败的院门敞开着，像张开黑森森的大嘴。间或出现一两个稀疏低矮的小店铺，散发出昏黄阴晦的光亮。

柯小薇挽着夏克明，快步走到街道的尽头。迎面耸立着一堵坚固厚实的高墙，画着圆圆的大白圈好似一道咒符，里面粗暴地写着"拆"字。

"鬼撞墙。"夏克明嘴里咕噜着。

"少胡说。"柯小薇显出一丝紧张。

"你敢盯着墙上那几个小窗户看吗？"夏克明问。

"有什么不敢的？"柯小薇对着一扇黑黢黢的窗户，目不转睛地盯着。

"原来听大人说，这墙里面是深宅大院。清末时，关押过很多在宫里犯错的老太监、小太监，后来全死在这院里了，有跳井的、有上吊的……"

夏克明两手突然在脖颈处向后一兜，伸出一大截儿舌头，极力翻出多余的眼白，偷窥着张目结舌屏息静听的柯小薇，她的目光避开那几扇黑洞似的木窗。

"夜静更深，特别凌晨三四点钟，常有人听到墙里传出细细的哭声。还有人看见过院里墙壁上浮动的鬼影，形销骨立长发披肩，脸上五官全无，像张惨白的纸。这是北京有名的八大鬼宅之一。"

"夏克明，你少犯坏！"柯小薇将积攒的恐惧凝结成无穷的力量，隔着衣服狠狠地掐了他胳膊一把，疼得夏克明龇牙咧嘴。

"别闹！听，哭声。"夏克明仔细地辨别着，柯小薇睁大眼睛，身上禁不住抖了一下，更加死死地挽住他的胳膊。

夏克明猛地甩开她的手臂，指着黑森森的窗户，"看！有张人脸，啊!"他逼细了嗓子，发出瘆人的尖叫，柯小薇看都不看，跟着他撒丫子跑起来。

"夏克明，你混蛋！"

柯小薇怒视着他，夏克明捂住肚子笑弯了腰，她走过去狠狠地踢了他屁股一脚。

"弗洛伊德说、荣格说、一会儿心理学、一会儿……精神医学、全是……扯淡。"夏克明笑岔了气，不停地摆手，连眼泪都溢了出来。

"我冷了，抱抱我。"柯小薇一脸落寞地靠上来。夏克明有点犯傻，尽量止住笑，一本正经地张开双臂。刚搂住她的双肩，夏克明瞬间张大嘴巴，拧紧眉头，胃部的绞痛撕心裂肺。

柯小薇早已躲开他，眼光中充满得意之色。"下次再欺负我，保证让你胃出血。"

夏克明抹了抹嘴角流出的口水，心有余悸地走近柯小薇。

"不许闹，扯平了！"她兴奋地大喊着。

夏克明喘着粗气，臂膀感受到她紧紧的挽靠，所带来的异样的柔软。

红漆大门紧闭，坐落在半米高的石基上。门廊前的两根圆柱挂着瘦瘦长长的匾额，上面铭刻着篆来篆去啰里啰嗦很多模模糊糊的鎏金小字。

"你的学校真体面，是重点高中吧？"

"哪个婊子上街拉客，不搽饬搽饬？"夏克明轻蔑地说。

"你和米安琪上下学一块儿走吗？"

"下学后，我经常在前面的胡同里等她。"夏克明抬手指指黑乎乎的前方。

"这片的房子都拆了。"两人踩着碎砖瓦砾深一脚浅一脚地朝前走着。

"这条胡同叫八道湾。里面曲里拐弯，像根鸡肠子，走到头是死胡同，除了住这儿的人，外人很少进去。"

"你们在胡同里干什么？"柯小薇挑起眉眼问道。

"聊聊天，聊什么也忘了。"夏克明突然停下脚步。

"走啊。"柯小薇拉拉他。

"那里面也拆得乱七八糟的，黑漆漆的连路灯都没有。"夏克明说。

柯小薇留意地注视着他，夏克明紧张地望着两边残垣断壁夹裹的一条黑道，心跳骤然加快。他看看柯小薇，舔舔干裂的双唇，努力挤出一点笑。

他想扭转柯小薇的肩膀走向来路，但他吃惊地发现，自己是那样的无力，反倒被柯小薇拉着向前走了两步。

夏克明忍无可忍，用力甩开柯小薇的拉扯，"我不进去！"

"别害怕，我陪着你。"

他意识到柯小薇搂住他的后腰，用力地朝前推他。浑身的毛孔像窗户一样霍然张开，贪婪地吞噬着恐惧，阵阵连续袭来的心悸令他晕眩，头上渗出涔涔的冷汗，不由自主地低垂下头，想躲进柯小薇的怀里。

她用力抱紧夏克明隐隐颤抖的身体，"别怕，你抬头看看，一定能想起什么。"

突然，不远处迸发出异样的声响，柯小薇发出惊恐的叫声"夏克明，你快看！"

几米外，墙垛的空缺处伸出斜长晃动的阴影，两人同时瞪大恐惧的双眼。他们同时看见一个瘦高的黑影踢着碎砖走出来，手里拿着黑黑的家伙。猩红的烟头划出一道亮弧，飞落在他们的脚边。

月明星稀的冬日晚上，夏克明清晰地看见对面匆匆走来一个瘦高的男人，蓝色的粗布工作服竖起硬扎扎的衣领，宽大的白口罩上面露出两只阴恻恻的眼珠。

夏克明的两腿像面条一样瘫软弯曲，无力地跪下去，柯小薇拼命地向上拉他，无助地呼叫："起来，夏克明，快起来啊！"

"我靠，瞅你爷们这屄样。"

夏克明被白口罩按抵在墙上，他嘴里咕噜着："我不认识你。"

"你敢过来！"柯小薇高高举起一块砖头。

猛然间，她朝着前方重重地扑倒下去。身后冲上来另一个黑影，抬脚踩在她的背上狠狠地碾压，柯小薇发出绝望凄厉的哭声，"夏克明，起来啊，夏克明！"

"再叫扎死你。你爷们早吓尿了。"

"我知道你，你是我爬上去的梯子。"宽大的白口罩使他的声音含混发闷。

夏克明倒吸了口凉气，他感到撕肝裂肺钻心的痛。白口罩锁着他的脖子，向后猛拽，迅即发力蹬腿，撞在他的大腿处，又是残忍地一刺。夏克明眼前白花花的一片，努力张大的嘴巴，发出低沉痛苦的"吭哧"声。

"不许再来这儿。"白口罩和着粗重的喘息说，夏克明的面部被再刺的冲击力迎面撞到墙上，眼前随之一黑。

泪水汗水模糊了他的双眼，影影绰绰中，柯小薇大半身子已经被两个黑影抬进了墙垛，传出痛不欲生呜呜的哭声。

夏克明拾起半块砖头，撑着地站起来。他用力擦擦眼睛，又看见了白口罩，轻轻地"哎"了一声。那黑影正抬着柯小薇的脚踝，从墙垛边扭过头来，"嘭"的一声，半块砖砸在他的头上，又飞溅起来，白口罩晃了晃，被拍倒在地。

柯小薇重重地摔在乱石的废墟上，高个儿黑影从另一处墙垛的豁口处蹿出来，"臭傻逼醒了？"

夏克明奔到倒地的黑影身边，脚下的脸已经血肉模糊，发出凄惨的呻吟。他向挣扎抬起的头部又踩了下去，凶残地踩压着脚下人的耳根子，抬脚再踩，听见他的骨裂声和着惊惧的惨叫，盯着对面高个黑影的双眼，夏克明露出狰狞恐怖的笑脸。

他再次抬脚，"别……哥哥……别，踩死了对谁都不好。"高个儿黑影被彻底吓颓废了，晃动着手里的刀子说。

"听你的，不踩他，咱俩要要。"夏克明边说边捡起一整块红砖，逼着高个儿走过去。

"过来，过来扎死你！"高个儿黑影向后迅速地瞄了一眼逃生的黑路，就这要命的一眼，整块的红砖头飞了出去，追在他的右脸上，发出揪人心魄的闷响。

夏克明扑上去，拧住他抓刀的手腕，往怀里顺势一带，撩起拐子腿将他摔倒。膝盖狠狠地一跪，砸在他的肋叉子上，死死地抵住。黑暗中，高个儿黑影的脸扭曲变形，剧痛逼迫他发出低沉而熟悉的"吭哧"声。

夏克明抓住磕过来的刀子，猛地举起来。

"夏克明！不能。"柯小薇欲要扑上来，被夏克明用刀止住。

"快出去，我不杀他，快走！"夏克明嘶哑地喊着，柯小薇披头散发，摇摇晃晃地向小街跑去。

"饶了我吧。"膝盖下面传来哀求的声音。

夏克明眼前晃动着白口罩，他紧握着橡胶的刀把子，都要给攥化了。

"哥哥，饶了我吧。"一张仰面朝天肿胀丑陋的脸，喉头剧烈地上下抽动，黑黝黝的眼窝里泛出泪光。

"夏克明，快出来！求你了！"胡同外，传来柯小薇岔了音的喊声。在深夜，异常凄厉。

"你没杀他吧?"柯小薇仿佛丧失了理智，拼命地摇晃着他。夏克明面无表情地摇摇头。

"我听见他惨叫了。"

"那是跺了他膝盖一脚，让他无力再作恶。"

夏克明的双手不停地哆嗦着，尽力想拉紧柯小薇大氅的衣襟，这才发现大衣的几颗扣子全都掉了。帮她拢拢乱蓬蓬披散的头发，两人紧紧依偎，搀扶着走出小街。

第二十章

情到深处

六十三

明亮浩大的客厅里，柯小薇失魂落魄地站在灯光下，泥土混合着泪痕，把她涂抹成狼狈的小花脸。

"你身上好多血，脏死了。"

夏克明连忙低头四处查看，黄色夹克的袖口上、胳膊上、衣领上、裤腿上，惊现出令人作呕的暗红色，手上的血迹已结痂成肮脏的漆皮。

他下意识地退到房门口，踩在黑色的方毯上，三下五除二脱得只剩下内裤。伸手拉开旁边的鞋柜，扯出个黑塑料袋，稀里糊涂地塞进去。抬起头，看见背过身子，仍立在灯光下的柯小薇。

"你坐啊！"夏克明光着脚丫走过去。

"衣服太脏了。"

"那就全脱，扔了。"

夏克明不由分说，立刻动手扯下她的大衣，又伸手撩起她的紧身羊绒衫。柯小薇拦挡挣扎着。

"我不扔，攒了三个月工资才买的大衣，讨厌，放手！"柯小薇垂着眼帘，不好意思正视他光溜溜的身子。

"我想洗澡。"柯小薇说。

她跟着夏克明穿过主卧室，推开卫生间的房门。

"好漂亮的法式浴盆……不少人用过吧？"柯小薇问。

"就我用，躺在里面看星星。"

柯小薇顺着他的指向，望着窗外的夜空，小花脸绽出神往的微笑。

"太会享受了，真没别人用过？"

柯小薇匆匆扫视着大理石双人面台，和屋内的边边角角。夏克明索性为她打开所有的柜门，从背后环抱着她，耳语道："看看你的新领地，到处嗅嗅，有没有别的小母兽的异味。"

柯小薇挣脱他的怀抱，目光左右躲闪，逃避着他光溜溜的身子。

玲珑的银色水龙头古典精巧，"哗哗"地喷射出诱人的热水。瞬间，屋内弥漫着腾腾升起的蒸汽，夏克明将一件雪白厚重的毛巾浴袍递给她。

"谢谢，出去吧。"柯小薇羞涩地说。

"我想……还可以帮点忙。"

夏克明真诚的双手还没完全摊开，已经被柯小薇连推带搡地赶出来。他疲惫地走进客厅里的小卫生间，打开淋浴，坐在地砖上，兜头盖脸地冲着。

用力搓去手背上的血痂，拿起牙刷，细细地刷着指甲缝。白口罩和那双阴恻恻的眼睛透过水雾不请自到，在他眼前闪动浮现。

夏克明急忙用手捂住眼睛，然而捂得住双眼，却关不掉脑子里的大屏幕。恐怖的放映室在内不在外，记忆的阀门一旦被打开，一切都将失控，暗室中会随意地放映出一幕幕令人惊惧战栗的画面。

他极力封锁这段记忆，可是下一秒钟，不愿再想起的，又诡异地闯进来，和你打了个照面。

热水不断冲刷层出不穷的虚汗。

夏克明张大嘴巴，贪婪地呼吸着。意志力躲藏得了无踪影。任由脑屏中的恐怖片快放、慢放、倒放、惊恐地定格。任由无主的神秘之手放纵地操控播放。夏克明像被捆绑在椅子上无法逃避，身不由己地看着，看得心惊肉跳毛骨悚然，以头掷地失声饮泣。

浴室的门被拍得砰砰作响。

"夏克明，你怎么了？"

柯小薇急切的呼声逼退了惊惧焦虑的影像和心悸折磨的骇痛。他挣扎着站起来，关上水龙头，慌乱失神地试了几次，胳膊终于伸进浴衣的袖筒里。

门外是柯小薇充满关注的目光，眼神里又流露出医生特有的观察和探寻。

"恢复了，我看见了。"夏克明虚弱地说。

"知道，都知道，你先不用说。"

夏克明平躺在床上，笼罩在床头灯模糊昏暗的光芒中，柯小薇站在床边的暗影里，扎裹着宽宽大大雪白的浴泡，湿漉漉的头发贴服在额前，像个懵懂的小女孩，夏克明很想对她笑笑，但始终没有笑出来。

"你别走。"夏克明听见自己游丝般虚弱的声音。

"刚给你服了药，快睡吧。"

柯小薇的柔声细语轻轻托起他熟熟的睡意，夏克明好像要对她摆摆手，但又无力地垂下，转眼间，鼾声渐起。

六十四

夏克明睁开惺忪的睡眼，"柯小薇。"他试探地叫了一声。一道明晃晃的光线刺破窗帘的缝隙，投影在深色的地板上，像一把细长的亮剑。

"柯小薇！"他提高了嗓音，侧耳静听，屋内仍然静得出奇，了无声寂。

夏克明鼻翼硬硬地一酸，倒在枕头上，流下两行泪来。越来越近的脚步声，催促他慌忙抹去泪水。

"我没走，你还哭啦？"柯小薇坐到床边为他擦泪。

"以为你上班去了。"夏克明破涕为笑，不好意思地说着握住她的手，放到自己的唇边。

"今天是星期六。"

柯小薇还穿着大如戏服的浴袍，夏克明忽地坐起来，忘情地将她紧紧搂入怀抱，错乱情迷中，扯开她浴袍的衣襟，隔着乳罩贪婪地揉捏着，柯小薇像触了电，从床沿上跳起来。

"夏克明！你就是一条冻僵的蛇。滚下来吃饭。"柯小薇用力地扎紧浴袍，走出了卧室。夏克明无耻地看看双手，攥紧了拳头。

柯小薇走的时候，屋里没有开灯，一切笼罩在冬日沉沉的暮色之中，她是被妈妈斥责的电话叫走的。

夏克明记着，坐到餐桌上时，他还向柯小薇晃了晃那只刚刚作恶的手，接着津津有味地吃起鸡蛋挂面。

"幸亏你冰箱里还有点绿菠菜，要不太难吃了。"柯小薇一根一根地挑着吃。

"昨晚睡的沙发？"夏克明问。

"屋里还有别的床吗？"

"夜里，我没像假爱德华大夫，手持锋利的刮胡刀梦游吧？"夏克明喝尽碗中的面汤。

"康斯坦斯大夫忘了给情绪异常的病人服药，这是个常识性的错误。"

"你给我吃药啦？"夏克明问。

"给我爸买的'利眠康'，让你占先了。用的有点超量，要不你能一觉睡到12点？"

"好好的洞房花烛夜，颠鸾倒凤销魂时，就这么……"夏克明哀叹着托起腮帮子发呆。

"给我讲讲，你昨晚恢复的记忆，讲讲你所做过的梦，那种让你痛苦难忘胆战心惊的，或者是有明显暗示意味的。"柯小薇严肃地说。

"假爱德华大夫睡醒以后，演的也是解梦。咱俩这样特像演电影。"夏克明伸出舌头，舔去粘在碗边的一小截儿面条。

"昨天晚上，你站在黑洞洞的胡同口，出现的畏惧病态，就像假爱德华大夫看见条状纹路的惊恐。别再装模作样地逃避。在潜意识里，你已经开始害怕恢复记忆了。这个过程可能很痛苦。"

夏克明咽了口唾沫，他又想起了白口罩手持利刃在他屁股上冲刺；热带雨林里和巨蟒、银环蛇的殊死搏斗；他想起了躺在床上，眼睁睁地看着天花板上的银环蛇扑落到被子上；裸体躺在粗大的树干上，隐隐地感到有两条小青蛇在他的赤身上游走……

不知不觉中，他们已坐到了宽大的布艺沙发上。夏克明断断续续地追忆述说着，在过往心惧万分的记忆中艰难跋涉。讨厌的冷汗又从额头缓缓流下，出其不意袭来的战栗，让他更紧地握住柯小薇的手。

柯小薇的面容越来越凝重严肃，手也渐渐失去了热度，变得冰凉。

"还有吗？"

夏克明看着她摇摇头，接过纸巾，擦着额头的冷汗。

"你的梦里充满了暴力、仇恨、恐怖和委屈。饱含着对过往切齿的记恨，好像也有对以后的预示，巨蟒和银环蛇应该分别代表着一个男人和女人。巨蟒是谁？"

夏克明呆呆地看着她，自己的手也是冰凉的，两只冰凉的手指指相扣。

"如果巨蟒是暗指对你行凶的白口罩，那他和银环蛇又有什么关系？在梦中，米安琪变成了银环蛇……"

夏克明起了一身鸡皮疙瘩，不由自主地打了个冷战，这一切被柯小薇丝毫不漏地察觉到了。

"你心里藏着对米安琪深深的不满，是吗？"柯小薇试探地问。

夏克明一声不吭地垂下头。

"而巨蟒和米安琪好像没有关系，这个梦就难解了。"

柯小薇抽出手，拿起茶几上的圆珠笔快速地在纸上记着什么。少顷，抬起头看着木然的夏克明说："你的病情要比我原来想的严重。如果说与巨蟒和银环蛇的搏斗是你的噩梦，但你醒了以后，看见天花板上游动的银环蛇，看见它落到你被子上，可就是清醒状态下的幻视了。"

"不能自知，并信以为真。"夏克明咽下了后半句话没有说出口，柯小薇替他说了出来。

"你说的是幻想和妄想的区别。而妄想加上幻视，精神分裂症的可能性就大了。你来住院好吗？"

"你扯淡，精神病人能和你调情吗？精神病人能操作黄金杠杆交易吗？少他妈吓唬我。"

夏克明忽地一颤，他想到了刚才述说病情时，闪念之间的刻意隐瞒——眼前似水面浮动的白墙，李鹤鸣那张令人作呕的脸被轰爆了，白墙上蘸挂着清晰可见鲜红的脑浆子。

"过强的意志力可以帮你掩饰病情，甚至在日常生活中看起来比正常人还正常，但这也是你最危险的地方。夏克明住院吧，你可以治好的。"

"你帮帮我，我不住院。"夏克明哀求地说。

昏暗中，柯小薇无语地注视着他，夏克明投去期盼的目光，轻轻握住她更加冰凉的手。

"我都听你的，好好配合你。"夏克明无助地说。

手机的铃声打破了两人沉默中的寂静，柯小薇好似如梦方醒，快步走到门口，抓起鞋柜上的大衣，翻出兜里的手机，连连说"糟了，糟了"。

夏克明不知所措地望着她。

"妈，我替别的医生值夜班，太忙了，对不起。"柯小薇的惶恐让夏克明充满了新奇，他猛然意识到，眼前这个貌似的女人，其实还是个女孩。

柯小薇的脸早就涨红了，冲着夏克明耸耸鼻子，做了个怪样，带有明显的责怨。

"我回家再和您说吧。好了，就这样，回去再和您说。"

柯小薇挂了电话，跑回夏克明身边，在他肩膀上狠狠打了两拳，"都怪你，我妈说我了。"

"都奔三的人了，还怕你妈？她再敢说你，搬我这儿来，咱俩一起过。"夏克明一扫刚才的阴霾，顿时激扬起来。

"谁像你，从小就是不爱回家的野孩子。"柯小薇说着又跑向房门，拿起大衣。夏克明追过去，把她扭转过来。

"对不起，我说错了。"柯小薇看着他铁青的脸说。

夏克明强行压在她的双唇上，疯狂地吮吸着。深重的呼吸让黄昏显得更加迷茫，相拥相抱，饥渴的索吻，抵挡了所有的恐惧。

两人在起伏的水波里嬉戏、下潜，穿过激流的溪，穿过云烟。黯然朦胧中，热烈的对视，爱人难舍难分。

柯小薇走的时候，屋里没有开灯，一切笼罩在冬日沉沉的暮色之中，她是被妈妈斥责的电话叫走的。

室内光线越发幽暗，空气仿佛在快速肿胀。夏克明感到忍无可忍的压抑和孤寂。柯小薇走了，也带走了所有的生气。他在真空中体验到绝望的气息。

夏克明猛地躁动起来，他跑到观景阳台前。外面已是暮色四合，华灯初上。目光快速地聚焦，搜索着楼下的街道和公交站牌——直到人群中看见她紧裹大衣的身影。

六十五

夏克明跑到公交站牌下，已是气喘吁吁。在拥挤熙攘的候车人堆里，焦急地寻找柯小薇。公交车像装满沙丁鱼的罐头，售票员握着扩音器高声叫喊"靠站停车！"人群立刻骚乱起来，如潮般涌向狭窄的车门。

路灯下，人车交织，影影绰绰。夏克明无论如何不愿相信柯小薇已变成一小块沙丁鱼，挤压在罐头里。

"我为什么不开车送她？"自责诘问不断地重复，缠绕着他懵懵懂懂糨糊似的脑袋。

夏克明沮丧到了极点，心灰意冷地看着来来往往的人们。"柯小薇，你为什么不让我送你？柯小薇，你是在沙丁鱼罐头里？还是打车走了？柯小薇，你他妈在哪儿啊？"他觉得自己快急哭了。

"去前边，坐地铁吧？"身边戴眼镜的男孩询问胖乎乎的女友。

夏克明疯狂地跑向地铁站。人群擦肩接踵，鱼贯走下亮堂堂的地穴。五个台阶变成两个台阶，他不停地向下跳跃，狭长的通道里，躲闪着左右的行人，不顾一切地向前飞奔。

他弯下腰，双手撑膝，喘着粗气，一刻不停地扫视着周围的人。他们把票放在识别器上，随着闸口不锈钢管的转动，变戏法似的走进候车站台。

他跑到售票窗口："给我张票。"

"两元。"

夏克明这才意识到兜里镚子儿没有。

"没钱，快给我票。"

中年妇女惊诧地看着他。

"给我票。"夏克明死盯着她。

"给他票，我给你钱。"一个学生妹说。

"好孩子。"夏克明抻着袖口，擦擦脸上的汗，抓过票跑向闸口。

呼啸轰鸣声中，列车风驰电掣般掠过块块广告灯箱，进站停住。夏克明绝望地举目四望，蓦然回首，看见她紧裹大衣的背影。

他笑了，他想大叫，他像沙海里濒死的人，发现了触手可及的泉眼。

和柯小薇相隔了一个车门，夏克明混迹在人群里上车。不远不近，紧紧地盯着她。随着列车规律地晃动，他终于意识到——旁人投来戒备异样的目光。

敞开的棉布夹克露出蓝白条的单薄睡衣，同样蓝白条的睡裤显得过短。明亮的车厢里，脚踝上吊吊的裤管是如此的扎眼。皮鞋里的光脚丫此时很是燥热，他不停擦着脸上淌下的热汗。

大家努力和他保持着距离，车窗玻璃中，清晰地映出一个傻逼，和他幸福的笑脸。

"孩子们，你们唱着歌去游击区吧，没有德国鬼子再敢阻拦你们。"

夏克明站在开启的车门旁，一边对匆匆下车的人们殷切地嘱咐着，一边瞄着前面车门附近站着的柯小薇。他丝毫不介意众人的转头侧目，那不过是一只只蜻蜓头顶上，镶着的一对对玻璃珠子。对他而言，两个不同的物种之间无需费心理解。

柯小薇始终没有朝他这边看过来。

夏克明爬上积水潭站的洞口，立时被刺骨的冷风逼出了几个喷嚏。他竖起衣领，拉上棉布夹克的拉链，但浑身上下还是很快被冻透了。

夏克明端缩着肩膀。鼻孔里硬扎扎的，跟结了冰似的。牙关"哒哒"地打着架，努力舒展冻僵的手指。他真想跑上去，抱住她。但夏克明没有，他更加用力地咬紧牙关，尾随着柯小薇，走进单位的宿舍区。

六十六

柯小薇在单元楼的门禁上按了几下，随即拉开铁门，跑了进去。夏克明加快脚步，稍作犹豫，就像贼一样蹿上去。铁门咔哒一声，无情闭合。他用力拉了拉，铁门纹丝不动，双腿一软，差点跪在地上。

凄凄惨惨戚戚中，夏克明望着远处朦胧的街灯，发出柠檬色苍白的光晕。两手相互揉搓着几根冻僵的手指，不时凑近嘴边，呼出微热的哈气取暖。皮鞋像铁板一样硬邦邦的，感觉脚趾变成了几颗麻麻的小冰豆。他低着头，使劲跺着脚，并暗暗活动脚指头，生怕一会儿小冰豆冻掉了。

"没带钥匙？"

夏克明吓了一跳，转头看见身后站着胖胖的老太太，一张细嫩慈祥的笑脸，他忙不迭地点头。

"怎么穿这么少？快进去！今晚零下20多度，再给冻坏了。"

铁门刚开了一道缝，夏克明敏捷得像只黄鼠狼，先老太太一步蹿进楼门。

"几楼的？"老太太问。

"柯小薇家的。"

"她男朋友？"老太太上下扫量着，笑眯眯试探地问。

夏克明露出一副美滋滋腼腆的酸样，不好意思地点点头，跟在老太太身后上了一梯两户的楼梯。

"一看你就挺老实的，上去吧。"老太太看看楼上，又端详着他，夏克明笑模笑样地说："再见。"

慢慢腾腾地爬上三楼，竖起耳朵留意着身后的动静。二楼的房门砰地关上了，他暗暗松了口气，这才轻手轻脚地上了三楼，站在那里傻傻地发呆。

左手房门隐隐传出女人的话音。夏克明凑上去，把耳朵贴在门上凝神倾听。

"交男朋友……值班是值班。一夜……去哪儿了？"

夏克明偷听着断断续续的贼话，眼前浮现出柯小薇挨骂时的小样，忍不住露出坏笑。冻得发痒的耳朵更加肆无忌惮地紧贴在冰冷的房门上。

"他既是我男朋友，也是我病人，我没撒谎。我懒得说清楚，跟你，说不清楚。"柯小薇大声地申辩。夏克明这几句听得真真的，有个声音对他说：下一分钟，冻死在这儿也值了。听贼话太好玩了，实在是件开心的事。

"好男人没有了？偏找个神经有毛病的，你还敢住他家？不自重，马上断了！"女人的唠叨升级为呵斥。

"就不断！他没精神病，我没做什么……很自重。"

"还顶嘴，你刚还说他有精神病！"

夏克明听得心潮澎湃，抹抹流出嘴角的哈喇子，房门已经被他的脸焐热了。

"我什么时候说他有精神病了？他是工作压力太大，有点失眠症。"

"你给他催眠去了？"一个男人柔和响亮的中音。

"爸，讨厌！"

夏克明忍不住笑出了声，捂紧嘴，猫着腰，兴奋地蹿下楼。铁门意外地留了道缝，当它被重重关上的一刻，他立时清醒过来——我又进不去了。

夏克明欣喜异常，实在是余兴未尽，难舍这幢六层小楼。他像狗一样在楼门前快速地走来走去，后悔出来得太仓促，应该多听一会儿。

他使劲吸溜着鼻子，呆呆地望着一扇塑钢窗，能够看见天花板上黄晕晕的灯光。

窗户旁的墙壁上竖着一根排水管。他几步跑到墙下，两手握住冰冷坚硬的铁管，双脚踩着固定排水管的铁卡子，原本只想试试，但夏克明像只夜猫子，全身贴服在楼壁上，灵活地攀爬了几下，就上到了一楼。一不做二不休，他全神贯注地换手倒脚，无声地爬到神往的塑钢窗旁。

一只手一只脚勾住排水管，另一只手死死地抠住塑钢窗的洋灰窗台，脚蹬楼壁，夏克明探头向里窥视。

房门开着，柯小薇穿着淡粉色的睡衣，歪靠在单人布艺床背上看书。光着秀气的脚丫，露出细细的脚踝。床对面是张暗色古旧的木桌，上面有台老式打字机，黑色斑驳的机身泛着乌蒙蒙的光。透过敞开的房门，能看见另一间房的墙壁上半幅水乡题材的巨大画作。下面是组矮柜，立着超大的液晶电视。

夏克明刚要伸手敲玻璃，一个瘦瘦的女人满脸怒气地闯进来。高高突兀的颧骨，瞪着两只大眼珠，冲柯小薇抖搂着手里的大衣。

他的心骤然缩紧。柯小薇跳下床，一把抢过大衣，女人拉扯着大衣衣襟，比比划划地质问着。

他从未见过柯小薇如此阴郁的脸色，心中忽地一沉。

"怎么回事？是不是那个神经病欺负你了？"女人怒声的斥责质问，隔着一层玻璃，夏克明听得清清楚楚。柯小薇猛地按了墙上的开关，屋里瞬间黑了，只有两个晃动的人影，柯小薇抱着大衣躺倒在床上。

夏克明眼前一黑，浑身瘫软，差点掉下去，用尽全力抠住窗台。

生理上的征兆像暴雨前的闷热。他预感到——埋藏记忆的暗门正在悄悄开启。额头抵住冰冷的墙面，紧紧闭上眼，但脑屏中的画面却异常清晰。房间里晃动着两个黑影，米安琪面对窗户，身体背靠墙上，扭曲挣扎，像是李鹤鸣的人形死死地贴住她……

夏克明勉强吃力地向下挪动，低头瞅了一眼，快到地面了。双手松软乏力，不停地颤抖。直接跳了下来，但实际高度远远超出他的目测，重重地坠落到地上。

他试着爬起来，臀部灼热的剧痛又使他"扑通"跪倒在地，不停地喘息着。汗水早已将衣领浸湿，冷飕飕的夜风吹开脑中记忆的暗门。无助的双眼，盯着迷茫虚幻的前方——一个男孩站在不远处，仰头望着黑洞洞的窗口，流下绝望屈辱的泪水。

六十七

夏克明灌下两瓶"小二"，狼吞虎咽地干掉了三盘涮羊肉，豆大的汗珠持续滴落在麻酱调料里，脸上刷地褪去了血色，头一歪，原封不动地全吐到了地上。

"兄弟，又还给我了？"

夏克明最后闭眼的瞬间，瞥见涮肉馆老板愁眉不展的苦脸。脑袋埋在桌上的肘窝里，觉着自己喘不上气来，马上就要憋屈死了。

有人给他架到后面储物间，一个漆黑肮脏的角落。他连抬起眼皮的力气都没了，头靠着布满灰尘蛛网的旧冰箱，闻到一股股羊肉蹿鼻的腥膻气，鼻腔、口腔中都是呕吐的味道，身上一面冒汗一面发抖。

迷迷糊糊中，灵魂好像已经出窍，像划过天际的流星，坠入无边的黑墟。

"去哪儿呀?"

夏克明半睁着双眼,木然间虚视着曹剑。

"去医院?还是送你回家?"曹剑更大声地问。

夏克明冲着挡风玻璃无力地指指,"去时装店,最高档的……女人时装店。"说完又闭上眼,头一歪,倚靠在车窗上。

"你丫真疯了,烧得跟烙铁似的。"曹剑愤怒地扫量着夏克明的上上下下。

"再废话抽你,开车,快。"夏克明一拳打出去,像扔出去的一团棉花。

"抽风吧!"曹剑说着重踩油门。

望着车窗外灯火辉煌的大厦,夏克明咧开嘴笑了。对着满脸狐疑神情的曹剑说:"走了。"

"有钱吗?打劫去呀?看看你穿的,整个就是《飞越疯人院》。"

黑暗的车里,俩人宽衣解带。曹剑不停地絮叨:"什么味啊?我靠,快给我熏晕了。"

"开车……滚蛋!"夏克明摇摇晃晃地推开车门。

"哎,亲爷,卡里就4万多,千万别给我刷秃了。这还有点现金。"曹剑摸出几张脏兮兮的票子。

夏克明披挂着令人作呕的臭皮囊,流连徘徊在一间间风格迥异的奢侈店里。

"穿上让我看看。"

夏克明吩咐着,趴伏在中央岛明亮干净的柜台上,全身不停地筛糠发抖,抽出纸巾,擦去流到眼角的冷汗。目光呆滞地看着身材酷似柯小薇的导购小姐。

柯小薇白净洋溢的笑脸,窈窕裹体的玫瑰红在绚丽璀璨的灯光下旋转绽放,是如此灿烂迷人。夏克明枕着酸麻的手臂,幸福地凝视着,露出痴痴地傻笑。

昏暗中，微睁双眼，柯小薇正把冰凉的毛巾块压在他滚烫的前额上。夏克明两个手指努力撑开眼皮，手被柯小薇紧紧地握住按下。

　　"不是梦。打了一上午电话，你不接，没下班我就跑来了。房门大开着，地上吐得乱七八糟。你穿着衣服就睡了，一小时前，给你吃了退烧药，现在开始退烧了。"

　　夏克明转过头，望着窗外垂垂欲坠的冬日夕照，眼窝里的泪水横溢入耳。

　　"不敢相信有幸福，总怕是妄想。"

　　柯小薇抱住他，轻轻吻着他仍然灼热的脸颊。

　　"你把我衣服都脱了？"夏克明摸着自己燥热的上身。

　　"不但脱了，还给你擦身子了。"柯小薇满脸羞红。

　　"下次别忘了，把裹蛋皮也脱掉，病人会更放松的。"

　　柯小薇挣脱他无力的拥抱，双手掐住他的喉咙。夏克明干咳了两声，轻轻掰开她的手腕。忽然间，手肘撑着，奋力坐起来，穿着小内裤跳下床，奔进客厅，四下里翻找着，急得云锁眉头。

　　"干什么？回床上去？"柯小薇生气地说。

　　夏克明又跑进衣帽间，从衣柜隔层里捧出一个玫瑰红的大盒子，放到床上，扯断胶带，掀开盒盖，忽地抖出一件玫瑰红的羊绒大衣递过去。柯小薇明亮的眸子熠熠生辉。

　　"所有的灯已打开，此时无歌便是罪，只为看你试新衣……为我旋转。"夏克明动情地对她耳语，拥着柯小薇周身的绵软，随着吉他曲《镜子中的安娜》轻轻舞动。

　　柯小薇恋恋不舍地脱下大衣，撩起柔波的一角轻轻偎在脸颊上，"太漂亮了，不敢穿回家，先放这儿吧。"说着小心翼翼地挂在黑色衣架上，走进了衣帽间。

"你妈不让你交患神经病的男朋友？"

"别瞎猜。快躺下。"柯小薇狠狠地捏了下他的鼻子。

"就不断！他没神经病，我没做什么……"夏克明绘声绘色地学着柯小薇。

柯小薇的脸红了，"不当作家或编剧太可惜了，躺下，接着编。"

"你妈很瘦。"夏克明半眯着眼睛，开始装神弄鬼捉弄她，此中乐趣远远超过高烧余热带来的病痛。

柯小薇抿着嘴，看着他笑，"猜得不错。"

"颧骨很突兀，眼睛大大的。"

柯小薇不笑了，睁大双眼。夏克明靠在摞起的枕头垛上，觉着自己似乎又烧起来了，眼皮沉重，越来越厉害。

"你昨天回家，穿了一件淡粉色睡衣，歪在床上看书，你妈责问你大衣的扣子哪儿去了，怀疑宝贝女儿被我强奸了。"

"快说！你怎么知道的？"柯小薇坐在床边，伸手摇晃他的肩膀。夏克明慢慢闭上眼睛。

"我就是工作压力太大，有点失眠症。"夏克明脸上努力挣扎出一丝坏笑。

"求你了，快说，我身上都起鸡皮疙瘩了。"柯小薇真急了，赌气地打了他一拳。

"身上发冷，进来给我暖暖。"

柯小薇推开他虚弱的拉扯，轻轻摸着他的额头。

"又烧了，过两小时再给你吃次退烧药。告诉我好吗？"

他无耻地摇摇头，脸上的坏笑这次是不可抑制地自然流露。声音微弱，娓娓道来："以后咱家客厅也挂一幅水粉画，烟波浩渺的水面上有条乌篷小船。单给你布置一间卧房，买张布艺席梦思，吵架了，你就独寝而眠。床对面，放张古旧的深色小桌，摆台老式打字机，特有情调。"

夏克明的眼角瞄着柯小薇，她彻底崩溃了。趁机撩开被子的一角，身子吃力地往里挪了挪，柯小薇乖巧地钻进来，偎在他的怀里，轻轻抚摸着他滚热的胸膛。

"老流氓，从实招来。"

"今晚不许走，你爸让你给我催眠……入睡。"夏克明的声音像蚊子一样微弱，柯小薇忍不住咯咯地笑起来。

当屋内黑得伸手不见五指的时候，夏克明听见肚子里发出咕噜噜的声响。

"柯大夫，我全招了，从昨天对你的尾随，一直到重拾过往记忆的碎片，点点滴滴，毫无保留。"

柯小薇更紧地抱着他汗津津的身子，他知道自己又退烧了，周身也随之轻快了很多。

欲望一旦苏醒，身体立刻变野。

"从心理学的角度分析，你现在很想褪去丝织物的包裹，和我坦诚地赤裸相见。"

夏克明话音未落，已伸手挤进她的胸罩，肆无忌惮地抚摸着。

"老流氓别造次，等你病好了。今晚我不走了——陪你。"

夏克明不让柯小薇开灯，黑暗中，湿湿润润的温凉擦过他的臂膀和胸膛。毛巾"哗哗"的拧水声，融进了低沉深情的钢琴曲。歌声中，苏芮一连串的《是否》无人能答，但这次，"情到深处我不孤独。"

第二十一章
跳入陷阱

六十八

后来，在夏日迟暮之际，他总喜欢坐在精神病院的小花园里，戴上耳机听苏芮的那首《是否》，听了几百遍，还是上千遍？每次听，都能看见柯小薇的笑脸，都能感受到她温暖柔软的依偎，和温凉毛巾擦拭灼热身体掠过的舒爽。

夏克明心中也有深藏的块垒，白天他不愿直面正视，夜晚忍不住偷偷窥探。望着病房黑乎乎的天花板，像一片荡荡漾漾的暗水，疑问似按下去的瓢，在不经意间又悄然浮起。

我是柯小薇实验的小白鼠？还是她深爱的人？如果我没杀人，她会和我与子携手，白头偕老，终了一生吗？

忘情像秋日清晨的水塘，笼罩在瑰色的雾霭中，美轮美奂。待骄阳当空，光芒万丈。幻象如烟，升腾消散，真相显现，一切都归于平常。

对夏克明而言，男人的虚荣心一旦脱缰，就是跳陡崖，也如履平地。他渴望看到——她欣赏崇拜的目光。

那一夜，同床共枕后，他们像完成了一个仪式，又像牵手迈进了一扇新门。隔三差五，柯小薇仿佛走进自家，大大方方地开门入室。

晚上，柯小薇坐在他的腿上，双肘撑着书案，全神贯注地盯着电脑上黄金价格快速的变动。

"快卖，该跌了！"柯小薇急促地说。

夏克明侧耳趴在她的背上，听着怦怦的心跳。

"赚5000多了，快卖吧？"

"不卖。"夏克明继续倾听她的心跳。

"只要跌几美金，赚的钱就全赔回去了。"柯小薇赌气地说。

"不可能跌。入夜之后是清晨；一年365天；人之初不能啃鸡腿；女人月月喜迎大姨妈；这都是上帝的法则。"

"老流氓！工作六年，我才攒下这十万块钱。你要给我赔光了，我跟你拼命。"柯小薇像只小雪狼，回身把夏克明的脸颊拉得横横长长。

"我有很多钱，不够你花吗？"

"你的是你的，我要有自己的钱。再说你给我赚了，我还给你分成呢。跌两个美金了。"柯小薇噘起了嘴。

夏克明打了个哈欠，真想啐她一口，忍不住捅捅她的腰。

"起来，腿都麻了，咱们先睡觉。明早一睁眼，你就变小富婆了。"

"不许睡，咱俩都得盯着。"

"牛总放我这儿1000万，也不敢这么折磨人。你这俩眼珠子钱快把我逼疯了。直接给你100万玩去吧。"

"这是对客户的态度吗？你做我的病人，我是怎么对待你的？"柯小薇颐指气使地质问。

夏克明仔细翻看着黄金分时图，长长地叹了一口气说："咱们先看个电影，两小时以后，黄金肯定大涨2%，好不好？"

柯小薇回过身，疑惑地看着他，不住地转动眼珠，"十万本金放大20倍就是200万，涨2%就能赚四万，两小时赚四万？"

四根白皙的手指在眼前晃动着，他连忙肯定地点点头。

《稻草狗》进入了高潮，在烟熏火燎的房间里，怒不可遏的作家把捕猎器的铁夹插进仇人背口的一刹那，柯小薇猛地转身抱住他，大声说："太血腥，不看了。快看黄金。"

夏克明手按鼠标，心跳不由得加速，嘴中仍念念有词"操盘博弈既靠人力，更靠天意……"

"不听，不听，快看黄金价格。要是第一次操作，你就给我赔了，我也拿捕猎器砸你。"

柯小薇突然一声尖叫，起身紧紧抱住夏克明，兴奋得满脸通红。

"看个电影，赚了四万块，你真伟大。干吗这么看着我?"柯小薇又在捏他的脸颊。

夏克明拉开她的手，得意中带着不屑，摇摇头，没说话。

"我月工资5000多，每月省吃俭用才攒1500。你买件羊绒大衣四万块。我妈听说了，衣服差点掉到地上。她肯定地讲：你绝对是神经病。谁像你这么赚钱，饱汉不知饿汉饥，你懂不懂?"

"松开我耳朵，你要是不动手就不会说话，我也以牙还牙了。"

夏克明的手刚伸进柯小薇的睡衣里，书案上的手机"嘀嘀"地响起短信提示音。

"兄弟，实验账户资产已过3000万，下周一过来，商量下成立公司的事情。牛守礼。"

"你要当总经理了?"柯小薇淡淡地问。目光移开手机屏幕，眼神中竟然藏着一丝忧虑。

夏克明难以掩饰喜悦之情，"告诉你妈，你男朋友不仅是神经病，还是知名大集团投资公司的总经理。"

柯小薇托住他的脸颊，"你的童年记忆还没恢复，最好先别干。那段失忆才是你的病因，是你真正的隐患。"

"我知道，但我要你嫁个在社会上有名有姓的人，不能只是个会赌钱，游手好闲的混子。"

短信的"嘀嘀"声再次响起，夏克明看看重复发来的信息，连忙回复："牛总，下周见。"

六十九

"夏克明？这有一道疤？"李鹤鸣下意识地摸摸自己的额头，惊诧地看着牛总。

"你认识他？"牛守礼极为不快地问，上嘴角不由自主地抽搐了一下。

"他也是米安琪、许晴的同学。"李鹤鸣小心翼翼地提示牛总，希望他自己能想明白。

"上高中时，他和你抢过米安琪？"牛守礼的肉眼泡里射出一道逼人的寒光。李鹤鸣打了个冷战，呆若木鸡地站在那里。

"这世界真他妈小，不是冤家不聚头。"

"别搭理他，让他滚远点，省得麻烦。"李鹤鸣说。

"麻烦？他是麻烦吗？"

李鹤鸣避开牛总咄咄逼人的目光。

"他是我的吉星，是不是？"牛守礼哈哈大笑，轻蔑地看着他，李鹤鸣低下头。

"他和米安琪到底好过没有？"牛守礼审视着他，嘴角渗出一丝阴笑。

"不敢肯定，差不多。"李鹤鸣连忙摇摇头。

"把上回那个手机再给我搞一个。听见没有？"牛守礼一巴掌重重地拍在他的耳根子上。李鹤鸣边点头，心中边狠狠地咒骂：操你妈！

桌上的电话此时突兀地响起来。

"牛总，夏先生来了。"

"快请进来。"牛守礼放下皂话，又像拍狗似的拍拍他的后脑，李鹤鸣也随之焕发了精神。

"我都不知道……怎么和你开口，先见见我们集团的董事长助理。"牛总紧紧地搂着夏克明的肩膀走向李鹤鸣。

夏克明虽然早听曹剑说过，李鹤鸣也在昊天集团，并且还和姚珍爱勾搭成奸。但此时此地见到他，还是暗暗吃了一惊，右眼皮突突地跳了两下。

"夏克明，上次你开车差点撞死我，我还没找你算账呢。"李鹤鸣说着走上来拍拍他的肩膀。

"李总，他真是你说的高中同学?"牛总一脸诧异地问。

夏克明拨开他的手，"世界真他妈小!"

牛守礼满脸憨笑，连连点头，"李总岁数不大，辈儿大，人家天天守在董事长身边。今儿为了投资公司的事，受董事长委托，特意过来，大家一起见面聊聊。"

夏克明像猛地呛了口水，脸涨得通红，径自坐到硬木沙发上跷起二郎腿。

"聊吧，听你们的。"夏克明说。

"李总，你说吧，我可张不开嘴。"牛守礼接过秘书手里的茶杯，放到夏克明身边的茶几上。

"克明，是这样，情况稍稍有点小变化。我们集团是董事会决策机制，谁一个人说了也不算。一下投入两个亿不是小数目。虽然两个多月，你从1000万赚到3000万，确实很厉害，但毕竟时间太短，董事会觉着还是没考察清楚，说白了，董事长心里多少还有点顾虑。"

"那他妈就别做了，马上把提成给我算清楚。"夏克明此刻只想耍三青子，无名火腾腾地上蹿。

牛守礼猛地按住欲起身的夏克明，"让李总把话说完，坐下，坐下。"

"他上学时就这德行。"李鹤鸣晃荡着二郎腿，点着烟，又把软中华抛过来。夏克明接住扔了回去，在李鹤鸣手里跳了两下掉在地上，牛总赶紧弯腰捡起来。

"董事会决定了，往账号里追加到一个亿，由你全权操作。不过你也要往里打点保证金。这次考察以一年为限，我们也知道资金底盘越大，盈利比率越低。所以年收益率只要不低于30%，你的考核就通过了，明年董事会再投入一个亿。"

"这种单位婆婆太多，说了不算，算了不说。这次，我跟董事长是真急了，所以董事长特意派了李总来，说明集团的意见。"

女秘书脚步轻盈地走过来，放下缤纷盛开的大果盘。

"靠，我老弟生气了，吃点水果，败败火。"牛总看着他嬉笑地说。

"我要打多少保证金。"夏克明问。

"5000万。"李鹤鸣说。

"一分不打，做就做，不做拉倒。"夏克明站起身，走向门口。

牛守礼两步追过来，推着他进了外面的会议室，转身关上房门。

"你和谁赌气呢？条件是变了，但集团毕竟一下拿出一个亿，还是很有诚意的。当然也是我个人的努力，你是不是和你这个同学不对付？"

"他是个臭傻逼，我懒得搭理他。"

"你看他傻逼，我看他也傻逼，但为了这个傻逼，把咱俩的好事毁了，我们是不是比他还傻逼？"

夏克明闷头坐下，牛总拍扫他的肩膀说："小人哪儿都有，你要赌气不干，那傻逼可就真乐了。弄上亿的资金给你玩，他一分钱好处没有，心里指不定多恨呢。"

夏克明叹了一口气。

"你是不是拿不出5000万？没关系，说出个数，我去向董事长帮你讨价还价。你信不信哥哥？"

夏克明抬起头，看着牛总说："钱不是问题，别说5000万，一个亿我都拿得出来。"

牛守礼不由得一愣，重重地捏捏他的肩膀，"别搭理那个傻逼，我说服集团出两个亿，你放进一个亿做保证金，到时候，账户每年收益几千万、过亿，投资公司想不成立都不成。我们这种单位干事先得把生米做成熟饭，红头文件跟着就批下来了。"

夏克明瞪大眼睛，吃惊地看着牛守礼，觉着心脏怦怦地剧烈跳动。牛总伸手在拉他。

"你俩有交情啊？"李鹤鸣露出讪笑，瞅着他们说。

"我老弟是嫌玩得太小，他出一个亿保证金。集团出两个亿，李总，你这董事长助理有这气魄吗？"

牛总讥讽地挖苦他，李鹤鸣眼中燃烧起熊熊炉火，下作的笑脸瞬间呆板僵硬，像张橡胶面罩。夏克明看在眼里，心生快意。

"一般的炒金公司实力不够，风险太大，具体用哪家炒金公司要由我决定。"夏克明说。

"你可以推荐，但要由集团董事会决定。"李鹤鸣说。

"必须由我决定，否则不做。"夏克明看着牛守礼说。

"夏克明，你别老用不做威胁人，谁离不开谁呀？"李鹤鸣狠狠戳灭刚点燃的烟。

"李总，你是董事长助理，不是董事长。我可离不开夏克明，集团离不开这样的人才，才大脾气大，总比只会逢迎巴结的小人好。"牛守礼忽地发飙了，怒视着李鹤鸣，连夏克明都暗暗吃惊，涌起一丝暖暖的感动。

"我去争取，黄金交易公司由你来选择，如果没有特殊原因，集团将充分尊重你的意见。再次追加的一个亿也由我这儿出，出了问题我承担责任。"

李鹤鸣马上尴尬地笑了，"牛总是创建集团的元老，没有牛总，就没有集团的今天，既然牛总这么说，我想董事长也没话说。"

"李总，元老不元老的放在一边，关键做事要敢于承担责任。现在不就缺这么个人吗？我提议的事情，我担当，等有了成绩是大家的，也有你李总一份。"牛守礼说着放声大笑起来，"老弟，还有什么意见？"

夏克明看着牛总摇摇头，心中藏着隐隐的不安，还在为"一个亿"保证金脱口而出的冲动暗生悔意。但他也无意于退缩，无论过去，还是现在。

七十

"小毛驴，该拉磨啦！"柯小薇顾不上脱去玫瑰红的羊绒大衣，直奔书案上的电脑。

"岁数大了，吃饱了爱犯困，老想上床。"夏克明嘴里叨唠着，加快脚步跑进大卧室。

"你不做黄金，就把饭钱还我。"柯小薇绕过书案，气急败坏地跑进大卧室。

夏克明从衣帽间走出来，柯小薇扑上来掐住他的脖子，"老流氓，把我的海青斑、油焖大虾吐出来。"

"吐不出来，只能拉出来。花1000多元，请我吃几个小菜，跟被扎了大动脉似的。"

"你吃了我一星期的工资哎！往嘴里塞大虾的时候，你说回来帮我炒黄金的。"柯小薇赌气地坐在床沿上。

"我还说炒黄金要做波段，赚大钱呢。你天天晚上折磨我，买进卖出的，像个将本逐利的小贩。"

柯小薇笑了，"我喜欢看你操盘时的样子。"

"看看这个，喜欢吗？"夏克明突然从背后拿出个白盒子，向她晃了晃。

"iPhone3G！"柯小薇跳起来，一把抢了过去。

"医院今年分来的小护士有一个，天天晃来晃去地招摇。多少钱？"

"你怎么老钱钱的？"夏克明皱起了眉。

"你偷的？"柯小薇问。

"买的！"夏克明大叫道。

"多少钱？"

"拿过来，我送给只谈感情，不谈钱的女人。"

"你敢！"柯小薇放下盒子，笑眯眯地把手机藏到身后，"懂感情才谈钱，装模作样不谈钱，却收礼物的不是好女人。不知者不怪，她装傻充愣永远不想领你的情。"

夏克明稍作沉思，由衷地点点头。柯小薇柔媚地拉着他坐到身边，柔声细语地问："今儿早晨一睁眼，你就想起要送我iPhone？"

夏克明傻乎乎地摇摇头，柯小薇的眼神里多了一丝意味，让他有点发毛。

"昨天想好了，今天送我礼物？"柯小薇笑得更甜了。

"白天临时起意。"夏克明诚恳地说。

"今天你见谁了？好孩子不许撒谎，快说，见谁了？"柯小薇的笑飘失得无影无踪，目光直视着他，自觉无处躲藏。

"米安琪。她给我打的电话。"

"她用这样的手机？"柯小薇的声音像突然跌倒，颤抖了一下。夏克明心慌意乱，不由得点点头，又急忙补充道："也是她老公新送的，我觉着挺好看，立刻跑到中关村，找朋友也买了一个。"

夏克明站起身，直奔衣帽间，从夹克兜里掏出个本子，出来递给柯小薇。

"上高中时，她拿过我一个小本子，我当时爱记些诗词什么的，她今天还给我了。"

柯小薇一页页地翻着，嘴里念出声来，"少年听雨歌楼上，红烛昏罗帐……接着说，我听着呢。"

夏克明自暴自弃地将自己放倒在床上，望着天花板，竹筒倒豆子，一五一十地交代一切。

"手机挺好看的。"夏克明伸过手去拿起来。

"老公昨天送的。柯大夫把你的病治好了?"米安琪问。

"有点进展，虽然只恢复了部分记忆，就已经够扎心的了。"夏克明放下咖啡。

"回忆起什么了?"米安琪笑嘻嘻地问。

"你真想知道?"夏克明不怀好意地问。

米安琪点点头。

"你确实没请我去过你家。在夏天的午后，我不知羞耻地顺着排水管，爬到窗户边，窥视你屋里的一切。"

米安琪僵住了，吃惊地看着他。

"还看见了……"夏克明对视着她的目光。

"某个深夜，在你的房间里，李鹤鸣把你按在墙上……我气疯了，'咚咚'地奔上楼，去砸你家的门，很长时间，但里面一点声音没有，像都死了一样。"

夏克明是在自残，也是在伤害米安琪，看着她面色失去了红润，瞬间刷成了惨白，心头涌起一丝恶毒的快意。

"你知道是我敲门吗?"夏克明低着头，干哑着喉咙问。

米安琪似乎还在那个深夜里徘徊没有出来，直到夏克明再次发问。

"不知道……知道……不知道，你看见了？李鹤鸣应该知道，他趴着窗户向下看了半天，后来特别兴奋得意。"

咖啡似乎很黏稠，好像糊住了她的喉管，米安琪不停地清嗓子。终于还是没忍住，流下两行清泪，丢下一句："祝你幸福。"拿起包匆匆走了。

"心如刀绞吧？"柯小薇倚靠在他怀中，手心汗津津的。

"像摔了个跟头，把膝盖擦破了。"夏克明轻轻吻着柯小薇光滑的额头。

"以后不许再见她。"柯小薇猛地仰起脸，充满怨恨地盯着他。

"保证！……"夏克明忙不迭地发誓。

"小心银环蛇真的咬你一口，疼死你！"出其不意间，柯小薇狠狠地拧了夏克明大腿一把，疼得他蜷缩在床上，驴似的号叫起来。

"没想到送个手机，弄出一场官司，你太诡诈了。"夏克明揉着大腿，柯小薇露出得意的笑。

"世界上没有无缘无故的爱，也没有无缘无故的恨，这句话谁都会说，但真能领会其中奥妙的没几个。早上出门前，你从没想过送我 iPhone，白天突然买了一个，晚上送给我，这里一定有缘故。夏克明小朋友，眨巴着眼睛听懂了吗？"

柯小薇悠悠地说着，冷不防，又扇了夏克明一个脆生生的小嘴巴，打得他一怔。柯小薇占到便宜，趁机跳下床。情急中，夏克明抓住她的手腕，重将她拉回来按倒，双手伸到她的腋下。

七十一

正当柯小薇被夏克明胳肢地大笑不止，在床上翻滚的时候，米安琪小心翼翼地将茶杯放到牛守礼手边。

牛守礼脸色阴沉灰暗，让整个客厅变得压抑。他放下报纸，端起茶杯，冷冷地问："和谁约会了？"

米安琪浑身一颤，随即虚张声势地大叫："一天到晚累个死，你别没事找事！"

牛守礼咧开厚厚的嘴唇，"嘿嘿"地笑了。米安琪骤然缩紧的心这才平舒落地，杏眼依旧瞪着，准备发起反攻。

滚烫的茶水兜头盖脸迎面泼来，她惊恐地闭上双眼，发出带着哭音的惨叫，急跺着双脚，胡涂乱抹着脸上、身上的茶叶。转身奔向卫生间，但只跑出两步，即被身后的牛守礼拽了个趔趄。迷乱间，脸上挨了个大嘴巴子，像瞬间刮过的旋风，将米安琪刮到墙上，又跌到地上。

"和谁约会去了？"牛守礼红着眼珠子咆哮，一脚踹到她的肩膀上。

米安琪扑倒在地板上，身上遭受猛烈的踢踹，她翻滚于昏天黑地中，恸哭声撕心揪肺。

"我和你……离婚。"米安琪哽咽着说。

"我和你的尸体离婚。"牛守礼转身冲进厨房，一阵稀里哗啦之后，手里攥着一把尺长的尖刀雪亮锋利，单腿跪到米安琪身边，刀尖抵住她白皙的脖子，立时显出个红点。米安琪惊惧地睁大恐怖的双眼，双肩不停地颤抖。

"最后问你，和谁约会去了？"

"高中……同学。"

"叫什么？"

"夏克明。"

牛守礼掐住米安琪不住哆嗦的下颚，刀尖插进她的嘴里，在上下牙齿间来回拨动着，发出令人不寒而栗的碰击声。米安琪面色苍白，双眼紧闭，不停地流淌出泪水。

"还骗吗？"

米安琪努力地摇摇头。

"离婚吗？"

牛守礼没等她摇头，抽出刀子，狠狠地又甩出一个耳光，米安琪惊恐愣怔中，本能地捂住脸颊，嘴角爬出一行鲜红的蚯蚓。

同一时空的夜幕下，悲喜共生，却非和光同尘。

此刻夏克明卧室的灯光柔和温馨，朦胧中蕴含着暖暖的浓情蜜意。

"她漂亮吗？"柯小薇趴在夏克明胸前，笑吟吟地问。

夏克明发出假寐微弱的鼾声。

"不说掐你了。"柯小薇捏住他的鼻子。

"漂亮妩媚。"夏克明闷声闷气地说。

"比我呢？"柯小薇噘起嘴不快地问。

"真话？假话？"夏克明仍然闭着眼。

"说真话，睁开眼，不许闭上眼睛，偷偷想她的样子。"

"独裁者如果借助精神分析和心理学的手段进行统治，将无往不胜。"

"少打岔，快说！"柯小薇往上挪挪身子，脸贴着脸，夏克明努力向外转过脸，"攀比是很庸俗的。"

"我就庸俗了，快说。"

"过去她最漂亮，现在被你取而代之。"

柯小薇露出由内而外的傻笑。

此时惊魂未定的米安琪坐到餐桌旁。牛守礼仍攥着刀子，灯光下刀锋闪着寒光，她身上不住地瑟瑟发抖。

"他得了失忆症？许晴说的？"牛守礼吃惊地问。

"我只是看看他的病情，喝杯咖啡，就分手了。"米安琪委屈地抽噎着。

"许晴和他关系好吗？"牛守礼放下刀子。

"只是一般同学关系。前段时间，给他介绍过一家精神病院的医生。"

"查出什么毛病了？"牛守礼异常关切地问。

"失忆症之类的，具体说不清，反正脑子有点问题。我去卫生间。"米安琪怯懦地站起来。

"待会儿再审你，拿着！"牛守礼从上衣兜里掏出张照片，拽到她身上，转身进了卧室。

卫生间的镜子前，米安琪凄然地看看照片——那是上午两人在咖啡馆的合影，拍摄角度来自她的斜后方，夏克明的半张脸上有个亮亮的斑点。

米安琪压抑着剧烈的低声饮泣，照片已撕成一块块碎片，冰凉的毛巾捂住红肿的脸颊。

七十二

柯小薇赌气地甩开他的手，从客厅穿过卧室，走进衣帽间。夏克明紧紧尾随其后，看着她从衣架上取下玫瑰红的羊绒大衣，伸手一把夺过去。

"好好聊天，怎么急了？"

"你把一个亿给昊天集团炒黄金，为什么不和我商量？"

"我拿着钱是炒黄金，与昊天合作，把钱集合起来，还是炒黄金。不但钱会赚得更多，我还可以成为资产投资公司的总经理，这有什么不好？"

"你是正常人吗？你是妄想伴随幻视的病人，疑似偏执型精神分裂症患者。"

说出去的话，泼出去的水。柯小薇咬着下嘴唇，心里有点后悔。夏克明突然被定住了，呆呆地看着她。片刻，扭头走出了衣帽间。

"夏克明。"柯小薇轻声叫道。

"我的失忆症已经好了，我不是精神病。从来就不是。"

"你童年的记忆还没恢复，不要再刻意逃避这个问题。童年的经历就像树根，深深埋藏在你的潜意识层面下，不断对你的心理、行为产生影响。"

柯小薇拉住他的手，坐到床沿上，继续轻声絮语："你后来出现的妄想、幻视、偏执甚至自残，与你遗忘的儿时过往有直接关系。可以假装漠视它的存在，但它根深叶茂，它仍然左右着你今天的行为和选择，它不会放过你。"

夏克明头枕双手，靠在床背上，疲惫地闭上眼睛。

"只有恢复童年的记忆，你才会明白自己为什么会这样，才不会再焦虑抑郁，症状才会真正消失，杜绝日后的复发。"

柯小薇又挨过来，担忧地说："我总有些不好的预感，害怕你受到伤害。梦中的巨蟒是谁？一旦被伤害，你是不会善罢甘休的，你能把巨蟒活活地咬碎咬断，想想都让我心惊肉跳。"

夏克明睁开眼笑了，轻轻搂过柯小薇，"傻瓜，梦就是梦，不是真的。你简直是学傻成痴，太教条了。"

"无知！"柯小薇猛地抬起身子，怒视着他。

夏克明被逗乐了，想了想，转而耐心地说："炒黄金的交易公司是我找的——在香港信誉最好，实力规模最大的公司之一；

3个亿资金由我负责操作；与昊天集团的合同把责任权利写得清清楚楚；而且我和牛守礼合作快一年了，从交易执行，到盈利分配，从没出现过任何不快和纠纷。放心吧，我不会受到任何伤害的，万一受到伤害，我什么也不做，就找你一把鼻涕一把泪地哭诉。"

"你要做赔了呢？你的一个亿可是给人家当保证金的，要做赔了，先赔你的钱。"

"会吗？夏克明会做赔吗？主啊！你相信吗？"夏克明张狂起来，露出得意的笑。

"臭美！起来给我炒黄金。"柯小薇也笑了。

"牛总可不会天天晚上逼着我拉磨。"

"你也给我做黄金的波段行情，以后不折磨你了。"

宽大的电脑屏幕前，黄金交易波澜不惊。柯小薇坐在书案前，看着身边的夏克明。

"我账户有25万多了。"柯小薇喜滋滋地说。

"别忘了，15万是盈利，要分我7.5万。你不会也得失忆症了吧？"夏克明刮了下她的鼻子。

"少废话，我现在做多做空？"柯小薇双手放到键盘上，做预备状。

"现价850美元，买入40手。"夏克明说。

柯小薇掰着手指头细细地算着，"本金放大10倍，如果黄金价格跌10%，连本带利就全赔光了。我只做20手，本金放大五倍足够了。"

"黄金如果涨10%，25万可变50万了。"

"需要多长时间？"柯小薇仰起脸问。

"两到三周，黄金必涨10%。"

夏克明绕过书案，坐到对面的冇艺沙发上。随手拿本杂志翻着。

"夏克明，你给牛守礼怎么做的？"

"三亿本金放大十倍，855美元做多。两三周后，三亿变成六个亿。你回家告诉你妈，你男朋友是昊天集团投资公司的总经理。"

"我下单了。"

"随便。"夏克明故意不去看她百爪挠心的样子，把杂志翻得哗啦啦地响。

"夏克明，你过来。"

"想吃又怕烫，索性放凉了。"夏克明话虽这么说，还是扔下杂志走过去，把柯小薇拉起来，自己坐下，眨眼的工夫单子下完了。

"睡觉前不把单子了结了，我怕会失眠的。"柯小薇忧心忡忡地看着他。

夏克明忍无可忍，掉头走进卧室，留下柯小薇对着电脑屏幕发呆。

七十三

两周后，夏克明又接到了米安琪的电话。

那天清晨，柯小薇刷地拉开窗帘，惊喜地大叫："下雪了！"夏克明揉着惺忪的睡眼，看见宽大的窗外飘着纷纷扬扬的雪花，屋内顿时显得更加温暖。

"天阴沉沉的。"夏克明低声嘟囔着。

"阴天我也喜欢，还以为今年无雪了。"柯小薇像个孩子似的，兴奋专注地望着窗外，手指在薄薄哈气的玻璃上画来画去。

外面的窗棂上堆积了一层绒绒的厚雪。

"真不想上班了，咱们出去玩多好。"她转过头，一脸的无奈惋惜。

"不想上，就不上。咱们去北海或香山，中午吃菌汤肥牛火锅。下午泡在浴盆里，看着飘雪做爱。"夏克明又揉揉双眼，觉着醒透了。

"堕落，这样生活，太堕落。"柯小薇满怀向往地说。

夏克明看着她穿着肥大的睡衣，甩甩搭搭走出卧室。他褪去上衣，扒掉内裤，四脚八叉，赤条条地靠在床背上，望着窗外，驴一样地干号起来：

> 我光着膀子　迎着风雪，
> 跑在那逃出医院的道路上。
> 别拦着我　我也不要衣裳，
> 因为我的病就是没有感觉。
> 给我点儿肉　给我点儿血，
> 换掉我的志如钢和毅如铁。

突然，夏克明光腚蹿下床。抓起墙角的吉他，重又跳回床上，吉他冰凉的背板紧贴着滚热的胸膛，随着疯狂的扫弦和蛮横的切音，夏克明紧闭双眼，面红耳赤地唱着：

> 我没穿着衣裳　也没穿着鞋，
> 却感觉不到西北风的强和烈。
> 我不知道我是走着还是跑着，
> 因为我的病就是没有感觉。
> 给我点儿刺激　柯大夫老爷，
> 给我点儿爱情　柯小薇护士姐姐。
> 快让我哭　快让我笑，

快让我在这雪地上……

夏克明猛地受到冰冷的强刺激，睁开眼，倒吸一口气。穿戴整齐的柯小薇立在床边，正笑吟吟地将一把冰块按在他的臀部。他扔下吉他，滚向一边。柯小薇带着笑声扑上来，夏克明趴在床上，咬着牙，忍受着冰锥划过的撩拨。

"不许出门，老老实实在家等我，回来去吃火锅。"

夏克明用力点点头，柯小薇俯身将冰块塞进他嘴里，深深地在他脸上吻了一下。

雪停了，天空依旧晦暗，像扣着灰蒙蒙的盖子。夏克明收回眺望的目光，百无聊赖地看着黄金走势图。价格虽然没如他预期的大幅飙升，但经过充分蓄势，沿着上升通道的下轨，两进一退地上涨，账户的资金总额已接近四个亿。

两周了，夏克明没接到牛守礼的短信和电话。如果在往日，账面如此大幅盈利，牛守礼早把他夸翻天了。恭维话天花乱坠，令他不厌其烦。可现在，牛总不搭理他了，夏克明反倒觉着缺了什么，隐隐涌动着被人怠慢的不快。

他有种担忧，投资公司一旦成立，他成了牛守礼的下属，牛总是否还会像以前那样周到礼遇地待他？

牛守礼要是像对待身边奴才那样对他，去你妈的，我可不受你丫这个。想到这，又想到账户里的钱，自从他把一个亿放进合作账户，偶然间，悔意也会泛上心头，驻足张望。

每逢此刻，他立即像轰苍蝇一样，驱赶着令人不快的念头，是自己太多疑，太小家子气，牛总这人不错，很仗义。

但无论如何，这些想法他不会透露给柯小薇，一个字也没有。

"干吗呢？"

"上班别老给我打电话，再把痔疮看成口腔溃疡。"夏克明得意地敲击了下键盘。

"我是米安琪。"

活见鬼，失忆症见好，怎么耳朵又出问题了？夏克明拿着手机一时语塞了。足足傻了几秒钟，他以为米安琪再也不会联系他了。

"我想见你，把那张会所的白钻卡还给你。"米安琪说。

两人的声音再像，我刚才也不可能……居然听混了。"算了，你留着吧，送你了。"

"你怕见我？怕女医生知道不高兴？"米安琪的声音格外抑郁，令夏克明有些不安。

"你怎么了？有别的事吗？"

"没事，就想再见见你，把卡还给你。"米安琪的话音带着明显的哭腔。

"一小时后会所见。"没等他答话，米安琪挂断了电话。夏克明拿着手机发呆，他想给柯小薇打个电话，但犹豫了一下，还是放下手机，开始换衣服准备出门。

夏克明走进幽暗寂静的餐厅，远远地，看见米安琪的背影，她穿着会所的浴衣静静地坐在那里。

及至近前，发现她红红的双眼，似乎才哭过。夏克明匆匆移开目光，低头坐下。

"你跟女医生到什么程度了？"米安琪问。

"谈婚论嫁。"夏克明仍然没有抬头。

"听许晴说她挺漂亮的？长得，有点像我？"

"就那几个配件，凑齐了难免重影。"

两人都沉默了。夏克明望着远处的中央岛，颇有兴趣地看着服务生来回忙碌走动。

"我挺后悔的……"米安琪失控地哭出声来，用手撑住额头，遮挡着泪脸。夏克明一时乱了方寸，连忙抽出几张纸巾递过去，看看四周空空荡荡的座椅。

"我要做了对不起你的事，你会恨我吗？"米安琪抽噎地问。

他后悔了，真不该来，懵懂间，不知如何回答。

"卡你留着，没别的事，我先走了。"夏克明嗫嚅地说。

米安琪泪眼模糊地望着他，夏克明又低下头，他没有勇气站起来，只咽下几口唾沫。

"我要是离婚，你和我结婚吗？"

"开什么玩笑？放着国企领导、MBA金领不要，嫁我？一个游手好闲的混子？"

跟女人猫下腰，装傻充愣地躲过难堪的逼问，夏克明对此颇有经验。但从未想过，今天，会和米安琪玩这种把戏。

"别紧张，逗你玩呢。"米安琪凄婉地笑了。凸凹精致的白钻卡滑过来，夏克明用手按住，看着她起身离去。他想说些什么，但始终没张开嘴。

"你可以一时结账，但永远无法离开。"这句歌词，萦绕在脑子里。眼前是她留下的半杯冰镇橙汁，杯子罩着薄薄一层湿湿的水珠，夏克明抓起来一饮而下。

傍晚，房间笼罩在黑暗中，夏克明怅然所失地靠在床背上，望着路灯朦胧的光束里飞舞的雪花。听见门锁喀哒一声，发出轻微悦耳的响动，他赶紧躺平，屏息静听，等着柯小薇走近他的身旁。

同样黑黢黢的客厅里，牛守礼抚摸着米安琪的头发，"嘿嘿"地笑着，"问他没有？你要做了对不起他的事，他会原谅你吗？说啊，问他没有？"

米安琪忽地站起来，厌恶地甩开他的手走进卧室，牛守礼紧跟了进去。

"吃火锅去？"柯小薇在他耳旁轻轻地问。

夏克明像死去了似的，纹丝不动地平躺着。带着芬芳的寒气袭面而来，一只冰凉的小手伸进睡衣，他猛地坐起，将柯小薇紧紧地搂入怀中。

第二十二章
刻骨之痛

七十四

"还剩下四片肥牛，半盒羊肉。明天中午，你用大葱爆炒一下，就米饭吃。"

柯小薇冲他晃晃手里的白色餐盒。电梯微微震了一下，电子显示屏闪动着"9"，锃亮的钢门向两边快速打开，柯小薇露出一脸惊恐，猛地拉紧夏克明的胳膊。

几乎是面对面，立着个高个儿男人，紧贴着电梯门，头戴黑色网球帽，帽檐压得很低，深埋下头，看不清长相。

擦肩而过的瞬间，夏克明留意地盯着他，想看清这男人的脸。他一步迈进电梯，并没有马上转过身来，钢门缓缓合上时，仍然是他的背影。

"那人是这层的吗?"柯小薇站在昏暗的楼道里，带着惶恐，前后张望。

"没见过。"夏克明走到自家门前，掏出钥匙，插进锁孔里转了两下。

第二天，雪过天晴。正午时分，太阳明晃晃地照耀着楼群和街道。树上、车上、地上的积雪悄悄融化，清浅的细流在路边汇聚，涓涓地从低处向更低处流淌。

夏克明喜不自胜，电脑屏幕上显示着黄金K线图，一根大阳线拔地而起。他兴奋地抄起手机。

"柯大夫，快回家，给我爆羊肉。"夏克明把两条腿架到书案上。

"刘大夫的老公刚走，给刘大夫送饭来了——清炒虾仁，你从来没给我送过一次饭。"

"一大早，刘大夫的老公出去嫖娼，丢了大管的金子，心里很内疚……"

"老流氓闭嘴！少跟我说下流话。我走前，米饭焖好了，你自己爆羊肉吧。"

"你的黄金账户一夜又赚了五万多。"

"有37万了？"柯小薇问。

"38万多。够你当嫁妆的了。"夏克明放下手机，喜滋滋地走到厨房，拉开冰箱门，拽出一根山东大葱。

手机不停地响着。夏克明跑到书案前，看了眼电话号码——牛总的座机。嘴角禁不住露出笑意，心想，你终于来电话了。

"夏先生，牛总请您立刻来一趟，有急事。"

"现在？"

"对，现在。"牛守礼的秘书挂断了电话，夏克明顿感不快。

秘书推开房门，夏克明径直步入，迎面撞上了李鹤鸣。他居然面无表情，一声没吭，转身走向紫檀木的书案，好像根本没看见他。

夏克明四下扫视，搜索着牛总，只见他从窗前走过来，脸色黑沉沉的，倏忽地大叫道："你说，现在怎么办？"

"什么怎么办？"夏克明立时一脸愠怒，直不愣登地问。

"三亿资金，赔得只剩下一亿五了，什么怎么办？你还问我们？"李鹤鸣大叫着，几乎向他扑过来。

夏克明惊愕了，僵立在原地，脑子里"嗡"的响了一声。

"这两周多，你看黄金没有？亏损那么多，你不知道？"李鹤鸣咄咄逼人地问。

"李鹤鸣，再这么说话，小心我抽你丫的。"夏克明急火攻心，扬起手，重重地推了他一把，李鹤鸣不由得向后退了几步。

"夏克明，你自己看看黄金涨多少了？"

"是涨了，赚了一个多亿，你们丫有病吧？"夏克明怒不可遏地喊着。

牛守礼和李鹤鸣一时间瞠目结舌，互相对视着，显出一脸的莫名其妙。夏克明直奔电脑前，黄金价格比他离家时又涨了五美元，他抬起头，怒视着牛守礼。

"夏克明，你下指令让我们855美元卖空黄金，现在黄金涨到910美元了，账户赔了一个多亿，你他妈怎么不认账啊？"牛守礼声嘶力竭地对他喊着。李鹤鸣冲他撇撇嘴，露出一脸的蔑视与不屑。

犹如苍蝇撞墙，猝然间，夏克明跌落在宽大的太师椅上，两眼发直，张着的嘴半天闭不上。

"我邮件的指令是让你们买进黄金，我给你的电话，说的也是买进黄金，什么时候，我让你卖空啦？"夏克明忽地站起来，连续猛烈地拍着桌子，大声地质问牛守礼。

"牛总，他……这人怎么翻脸不认账，脑子他妈的绝对有问题。"

牛守礼也张着大嘴，呼吸粗重，"夏克明，你要这么做人，可太卑鄙了。红口白牙、白纸黑字就能颠倒黑白，我原来真是高看你了。"

"少他妈废话，我给你发的邮件呢？现在打开，立刻打开。"夏克明拍着紫檀书案，疯狂地大叫着。

牛守礼喘着粗气，快步奔到书案后面，俯身趴在电脑前，气得手不停地哆嗦，点了半天，才找到两周多前，夏克明发来的下单指令。鼠标的圆圈不停地转动，等待着接收。

李鹤鸣也凑上来，三个人凝神屏息，六只眼睛紧张地盯着电脑屏幕。

"打开了！"李鹤鸣尖叫道。

"你睁大眼睛，好好看看！"牛守礼粗壮的手指猛烈不停地戳着电脑屏幕。

骤然间，夏克明面如死灰，整个人飘浮起来，一直飘浮到迷雾里，额头渗出一颗颗豆大的汗珠，再次跌坐在硬邦邦的椅子上。

当初记得明明敲的是："买"，而屏幕上分明显示着"卖"，他又瞪大眼睛，凑近屏幕，一个恶毒的"卖"字如万箭穿心，涔涔的冷汗顺着前额滴落到眼睫毛上，双眼模糊，视线被打花了。

李鹤鸣嘴里不停叨唠着，至于说什么，他却什么也没听见。"买"和"卖"像闯入大脑里的两个无赖，纠缠恶斗，相互间猛烈地撞击厮打。

是牛守礼在拍他的肩膀，递过几张纸巾，夏克明昏昏然地抬起头。

"擦擦汗。"牛守礼的声音温和了许多。

李鹤鸣在眼前晃来晃去，嘴中不断喷出一股股烟雾。

"我记着……我的邮件指令是：买，怎么就变成了：卖？"

"你的意思是，牛总把你的邮件给改了？然后大家拴在一起赔钱？告诉你点常识，邮件是可以作为法律证据的，难道你脑子真出问题了。"

此时，夏克明浑身虚脱乏力，早已无心理会李鹤鸣的冷嘲热讽。他像站在万丈崖头，迎面凛冽的狂风灌得他喘不过气来，大脑中一片空白，心乱如麻，他奋力挣扎着，抓住一丝一缕意识的线头。

"我看看账户。"夏克明声音沙哑地说。

牛守礼这次倒是迅捷准确地打开了交易界面，账户的盈亏栏里，清楚地显示了亏损15700多万，客户权益只剩下14200多万。

"操盘水平臭，还他妈诈尸，动手打人。牛总，这出闹剧我还和董事长汇报吗？"李鹤鸣忽然怒气冲天地问。

"夏克明，你是不是笔误敲错字了？可电话里，你给我下指令说的也是'卖'，到底怎么回事？你真不记得了？"

他无法回答牛总的质疑，满脸木讷，颓然呆坐。

七十五

"阿水，我的账户做的是卖出黄金吗？"

"夏先生，你自己看不见吗？"阿水问。

"这个账户是我与合作方一起的，我下买卖指令，他们负责下单，我只能每周看见交割单，你帮我看看现在仓位是卖出吗？"

"当然啦，亏了一个多亿，你这次失手了。"

夏克明彻底死心了，打这个电话本来就是多余的。呆呆地看着发给牛守礼的邮件，"卖"字像一把尖利的锥子，迎面直刺，泪水夺眶而出，他失魂落魄地走进卧室，无力地仰倒在床上。

"怎么了？生病了？"柯小薇轻抚他的额头。

夏克明空虚地直视着黑洞洞的天花板一声不吭，柯小薇倾身向前，伸手摸向台灯。

"别开灯，刺眼。"夏克明低声嘟囔。

"到底怎么了？"柯小薇俯身抱住他。

"我的指令下错了，把买，敲成了卖。昊天集团的账户亏了1.5亿，我一个亿的保证金全赔光了，我没钱了，我变成穷光蛋了。"

柯小薇笑了，随手扇了他一个小嘴巴。

"又骗人。快起来，帮我做饭。"

夏克明抑制不住地低泣，即使在黑暗中，他也能看见柯小薇惊恐中瞪大的眼睛，和张开的嘴巴。

"不可能！"

"真的。来往的邮件我都看了，买，敲成了卖。回家后，我也给香港黄金交易公司的朋友打过电话，账户确实亏损了1.5亿。"

屋子里很静，能清晰地听到对方的呼吸。柯小薇默默拭去夏克明流出的泪水，将头轻轻趴伏在他的胸前。

"你一直反对我和昊天合作，很后悔，当初没听你的话。你想埋怨我，想骂我，别憋着。"夏克明侧头望着窗外深不可测的夜空。

"你变成穷光蛋，我很高兴，真的。"

柯小薇抬起头，竟然露出悠然的笑脸，是那样静谧从容，像夜晚悄然绽放的白色昙花。

"你太有钱，咱们就不平等了，像贫穷的简·爱和富有的罗切斯特。你破产了，我反而可以更自信地走到你的身边，我比简·爱幸运多了，你毕竟没像罗切斯特破产后还烧成了瞎子。小时候看简·爱总想，罗切斯特要是不瞎多好啊。"

手指温柔地插进他的头发，一点点移动，慢慢地舒展。夏克明把头深深地埋入她的怀抱。

"明天咱们结婚，后天你再赚的每一分钱都必须掰我一半。"柯小薇忍不住笑出了声，夏克明也破涕为笑。

"放心！都是你的，我炒黄金的本事还在，我一定能赚回来。"

耀眼的灯光摧垮了梦的墙。梦境中的片段还来不及拷贝，哀伤落寞就已硬硬地插入，像汹涌澎湃的潮汐，卷走了梦滩上的甜美和感动。

夏克明眯起眼睛，呆呆地看着床边的柯小薇。

"人家忙得要死，你一点都不体谅，都得以你为中心，一切围着你转，刚说替刘大夫值会儿班，你立刻摔电话。"柯小薇坐在床边，赌气地垂下眼帘，解开玫瑰红色的大衣，身上散发着冬日傍晚的寒气。

"我刚才做梦，梦里你特仗义，特感动人。"夏克明喃喃地说，柯小薇立时转怒为喜，看着他笑了。

"说说，让我高兴高兴。"

"梦里，我对你说，我给昊天集团的账号下错单了，把买错敲成卖，赔了一个多亿，钱都赔光了。而你对我不离不弃，连一句埋怨都没有，还宽慰我。"

"知道我好了吧？"柯小薇笑盈盈地俯过身，冰凉的小手掐着他的双颊。

"我真的下错单了，真的赔了一个多亿，真的变成穷光蛋了。"夏克明痛心地说，抬手遮住刺眼的灯光。

"编，接着编，梦里撒娇，醒了还撒娇。快起来，帮我做饭去。"柯小薇说着往起拽他的胳膊。

夏克明甩开她的手，虚弱地走入客厅，晃动着书案上的鼠标，屏幕亮了，显出发给牛守礼的邮件。

"你过来看看。"夏克明颓然离开书案，走到布艺沙发前，转身的一瞬，他看见柯小薇脸色煞白，跌坐在椅子上。

"都是真的？"

夏克明深深地点点头。

"他们会不会骗你？"柯小薇问道。

"可我发出的邮件不会骗我。"

"我早说了，病好之前不要做这件事，你就是不听。这回……"柯小薇满眼怨恨地看着他。刹那又扭头望向窗外。

"你在梦里，一点都不埋怨我。还说——"

"醒醒吧！一个多亿赔光了，还做梦呢？"柯小薇话音未落，难过得两颗泪珠滚落下来。

"牛总还让我接着做，赚回来的钱先弥补他们的亏损，以后赚的钱给我提成5%。"夏克明搓着双手，长长地吁了口气。

"夏克明你算算，你要用剩下的一个多亿给他们赚20多亿，才能挣回你自己赔掉的一个亿，你真把自己当成印钞机了？就是印钞机也烧焦了。"

"你说怎么办？把这房子卖200万，翻他妈50倍才能打回来一个亿。没这一个亿，我夏克明是什么？是个屁！"

他跌靠在沙发上，疲惫地合上眼睛，一个声音无声地对他说："梦里可不是这样的。"夏克明忍不住捂着脸，"嘿嘿"地傻笑起来。

"童年的失忆恢复之前，你什么也不要做了。无论他们说什么，你千万不要再搭理他们。"

"你又扯童年失忆干什么？这和失忆有什么关系？我告诉你，我赔的，我就有本事赚回来，你要嫌弃我现在是个穷光蛋，就马上滚，少他妈跟我扯什么失忆。"

夏克明歇斯底里地发泄着，看着她的惊恐愤怒，心中隐隐感到一股邪恶的快意。

"夏克明，你混蛋！"柯小薇忽地站起来，冲向房门，一把扯下玫瑰红的羊绒大衣，又猛地拽到地上，拉开了房门。

"你敢出去，再也别回来。"夏克明指着她，恶狠狠地威胁道。

柯小薇止不住抽泣起来，怨恨地盯着他。他张张嘴，没出声。房门砰地摔上了，人走了。留下一个空空荡荡的客厅，夏克明孑然一身惶恐地四下看看，发出狼似的哀鸣，一声接一声，凄厉而绝望。

七十六

夏克明硬着头皮走进牛守礼的办公室。牛总坐在紫檀书案的后面，胖脸略显浮肿，挂着僵硬的讥讽，肉眼泡里射出阴冷的光。

他看看书案前的黑色扶手皮椅，想坐，但没坐，痴呆地站着，低头垂立。

"这几天不但没收成，还一会儿让我买，一会儿让我卖，你抽风呢？还是耍猴呢？当初我替你向集团担保，这回也挨了处分，你可别让我太难做。大家都仗义点。"

"我突然找不到感觉了，下了单就发慌，总觉着图形和下单之前分析的发生了出入……"夏克明痛苦地说着。

"行啦！行啦！回去刮刮胡子，洗洗澡，瞅你这副落魄样，一身晦气，从明天开始好好给我做。走吧。"牛总极不耐烦地挥挥手，驱赶着他。

夏克明觉着快把牙咬碎了，内心被一只大手反复挤压揉捏着，他脸色铁青地转身朝房门走去。

"吃饭，洗澡的钱还有吧？"身后传来牛守礼的粗声大嗓。夏克明头也不回地走出房门，迎面看见女秘书冷漠的脸和鄙夷的目光。

卫生间的镜子里，夏克明裸露着上身，放下刮胡刀，盯着下巴上刀口处渗出的鲜血，用纸巾挤压着。少顷，纸巾扔进废纸篓里。在牙刷上挤出牙膏，使劲刷着每个指甲缝。

忽地，他将牙刷拽在镜子上，白色的沫子四溅，污花了玻璃，斑斑点点。

书案前，夏克明注视着父亲的照片，双目紧闭，深深地吸了一口气。

"夏克明，你这猪头三，刚才下的单子，又亏了20多万，不到半天，你他妈赔了50多万，看好了，再下指令，傻逼！"

牛总电话里肆意地虐骂，毫不掩饰的恶毒咆哮像迎面泼来的脏水。夏克明面红耳赤，胸口剧烈地起伏，他丧失了理智，冲着手机吼叫起来。

"去你妈的！我不做了！"夏克明直接按了开关，屏幕瞬间黑屏。

"不做可以，把5000多万的亏损先给补上。"牛守礼阴森森地说。

"按照合同，我的一个亿赔光了，你们亏的钱活该，我管不着！"一时间，夏克明恢复了往昔的豪气。

电话里传来牛守礼恐怖的笑声。

"夏总，你现在可是大型国企的正式员工，是集团投资公司筹备期的总负责人，这些都是你夏总签字画押，有白纸黑字聘用合同的。操作过程中，因为你疏忽大意，玩忽职守，把买敞成卖，给国家资产造成巨额损失，送你去吃几年牢饭，不过分吧？"

眨眼之间，夏克明像被人迎面拍砖，一脚踹进了冰窟窿，全身瑟瑟发抖。他下意识地又按亮了电脑。

"夏总，怎么不说话了？现在知道这个总经理不好当了？冷静冷静，好好操作，把5000多万的亏损赚回来，咱们还可以接着合作，要是他妈玩邪的，再亏钱，就送你进去，蹲几年大牢。"

牛守礼"啪"地摔了电话，咧开厚嘴唇，开心地放声大笑起来。

书案对面，李鹤鸣早就笑不可支了。忘乎所以地吐出一个又圆又大的烟圈。

"小王八犊子，跟我和大泥、耍大刀，我他妈两缠三缠整不死他。按你们北京话，夏克明就是胡同里的小混混，不给他点颜色，他真把老虎当病猫了。"

"不过，他要真丧失了交易能力，对我们屁用没有。不如直接送他去吃牢饭。"李鹤鸣阴险地说。

"不会，绝对不会，等他恢复过来，就是我的印钞机。我要让他不停地印钞票。你他妈别忘了，他挣来的钱可都是干净钱，没有后遗症的。"牛守礼意味深长地看着李鹤鸣，忍不住兴奋地搓着双手。

夏克明双眼发花，看着液晶屏上的黄金图形，就像看着一幅抽象表现主义的画作；又像儿时午睡时，望着墙上坑坑洼洼脱皮斑驳的墙壁，眼前生出各种各样的幻象。

伴着烦躁与恐惧，判断的黄金走势相互矛盾，又似是而非，迷糊不清的指向令他胸闷气短。

他喘着粗气，搬起硕大的液晶屏倒过来，仔细端详着。黄金图形突然像桌布上散开的水流，快速流动。

瞬间，蜿蜒曲折的K线图形伸缩翻转，细条条的身躯游走起来，像条跃动的长蛇，越来越粗，转眼间幻化成骇人的巨蟒。忽地，张开恐怖惨白的口腔，露出一排排细长尖利的长牙。

极度惊惧中，夏克明使劲揉着眼睛。慌乱中拉开抽屉，摸出一根长针，来不及闭上眼睛，已深深扎进中指指尖，痛得眉心拧成了疙瘩，剧烈地喘息着，汗水顺着眼睫毛滴落到腿上。

鲜红的血珠在指肚上蔓延绽放。他慢慢睁开眼，巨蟒消失了。定睛看着黄金图形，图形异常清晰。两侧太阳穴的青筋突突蹦跳，像是催促他，快发出下单指令。

"小子不错，这一把赚了200多万。好好做，补齐5000万亏损，投资公司还是你夏克明的。"

书案上的手机又催命似的响了，夏克明立时惊悚起来，满脸冷汗，紧紧捂住耳朵，发出嘶哑的哀号。

"臭傻逼！你他妈又做错了！赔了80多万，王八犊子，想好了再发指令。"

夏克明把手机猛地拽到了墙上，随着刺耳的炸响，机件四射飞溅。他哆嗦着手，紧紧捏住长针，死咬牙关扎进指肚，深吸一口气，浑身瘫软，长针像长篙，向更深处挺进漫溯，脑屏中，天边跃起一道虹桥。

泪汗交织，模糊的视线里，十指染红鲜血，像日照下摇摇颤颤的太阳花，露出热烈的笑脸；又像十个小人在虹桥上跳high了，丑陋地抽搐哆嗦着。他含着满眼的泪，发出神经质的大笑，笑得前仰后合。

虹桥消失了——迷恋的那道虹桥。发抖的双手好似过度震颤的弓弦，耳廓里响起嗡嗡的鸣叫。夏克明再无力捏紧长针，向更深处漫溯。

托起父亲的照片，双手剧痛得无法合拢，双肩抽搐，止不住啜泣。"帮帮我，你帮帮我。"

远远地，朦胧中，透过迷茫的眼幕，看见悲伤惊诧的柯小薇跑过来了，朝着他跑过来了。

第二十三章
无法和解的阴影

七十七

"有时候我觉着自己是一只小小鸟，想要飞，却怎么样也飞不高。也许有一天我攀上枝头，却成为猎人的目标，我飞上了青天，才发现自己从此无依无靠……"

音响柜旁，夏克明打着拍子，随着歌声不断拔高，双手持续地向上抬起。在柯小薇的注视下，他持续地按住音量的加号。飞出的音符快速膨胀，转眼间歌声震耳欲聋，两人相互凝视着。

夏克明挺直身子，含情脉脉地看着柯小薇，架起双臂，两只手融入音乐，随着节奏之潮自然地涨与落。

音量跳动的指示条缓缓落下。夏克明麻木地看着被创可贴裹紧的十个指头，露出凄惨的笑。

"换个吉他曲？"柯小薇问。

夏克明摇摇头，"听窦唯的《做……梦》。"

"不好，太颓了。不利于我给你治疗。《安娜小笺》"柯小薇说。

一潭绿水被拨动出层层涟漪，乐曲像一条流动的小河，在昏暗的客厅里打了个漩涡，又流向无形无际。

"小学三年级，你经常因不完成作业，或扰乱课堂纪律被老师轰出教室？"柯小薇问。

"那年我爸进了监狱。"他说。

夏克明木然地摩挲着睡裤的斜纹，创可贴蹭着布料，自己感受不到真实触碰的知觉，他开始扣掉一个个箍着指头的创可贴。

"那时，你们家住一间向南的平房，屋门刷成淡红色，是你爸爸刷的，一年到头，门上挂着块灰色的布帘。"

夏克明质疑的目光中蕴含着努力，看看身旁的柯小薇，略带歉意地摇摇头。

"屋门对面的墙上，挂着画框——毛主席去安源的宣传画，身穿长袍，手里拿着油布雨伞。"

夏克明听着柯小薇的轻声细语，眼光渐渐变得朦胧了。

柯小薇停顿了一下，欲言又止，本想问：有印象吗？但她把话咽了回去。只是静默了一会儿，接着说道："画框下面，贴着墙有一张双人床，两个床头是暗黄色的木板。"

夏克明忍不住打了个冷战，"你怎么知道的？"

柯小薇明显加快了语速，"有一天上午，你又被老师轰出来跑回家，你看见了什么？快说，你看见了什么？"

"我问你怎么知道的？"夏克明怒吼起来。

"你看见你妈妈……"

夏克明甩手扇了她一个耳光，看着她眩晕的一瞬，心如刀绞。柯小薇眼中转动着泪花，哽咽地问："想起来了吗？"

他虚脱地靠在沙发背上，闭上眼睛，摇摇头。

"你想起来了。"

"没有！"夏克明突然大叫道。

"你进屋看见一个男人正在床上按住你妈妈，扒她的衣服，你立即又哭又叫地跑上去，拼命打那个男人……"

夏克明胸口剧烈地起伏着……

"你想起来了？"柯小薇问。

"那男人一脚把我踹倒在地上，他破门而逃，我不敢看我妈，就追了出去。抓住他的衣襟，他回身扇了我两耳光，我摔倒了。我妈妈在屋里哭喊着叫我的名字：夏克明。

"我抹去嘴角的血，骂他：'操你妈！'疯了似的扑上去。

"他一脚踹到我胸口上，我的头撞到墙上。我又站起来骂他，他踹倒我，我站起来，他踹倒我……"

黑暗中，夏克明和柯小薇紧紧地抱在一起，两人早已泣不成声。

"别想了……夏克明……别想了!"柯小薇哽咽地哀求着。

"那人,那人就是李鹤鸣他爸。"夏克明一把抹去眼泪,狠狠地说。

"那天晚上,我妈做了好几个我爱吃的菜,我把桌子掀翻了,我妈哭得昏天黑地,我……对不起我妈。"夏克明再次耸动双肩,泣不成声。

"你问我要去向何方?我指着大海的方向……你带我走进你的花房……你说我世上最坚强,我说你世上最善良……"如泣如诉的小号在昏暗的房间中弥荡回转,"我就要回到老地方,我就要走在老路上,我明知我已离不开你……"

"犹豫再三,我还是去找你妈妈了,你别怨我。"柯小薇说。

"我妈,知道我的病了?"夏克明问。

"开始没告诉她,后来实在没办法,我只能说了。"

"我妈没事吧?"

"放心吧,感谢她的血压和心脏都还好。"

柯小薇扶着他躺到床上,圆圆的小药片含在舌尖上,苦涩在舌苔上蔓延,残留不去。

睡意悄然涨潮,一波波袭来,冲刷心悸心痛的画面,试图封锁记忆,而它已永筑在那里。

"谢谢你。我终于完整了。"夏克明闭眼之前说。

"修通多年苦苦逃避的情结,与自己的阴影达成和解,是荣格的精神分析理论所提倡的进路。这回信服了吧?"

夏克明极力睁开双眼,麻木的脸上挡不住阴森凶狠的气息,"荣格只说对了一半,但有些阴影无解,永远。"

柯小薇看着他脸上闪过的残忍,周身顿时悚然,下意识地打了个冷战。替他拉上被子,黯然走出黑暗的卧室。

第二十四章
杀与虐

七十八

记忆的隧道一旦打通，意识如呼啸飞驰的列车，即使车窗外的昔日重现一掠而过，自此也是刀切斧凿铭心刻骨。

"当初，我被曹建设打得脱形，你为什么不报复，几个月过去了，怎么又忽地发狠了？"曹剑低头问道。

"恨是一寸寸长的，你不干算了。"夏克明看着曹剑已经光滑平整的脸庞。

"我没说不干，我只是奇怪，问问。"曹剑对着天花板喷出一口淡蓝色的烟雾。

"实话实说，这次报复不是为你，是为我自己。当年我被扎以后，胡同里一个大妈送我去医院，替我付了医药费。我他妈靠剩下的那点钱在北京站养伤，混了半个多月。没钱了，手心朝上乞讨，翻垃圾桶。这次我要把曹建设、李鹤鸣的账一块儿都算了。"

夏克明端起酒杯，和小良子一饮而尽。他刚才咬着牙，把父仇、子债一并了结的话给改了。

"上次在这屋里，我给过你一个承诺，你还记着吗？"小良子眼珠血红盯着夏克明。

"我除了这条命没什么可谢你的，想要的时候说句话……"小良子话犹未完，夏克明对他深深地点点头。

"有天雨夜，我爸来看我说：没什么事情比先保护好自己更重要。"看看两人惊诧注视的目光，夏克明接着说，"靠人力，仰天成，天助自助者。曹剑，你最后给个痛快话，干不干？"

"我不能出面，不能动刀子。干点打酱油的活没问题。"

"谢了。"夏克明忽地起身，走进里屋，拎出一个编织袋，看上去就要撑破了。他示意小良子挪开杯盘碗筷，费力地举到桌上。

"里面是300万，小良子，你拿走200万，预先存到香港。完事以后跑路。曹剑，100万是你的。万一玩现了，我和小良子会把事都揽过去，拜托你替我照顾老太太。她也活不了几年了，到时候，你对她手上松着点。"

夏克明忍不住动容，转身快步走进卫生间。

以后几个星期，他们三人每天轮流死死盯着李鹤鸣。

白天，柯小薇经常打电话，询问他的行踪。晚上，两人厮守时，会无端投来怀疑的眼光，审视着他。夏克明觉着快招架不住了，不断编造各种谎言搪塞她。但他知道，柯小薇不信，因为她的脸色日渐忧郁。

特别是有几次深夜，柯小薇在睡梦中，忽地紧紧抱住他。夏克明立时惊醒，无意中，摸到她脸颊上冰凉的泪水，一时竟无语凝噎，久久无法成眠。

一天午后，夏克明刚进公寓，就接到小良子临时号码打来的电话："有戏了。"

夏克明不由得心跳加速，深吸了一口气。

"让曹剑放料、你马上到位。家伙带了吗?"夏克明急促地问。

"冷的带了，热的在老地方，放心吧。"小良子的话音沉稳平淡，不能不让夏克明暗暗佩服。

曹建设正陪着客人把酒言欢，谈笑风生，随着手机的鸣叫，看着短信的圆脸拉成驴脸，齿间的牙签掉在地上，他快速起身，三蹿两跳奔出了酒楼。

"本家到宾馆了。"曹剑用临时号码发来了短信。

夏克明从兜里摸出一个老掉牙的手机，也通过临时号码，给小良子发去了短信：别着急，多等等，务必彻底。

曹建设气喘吁吁地跑进宾馆，到了房间门口，停下脚步，轻轻敲了两下房门，又重重地砸了几下。

"冲进去了，房门虚着呢。省事了。"

夏克明看着小良子的短信，手心里已经冒出了汗。

"李总，玩得开心吗？咱一块玩玩？"曹建设眼珠子血红，脑门上挂着亮晶晶的汗珠。

李鹤鸣哆嗦着手，拼命扯着皮带，眼睁睁瞅着扣眼，死活插不进去。

"曹总，下批……材料从你那儿进，价格你定。"

"龟孙，玩女人的时候还不忘谈工作？"曹建设的拳头攥得像硬邦邦的铁疙瘩。

姚珍爱已披上白色的睡衣，扑上来，往外猛推曹建设，被他反手一巴掌贴到后面的墙上。姚珍爱脑袋里马上跑火车了，轰轰地鸣叫起来。

李鹤鸣傻瘫了，双膝还没跪到地上，被曹建设当胸一脚，身子顿时离地，撞到窗台下面。红的、绿的被震得喷射出来，腹部感到膝盖尖锐重压的同时，曹建设的拳头像雹子般砸到脸上、肋上。李鹤鸣"呀呀"地惨叫，两条胳膊好似风中摇摆的柳条，招架成了撒娇，抵抗犹如应付的摆设。

黑影闪过，一只橡胶手套捂住曹建设的汗脸，在他汗津津粗壮的脖子上有道寒光一闪、一顿，一刹那，鲜血似从泉眼中进溅，飞红了李鹤鸣的胸上、脸上。姚珍爱发出歇斯底里瘆人的呼号。

"李总，李总，快，快跑。"黑影向李鹤鸣伸出带血的橡胶手套。

李鹤鸣觉着有人在用力拉他，忍着剧痛，从昏天黑地中睁开血水模糊的双眼，差点晕过去——曹建设仰面躺在地上，死人煞白狰狞的脸色，再次引起胃部的汹涌，脖颈处翻开丑陋的红唇，"咕咕"地冒出沫沫的血泡。

姚珍爱袒胸露乳，萎缩在墙角，闭着眼瑟瑟发抖，连话都说不出来了。

李鹤鸣看见手里滴血的刀子像被鬼牵手，疯了似的拽到地上，跨过尸体，跑出房门，转瞬又折返进屋，慌乱地登上皮鞋，从壁橱里扯出西服，胡乱套在身上，逃命似的冲进黑洞洞的消防通道。

"完活了。去洗澡。"

"晚上就走，自己保重。"夏克明给小良子发出短信，起身走到门厅，拉开房门，直奔楼下，坐进卡宴，静候曹剑的电话。

"他打了出租车，上了西四环。"

"电话别挂。随时联系。"夏克明按按耳麦，像是自言自语。卡宴一路飞驰，向西四环开去。

"这孙子破相了，没进去，在城乡华懋门口溜达呢。"曹剑说。

"我看见他了，他在等人吗？"夏克明问。

"不知道。明白了，傻逼没带钱包，应该落在房间里了。刚才他下车时，出租车司机指着傻逼骂来着，我还奇怪呢。"手机里传来曹剑幸灾乐祸的笑声。

"该我出场了。你把干活的家伙准备好。"夏克明说完，打亮转向灯，卡宴开进了路边停车场。后视镜中，他看见自己残忍的笑脸。

七十九

"夏克明！"

"李总，你怎么在这儿？"

夏克明拿着新买的无线鼠标，刚走出通讯商店，迎面碰上脸颊乌紫的李鹤鸣，面色惊慌，四脖子汗流，没戴眼镜的双目像弱视的鱼泡眼，不自然地瞪大。

"我想买两件衣服，忽然发现没带钱。"李鹤鸣装模作样地搔着后脑，勉强挤出笑意。

李鹤鸣的西服虽然扣得很严，但只要稍稍侧头留意，还是能看见里面白衬衫上暗红的血迹。

"黄金炒赔了，送你两件衣服的钱还有，你买吧，我结账。"夏克明爽快地说。

"谢谢，明天还你钱，你把钱给我，我自己去买，你挺忙的，别陪我了。"李鹤鸣说。

"不好意思，兜里只有100多元，卡里有钱，不过……不太方便，是吧？"

李鹤鸣气得往地上啐了一口，不快地点点头，两人一起走进商场。出来时，李鹤鸣换上了新衬衫，血衣被他扔进了商场的卫生间。

"李总，开车了吗？"

"没有。"

"带你一段儿？"夏克明笑眯眯地问。

"不用了，你先走吧。"李鹤鸣说。

夏克明冲他摆摆手，径自朝停车场走去。心里想到曹剑，不知道这厮的一双贼眼是否还在暗中盯着。就在他忍不住想转身回头时，手机响了。

"孙子走了几步，现在又转身，跟在你后面了。"夏克明忍不住笑了，大大咧咧地走向卡宴。

"夏克明，等等。"

"李总。你没走？"夏克明吃惊地问。

"突然想起来，得和你说说炒黄金的事，毕竟咱们是老同学，我不能见死不救呀。"

夏克明充满感激地点点头，"去哪儿，找个茶馆?"

"去你家吧。"

夏克明愣了一下，疑惑地看着他。

"这么长时间了，都没去过你家。以后咱哥儿俩得互相多走动走动。是不是?"

夏克明连连点头，两人上了车，卡宴驶进主路，混入车流，开向和平街的老宅。一路上，他们无话，李鹤鸣心事重重，目光迷离。夏克明故意把音响放得震耳欲聋，伴着音乐吹起了口哨。

"夏克明，够鸡贼的，狡兔三窟，有好地儿不请我去?"李鹤鸣站在狭小的客厅里，前后左右地扫视着。

"李总，你脱掉的那件衬衫扔了?"夏克明傻乎乎地问。

"嗯。"李鹤鸣看看沙发上铺的破毛巾被，疲惫地坐下去，用手捂着乌紫发黑的脸颊。

"我看见上面有血，好多血。刚才在外面，不好问你，出事了?"夏克明盯着李鹤鸣惊恐未定的脸问。

"嗯……没事，有个饲养土鸡的朋友，中午非要杀几只招待我，小伙计干得不利索，有只土鸡扑扑棱棱地到处飞，弄了我满身血，真他妈的。"李鹤鸣装模作样地直摇头。

夏克明立刻来了精神，"土鸡可好吃，不过为了抢土鸡，和朋友大打出手，不值。脸都被打紫了，肿得跟烂酸梨似的。瞅瞅，一个嘴唇被打成了两个厚。"

李鹤鸣警惕地看了他一眼，又举起刚放下的手捂住脸，一言不发，厌烦地皱紧了眉头。

"你袜子呢? 让土鸡叼走了?"

李鹤鸣慌忙低下头，看看赤裸的脚，"吃土鸡时太热，脱了，后来闹出点不愉快，出门忘穿了。"

"土鸡怎么做的？红烧？白斩？清炖？"夏克明不厌其烦，贱兮兮地问。

李鹤鸣瞪着鱼泡眼，突然尖叫起来："你他妈贫不贫？第一次登门，也不给我弄口水喝？"

夏克明无趣地点点头，拉开冰箱门，拿出两瓶啤酒，歪着头咬掉瓶盖，含着瓶嘴，"咕咚咚"地灌了两口，猛地打出一个响嗝，随手递给眉头紧皱的李鹤鸣。他带着一脸的不快，迫不及待地抓过去，仰起头，一口气喝了大半瓶。

"土鸡太咸，吃渴了吧？"夏克明装傻充愣地问，又咬掉另一瓶啤酒的盖子。

"别他妈再提土鸡了，好不好？你先说说，集团那5000多万的损失，什么时候能赚回来？"

"我早和牛总说了，有行情我自然会做，一把就给赚回来。没行情也别逼我，再逼我，直接送我进去吃牢饭得了。"夏克明大大咧咧地说完，冲他笑了笑。

"给我点钱，我帮你摆平这事。"李鹤鸣说。

砰的一声，夏克明将啤酒瓶蹾在餐桌上。与此同时，楼下刺耳的警笛声突然大作，李鹤鸣诈尸似的，嗖地跳起来，扑向窗户，四下张望。

夏克明颇有兴味地欣赏着，嘴角露出讥讽的笑意，"李总，吃土鸡不犯法，你怎么了？"

李鹤鸣转过身，目光惊恐，满脸冷汗，虚脱地歪在窗下的单人沙发上，"血糖低，饿了，给我弄点吃的。"

"刚吃完土鸡就饿了？"

"别废话，快给我弄口吃的。"李鹤鸣哀求着。

夏克明走出楼门，远远地望见，楼拐角停着一辆黑色奔驰。

他抬起头，环视了一圈四周的电线杆，没有发现监视探头，这才走上前去，曹剑降下车窗。

"隔一会儿，你就弄出点动静。王八蛋！你他妈租这么贵的车干吗？"

曹剑趴在方向盘上，笑得張下流，逗的夏克明也大笑起来，抄起车座上的警用电喇叭，狠狠地捅了他两下，曹剑连连躲闪，笑得更加下流。

李鹤鸣一手抓仨肉包子，囫囵个儿地塞进嘴里。不歇气，接连吞下去六七个，腮帮子鼓得像个猪尿泡。

远远的，隐隐地传来警笛声，李鹤鸣立时张着大嘴，停止了咀嚼，惊骇地睁大眼，盯着肉包子。

警笛声越来越近，越来越凄厉刺耳。李鹤鸣忍无可忍，又跳起来，凑到窗户前，夯着胆子，伸头向楼下张望。夏克明用力咬着后槽牙，强忍住大笑。

曹剑这孙子越玩越花哨，这样下去非把李鹤鸣吓跑不可。夏克明压抑着随时都会喷薄而出的大笑，走进卫生间，给曹剑发了个短信。

"李鹤鸣，肉包子吃了，天也黑了。我这儿可不是巴黎圣母院，你是不是该走了？有事可别连累我。"夏克明沉下脸冷冷地说。

"你什么意思？"李鹤鸣虚张声势地问。

"看看你这操行，在我这寒窑里，少装逼摆大。我敢打赌，你身上有事，从一见面，我就怀疑你。听见警笛像丢了魂儿，小脸死灰，跟炭似的，别他妈跟我装了。"

"夏克明，你要这么胡说八道，我现在就走！"

"自己开门，滚吧！出去就给你丫抓了。"

李鹤鸣痴痴呆呆地眨巴着眼睛，露出一脸的衰相。

"李总想土鸡呢？"

"克明，我确实有点事。你帮帮我。"

"打住，千万别跟我说什么，说出来我更不敢留你了。"夏克明仰头灌了口啤酒，扔给李鹤鸣一根烟，烟还没点着，他忽地流下两行浑浊的泪，掩面而泣。

"李总哭得这么伤心，屁股蛋子让人扎了？"

李鹤鸣全身猛地哆嗦了一下，胡乱地擦着眼泪，好像看不清楚他。夏克明冷冷地笑着，向他慢悠悠地喷出一口烟雾。

"你说什么？"李鹤鸣颤怯怯地问。

"把脸凑过来，我让你听清了。"夏克明伸手揪住他的脖领子。

"你干吗呀？"李鹤鸣像个骚娘们儿，尖声大叫。

"喊，使劲喊，把警察喊过来。"夏克明话到脚到，一脚踹在李鹤鸣的心窝上。这是一天里，李鹤鸣挨的第二个窝心踹。刚刚吞下去的包子，稀烂地从喇叭筒形的嘴巴里呕吐到地上。

"吃了！"

李鹤鸣一脸的鼻涕哈喇子，和着泪水凄凄哀哀地瞅着夏克明。

"吃了！"夏克明照准他搭在沙发扶手上的手背，猛蹬一脚，李鹤鸣"扑通"一声，捂着手跪倒地上，脸抽搐地变了形，五官挤到一起，连连摇头。

"吃了！"

"我……我……对不起你。"李鹤鸣痛心疾首地说。

"怎么对不起我？"夏克明死死地揪住他的头发，向上一提，盯着他的眼睛问。

"我叫人扎你，是我叫人扎的你。"李鹤鸣像狗一样跪在地上浑身乱颤。

"扎我的人在哪儿？"夏克明又抬起脚，漆黑的鞋底对着他的脸。

"牛守礼扎的你。我只让他吓唬你，我可没让他扎你，说瞎话，你踢死我。"李鹤鸣对着他的鞋底诅咒发誓。

夏克明脑中"嗡"的一响，眼前发花，松开了手，李鹤鸣趴在地上号啕大哭。

"牛守礼？"夏克明一脸的惊诧，跌坐在沙发上。

"满嘴胡呲，现在，我把你丫指甲挨个儿拔秃了。"夏克明起身，两步跨到餐桌旁，拉开抽屉，拿出一把锈迹斑斑乌黑的老虎钳子。

"真的！真的！是实话。他当初是我爸分厂的锅炉工，特会巴结人，拍马屁，经常来我家干点重活。你老缠着米安琪，我心里恨，找他吓唬你。没想到他孔了你，后来他不断威胁我爸，如果不提拔他，他就去公安局自首，把我也毁了，一块儿送进去。我爸没辙了，一次次提拔他，要不，像他那样的臭工人，怎么能爬上来？"

老虎钳子"啪"地掉在地上。黑黢黢的胡同里；宽大的白口罩；两只阴恻恻的眼珠，在夏克明眼前清晰地晃动。

"我知道你，你是我爬上去的梯子。"高个子戴着白口罩，声音含混发闷。

夏克明脸色煞白，发疯地锁住李鹤鸣的喉头，"牛守礼早就知道，他当年扎过我，是不是？"

李鹤鸣的脖子涨红了、脸颊烧红了、连耳朵都红了，垂死挣扎地点点头。夏克明松开手，极为厌恶地在他身上抹去黏糊糊的体液。李鹤鸣不停地干呕，咳嗽着。鼻涕、眼泪、哈喇子流到衣襟上、地上。

"饶了我吧……我都说了。"李鹤鸣痛苦地捂着胸口，跪在地上，可怜兮兮地乞求着。

"你爸呢？"夏克明问。

"几年前就死了，我能有今天，也是我爸当初答应提拔牛守礼，和他谈判的条件。"

"死了？你爸死了？"夏克明瞪大眼睛，顿感心灰意冷。一瞬间化为报仇无门的恼恨，看着眼前这只丧家犬，"哼哼"地冷笑两声，捡起脚下的老虎钳子，出其不意地夹住李鹤鸣的耳朵问："说，还有什么我不知道的？"

"有，疼死了。"李鹤鸣痛得眼泪滚下来，呼吸越来越急促。

夏克明松开老虎钳子，露出波纹乌紫的耳垂，李鹤鸣"哗哗"地流着泪，捂着耳朵哭诉着："求求你……给点钱，告诉你一个秘密，黄金赔钱的秘密。"

"你说的是，我炒黄金赔了1.5亿有鬼？"夏克明不敢相信自己的耳朵，浑身乍起鸡皮疙瘩。看见李鹤鸣使劲地点头，眼中充斥着哀求的渴望。

八十

"你给我点钱。"李鹤鸣用袖口狠狠地擦掉脸上的泪水和鼻涕。

"先把你的秘密说清楚。"夏克明晃了晃手里的老虎钳子，眼中露出凶光。

"我把事说了，你就报警抓我？那你索性现在就报警，我他妈豁出去了，你再动我一下，我就喊，喊得全楼都听见。"李鹤鸣摆出一副梗脖子、瞪眼睛，十足的滚刀肉嘴脸。

夏克明一脸残忍，坏笑地站起来。李鹤鸣吓得往后快速挪动，后背紧抵住沙发，他已经退无可退，周身紧绷，蜷缩成一团。突然间，李鹤鸣怒瞪双目，裂开嘴岔子，做出欲拼死的惊呼状。

"瞅你那操行。要钱跑路？"

夏克明看着他无奈地坐下，"咣当"一声，老虎钳子扔到茶几上。

"100万。你给我100万。"李鹤鸣说。

"现在除了这套房和卡宴，我没什么钱了。"

"你西北四环的豪华公寓呢?"李鹤鸣狡猾地问。

夏克明打了个冷战，重又拿起老虎钳子。

"那套房子卖了。拿钱去做黄金又赔光了。你丫怎么知道我还有套房子?"

"米安琪去过你那房子。"

"操你妈的，你喊吧，警察来之前，我保证把你丫五个指头都夹掉了。"夏克明说话间，死死抓住李鹤鸣的右手，像攥着鸡爪子，老虎钳子夹住了无名指。

"说，我全说，你保证，别报警抓我……"

"你丫犯的事肯定不小，我发誓，要报警抓你，我就是你孙子。"夏克明极为诚恳地说。

"你把卡宴给我。"李鹤鸣得寸进尺地试探着。

"行!我答应你。再没完没了就剩下这个了。"夏克明松开手，靠在沙发上，冲他比划着老虎钳子。

"米安琪是牛守礼的老婆。"

"再说一遍!"夏克明惊诧地闭不上嘴，根根汗毛都竖了起来。

李鹤鸣扶着茶几，微微欠起身，屁股够着沙发坐下，"牛守礼当初从我这儿把米安琪生生抢走了。那王八蛋黑着呢，坏到家了，我爸就是让他气死的，都怪我不争气。"

"说他妈有用的!"

夏克明点着烟，李鹤鸣觍着脸向他伸出手，他把烟盒和打火机拽给他。李鹤鸣贪婪地吸了两口烟，凄凄哀哀地说："牛守礼送给米安琪一个手机，有搜索定位功能。"

夏克明心里忽地一沉，直勾勾地盯着李鹤鸣，"她和你约会，被牛守礼发现了，米安琪扛不住挨打，说出你有……你有失忆症，并且告诉牛守礼，你在西北四环的地址。"

李鹤鸣双唇不住地颤抖着，夏克明眼前晃动着那条游走的银环蛇，向他露出细长尖利的毒牙。

"牛守礼让米安琪约你出来，又派人在会所更衣室印了你的钥匙模子，然后去你家，把买入黄金指令的邮件删除，重新做了份新的邮件，复制在你的邮箱里。把买入黄金改成了卖出黄金。"

夏克明惊呆了，像木桩被钉住了似的，硬挺挺地坐在那里，双眼发直，周身麻木失去了知觉。

李鹤鸣又点着一支烟，两眼瞄着他。

"我给香港的黄金公司打过电话——"

"香港黄金公司早就被牛守礼买通了，他们分了2000万就把你出卖了。"

李鹤鸣此时像找回了自信，音调也渐渐恢复了正常，不知不觉中跷起了二郎腿。夏克明一脚狠狠踢在他的膝盖上，李鹤鸣像烧焦的发丝，全身忽地蜷缩成一团抱住膝盖，身子像陀螺般在沙发上痛苦地旋转着。

"你说话……不算数。"

"我说过不报警抓你，答应卡宴给你，但我没说过不打你。"夏克明面无表情地说着，眼前又浮现出那条吐着蛇信子的银环蛇，他的手烦躁地在眼前挥舞了几下，上衣粘贴在背上，早被汗水浸透了。

"你们骗走的钱呢？我的钱呢？你丫不说，别等警察，我立马就宰了你。"夏克明怒不可遏地问。

"全在牛守礼那儿，我们集团董事会根本不知道他跟你合作的事。从头到尾，都是牛守礼一手策划骗你的。我根本不是董事长助理，上次是他导演的戏，我唱红脸，他唱白脸，让我挤对你，知道你气盛好面子，一冲动就会拿出保证金来，本想套你5000万，是你自己争强好胜，偏要出一个亿，后来牛守礼说……"

"说什么？"夏克明声音嘶哑地问。

"他说：你的虚荣心一旦被激发出来，就像傻逼患上了狂犬病。"

"操你妈的，走，带我找丫去！"夏克明急火攻心，疯了似的抓住李鹤鸣的脖领，像拖死狗似的往门口拽。

"钱没在牛守礼那儿。"李鹤鸣魂飞魄散地哀号。

夏克明朝他肋上、背上猛踢，跨过李鹤鸣抱头打滚儿的身子，两步冲进厨房，拎着把闪着寒光的菜刀奔出来，忽地挥了起来。

"钱在许晴那儿，我猜的。在许晴那儿。"李鹤鸣烂颤着，彻底筛糠了，像仰面躺在案板上的蛙，手脚不停地抓挠乱动。

夏克明愣愣地瞪着血红的眼睛也晕菜了，汗珠子滴滴答答摔碎在地上，他无力地垂下握刀的手，挨着李鹤鸣坐下，冰凉雪亮的刀面压在他的脸上，重重地拍了拍，"一口气说干净，否则想说都没机会了。"

"牛守礼和米安琪结婚没多久，他就把许晴也给搞了。许晴一直是他的情妇。"

"米安琪知道吗？"

"不知道。牛守礼在这方面绝对是行家。"

刀面好似拍在脆黄瓜上，黄瓜崩裂，鼻腔里蹿出的血溅到刀面上。李鹤鸣发出嘤嘤凄惨的抽泣，地面上缓缓渗出水痕，在灯光下泛着亮光。

"我都尿了，别折磨我了。"

"好女人都让你们搞成破鞋了，说：钱为什么在许晴那儿呢？"

"嘴里……都是血，让我……起来吐了吧。"

刀面猛地抬起来，李鹤鸣"咕咚"一口吐下血水，呜呜曩曩地说："我偷着给牛守礼的手机也装了搜索定位，发现他时常去许晴那儿，有一次……我跟着他，发现他提着下午刚受贿的黑袋子。而且你每次下指令，具体下单的应该就是许晴。"

"起来，把地擦干净。"夏克明拎着菜刀站起来，恍惚地靠在沙发上，看着李鹤鸣一瘸一拐地爬进卫生间，拽下一条毛巾跪在地上擦着尿水……

"你们丫就是一群上床媾和，下床拱槽的臭猪!"

李鹤鸣朝他点点头，一丝不苟地擦着地面，鼻孔里淌出的血滴染红了毛巾。狭小的空间里，弥漫着尿分子的腥臊气，隐隐扑鼻。夏克明揉着太阳穴，努力使自己冷静下来。

"钱要真在许晴那儿，你就发财了。"夏克明阴冷地说，李鹤鸣坐在地上，一丝鬼火从他的眼神中闪过。

当许晴借着屋内的灯光看清他俩时，惊诧得差点坐到地上。夏克明一通疾风骤雨般左右开弓的大嘴巴一直把许晴抽到卧室的大床上。

"夏克明，我没害过你，你妈的，我发誓没害过你，王八蛋知道给牛守礼做黄金的是你!"许晴一边啐着满嘴的血水，一边坐在床上哭号着。

"贱货! 你和米安琪全他妈是贱货!"夏克明绝望地喊着，转身狠狠地踹了一脚看得入神的李鹤鸣。"把和我说的，再说一遍。"李鹤鸣捂着脑袋，磕头虫似的唠叨着……

许晴听着听着，止住了泪，擦去嘴角的血水，狠狠地说:

"抢你，我抢不过米安琪，牛守礼又糟蹋我，我就套住他，米安琪得名，我得利。姓牛的钱全在我这儿。你丫才是贱货呢! 让米安琪耍得跟孙子似的，除了得神经病，你得到什么了? 臭傻逼!"

夏克明忽然大笑起来，"她说的对吗?"低头问坐在地板上的李鹤鸣。

"对……不对。"李鹤鸣连忙双手抱头，跪在地上。

夏克明摇摇晃晃地走出卧室，疲惫无力地倒在沙发上，虚弱地叫着："来，来，两个老同学，咱们坐一起合计合计后事，都他妈给我滚出来！"

卧室里传出踢踢踏踏的脚步声，李鹤鸣鼻青脸肿蹒跚摇摆地走出来。夏克明慌忙抹去流出的泪水，张着嘴，望着天花板喘着粗气。

过了一会儿，许晴捂着红肿的口鼻，瞪了一眼单人沙发上的李鹤鸣，显出一脸的厌恶，坐到了夏克明的身边。

三人密谋直到凌晨。其间，李鹤鸣吃光了冰箱里的巧克力和面包，大嚼大咽中，忽然停下，从嘴里掏出一颗脏兮兮带血的槽牙。

许晴看着口中塞满食物，咧着嘴止不住哽咽的李鹤鸣，赶紧移开目光。槽牙掉在地上，跳了跳，滚到许晴的脚边，她立刻躲闪着，捂住嘴干呕。

迅即愤怒地扭过头，一口一个傻逼地骂夏克明。他因为进门时对许晴施暴，内心充满愧疚，只佯装没有听见，集中注意力，细细地盘问许晴，周密地预谋，给两人布置着明天的行动计划。

屋内透进晨曦灰灰的曙色，夏克明站起来，用力伸着懒腰，疲惫地说："我走了。"

"把那条癞皮狗也牵走。"许晴眼皮也不抬，冷着脸说。

"让他睡个觉、洗洗澡，又脏又臭跟鬼似的。明天上午，我来接他。"夏克明淡淡地说。

李鹤鸣一脸菜绿，挣扎地抬起眼皮，木讷地看看他俩。

"把这脏货放我这儿，你好和心头肉惜别去？"

许晴避开夏克明阴冷的目光，低下头，听着他离去的脚步，房门发出清脆的闭合声。

第二十五章
和爱诀别

八十一

夏克明手垫着围裙，轻轻揭开小砂锅的盖子："虾仁豆腐煲。"柯小薇凑上来，耸着鼻子，"真香。"没等她抬起头，夏克明已匆匆转身跑进了厨房，一溜儿小碎步，捧出大盘红灿灿的剁椒鱼头。

"尝尝，绝对敢和你妈妈做的PK。"

"吹牛。"

"尝尝好吗？"

她低下头，撩起一块雪白滑嫩的鱼肉放入口中。灯光下，柯小薇盈盈的笑脸，露出赞许的目光。

"这道菜最妙的是要把握好剁椒的酸度……"夏克明说。

"以后，你每星期都给我做。"

夏克明避开她那双会说话的眼睛，努力清清嗓子，沉默无语地快步逃进厨房。他立在灶台前，望着黑洞洞的窗外，抵抗着汹涌袭来的酸楚。

餐桌前的柯小薇听到脚步声，快速抹去泪水，掩饰着抓起桌上的红酒发呆。

"给我吧。"

夏克明放下菜碟，腾出手拿过开瓶器，全神贯注地将螺丝锥旋入木塞。他不敢抬头，知道柯小薇凝视着他，夏克明越发专注地向深处旋拧。

"老流氓，你真会装。"

"别没大没小的。"

一注暗红的汁液缓缓流入杯中，柯小薇举起来，重重地磕了下他的杯子，一饮而尽。亮晶晶的双眸里藏着怨恨，目不转睛地盯着他。

"夜长着呢，急什么？吃点菜。"夏克明谦和地说。

"你这人真会装，就是人常说的那种装孙子。"柯小薇恶毒的粗口像鞭子，抽得他笑了一半的微笑僵硬在脸上，许晴从脑中一闪而过。

"别闹，好好吃顿饭。"夏克明低声下气地央求着。

"这是最后的晚餐吧？"柯小薇举起筷子狠狠地拽到他的胸口上，泪水像断了线的珠子扑扑簌簌地流下来。

"你把别人都当傻子耍，是不是？"柯小薇抽噎地问。

夏克明急忙垂下头，泪水倒流，他一声不吭，鼻子发酸，眼眶发热，弯腰从地下捡起筷子，抽出纸巾细细地擦拭着。

柯小薇安静下来，他向她举起酒杯，她拿起筷子不理不睬地去夹菜，夏克明无趣地喝了一大口，装模作样地咂吧咂吧嘴。

"王八蛋！"柯小薇头也不抬地发声骂道。

"学点脏话好，上街不吃亏。"夏克明面无表情地说。

"臭傻帽儿。"柯小薇抓起酒杯拼命地灌自己。

"就这句，还使这么大劲。"夏克明不屑地笑了。

"夏克明，你妈——"柯小薇睁大了恐怖的眼睛。

他对着柯小薇充满鼓励地点点头，"把那字说出来，你就升华了，快说。"

"你混蛋！"柯小薇突然趴在桌子上恸哭起来。夏克明侧过脸，抹去夺眶而出的泪水。他起身走进了主卧的卫生间。

过了很久，夏克明拿着热毛巾走出来，看见柯小薇居然恢复了常态，安安静静地挑着小砂锅里的虾仁，接过毛巾时，脸上甚至有了一丝笑意。

"当医生真好，自愈能力强。"夏克明说。

"你又招我？"柯小薇生生将欲哭上翘的嘴角变戏法似的搬弄出笑意，并忙着给他斟满红酒。

"我放点音乐。"她貌似轻快地跑到音响旁，稀里哗啦地翻找着。

钢琴前奏缓缓流出，夏克明心中一颤，此时此刻，柯小薇偏偏放了他最怕听到的——《是否》。

"是否，这次我将真的离开你？是否，这次我将不再哭。是否，这次我将一去不回头，走向那条漫漫永无止境的路。"

相近咫尺，两人却泪眼朦胧，无法看清楚。柯小薇双唇颤抖，压抑着澎湃的压抑。夏克明痛得死死咬住牙关，紧紧地抿住嘴。

"多少次的寂寞挣扎在心头，只为挽回我将远去的脚步。多少次我忍住胸口的泪水，只是为了告诉我自己我不在乎。"

"你走的是一条绝路。"柯小薇拿起毛巾，擦拭湿润的眼角。

"恨埋得太深，我无法和阴影拥抱。"夏克明点着烟，深深地吸了一口。

"是否这次我已真的离开你，是否泪水已干不再流。是否应验了我曾说的那句话，情到深处人孤独。"

"你不觉着自己太自私吗？"

"情到深处人孤独，认命吧。"夏克明捻灭烟无情地说。

"好！下面……我们都高高兴兴的，谁也不许哭。"柯小薇说着又哭了。

看着柯小薇双眸流转中闪烁的泪光，夏克明拖着重重的鼻音说："好，谁也不许哭。"

话音刚落，柯小薇露出略带扭曲的笑容，腼腆地说："刚上小学，大概一二年级，我总和一个戴眼镜的小男孩一起回家。有次放学路上，他突然发神经，提议比赛骂人说脏话，我答应了。他骂一句，我骂一句。没两回合，我就没词了，光听着他不停地骂我。"

"后来呢?"

"太糗了,我哭着跑到他家,找他妈告状,害的小眼镜被他妈一顿毒打。不过活该!"

夏克明脸上挂着淡淡的笑意,看着她沉浸在童年往事的追忆中。

"该你讲了。"

"往事不堪回首月明中。我给你背首唐诗吧?"

"少恶心,必须讲。"柯小薇蛮横地说。

"三年级期中考试,我得了双百,欢天喜地跑回家。在家门口,有个邋邋遢遢的男人拦住我,他是我爸的狱友。那人塞给我一块巧克力和一张皱皱巴巴的烟盒纸,说是替我爸捎给我的。烟盒纸的背面写了一个故事:

母狮子看着小狮子一天天长大,分别的时候到了。一天母狮子出去叼着一只羊回来,小狮子看见欢天喜地,就在小狮子投入地撕咬吃羊的时候,母狮子围着他转了两圈悄悄地跑了。她给了小狮子最后一顿美餐。以后你要自立求生了。爸爸。"

"以后呢。"

夏克明摇摇头,"没了,我把巧克力踩碎了,后来才知道,那是我爸的绝笔。你说,我怎么拥抱阴影?"

"说好不哭了。"

夏克明抱住头,双肩剧烈地颤抖。一双温暖的手,将他紧紧揽入怀中,尾随着《是否》的减缓减弱,两人都努力走出诀别前的伤痛。

"别跟着我,你去客厅的卫生间。"柯小薇羞涩地说,转身走进主卧,夏克明静静地站在原地,目送她的背影。

"夏克明,你来。"

没亮灯的浴室里,面台上、窗台上、水箱盖上,几十根红烛光芒摇曳，温柔地跳跃闪耀，映照得屋子里像个童话世界斑斑斓斓，映红了她的脸庞，映亮了她的双眸。

比浴水更热的是长久缠绕的深吻；比烛光炽烈的是紧紧相拥相抱的身体，"今夜，是我们的大别之日吗?"柯小薇眼神迷离，忘情地凝视摄取他的一切。

"鱼儿咬了恨的钩，和着满嘴的血，痛得我无法回答。"喘息中，激情被再次点燃，更猛烈地冲向今夜仿佛也是永恒的终点。

夜静更深，夏克明睁开迷迷糊糊的睡眼，摸摸身边，空空荡荡，被褥上柯小薇的余温尚存。门缝刺进一线光亮，屏息静听，客厅里隐约传来低低压抑的饮泣……

八十二

没有最后的告别，只有餐桌上的几页信纸在一角阳光中静静等候他的阅读：

夏克明：

我爱的人，我走了。我知道你要做什么，你怕连累我——只字不说。我懦弱，不敢问。日后能告诉警察的是：我们是相爱的人，爱你从不曾后悔，每时每刻。

你所有关于精神病的书籍我都带走了，因为里面关于精神病与刑事责任方面的内容都被你翻烂了。电脑中，涉及这方面的收藏链接我也替你统统删除了。

这几天，特意帮你整理了一份对你日后有利的病历，你务必仔仔细细地看清记牢。

另：从一开始你自残就诊，我曾经和医院有关大夫，和我大学的导师提起过，日后都能成为对你有力的证人。

不要去看你妈妈，这会违反精神病人的常理。放心吧，你的妈妈只会认为她的儿子是个好人，仅此而已。

我明白，任何规劝对你都是枉然，你是那种想干不干不如死的犟种。留下一个美好的夜晚，让我们共同纪念。

最后说句对不起，我真不该让你恢复记忆。我很，很后悔，从你阴森森地说："荣格只说对了一半，有的阴影永远无法和解。"那个晚上开始。

如果我们还能见面，我一定对你狠狠地电击，直到让你忘掉所有的恨，只有爱。

柯小薇

微蓝的火焰跃跃欲试，蔓延跳跃，肆无忌惮地大口吞噬信纸。死死捏住最后一点白色的纸头，疼痛得他连整个心都在抽搐，另一个声音掠过脑际，无声地告诫他：烧干净，都结束了，别连累她。

寸恨至断谁能裁，夏克明终于忍无可忍，在呛鼻辣眼的烟雾中放声啜泣。

拧开水龙头，片片轻飘飘的灰烬打着旋转被水流冲走，痛却在沉淀驻留，直坠心海，刻骨铭记。

夏克明拉开抽屉，拿出父亲的两寸照片，走到卧室的窗前，因为那是妈妈所在的方向。

他跪倒在地上："对不起，所有的事必须有个说法，今天，我必须要个说法。如果不能养老送终，您多体谅。对不起，妈，对不起，爸。"

夏克明拭去照片上的泪水，默默起身，准备行装。

第二十六章
复仇

八十三

租来的黑色奔驰还静静地趴在楼的拐角，夏克明开车出了小区，朝着许晴的公寓疾驰。

房门开了，他看见许晴的黑眼圈，和李鹤鸣脸上又多了几条血道子。

"你打他了?"夏克明问。

"没抓瞎，就便宜他。"许晴说着，奔到沙发边，往他大腿上又踹了一脚。

"她不让我洗澡，她吃饭，也不给我吃。"李鹤鸣歪在沙发里，一脸的委屈，眼角粘着鸟粪似的黄乎乎的眼屎，翕动乌黑的嘴唇，虚弱地说。

"去给他弄点吃的。"夏克明说。

"少他妈在这儿发号施令，你的心头好没哭死吧?"

"去弄点吃的!"夏克明对她怒喝道。

许晴脸色一沉，极不情愿地转身走向厨房。

"你丫想明白没有?"夏克明问。

"四个多亿都在许晴手上，她跑到香港，一人把钱独吞了怎么办?"李鹤鸣咕噜着说。

"那你就把她给点了，她连到手的1.5亿也保不住。你现在就两条路：一条出去自首，让警察抓你；另一条就是干完这档子跑路，拿着1.3亿花天酒地去。"

"前天晚上，我就跟你说清楚了，我没雇凶杀人，曹建设不是我杀的!"李鹤鸣气咻咻地叫道。

"那怎么有人跑进屋里救你，还喊你李总? 你他妈的去跟警察解释吧!"

"这肯定有人设计我。"李鹤鸣痛苦地抱住脑袋。

"吃吧！臭狗屎。"许晴把盘子摔在茶几上。

李鹤鸣抓起一个炸鸡蛋塞进嘴里，跟着伸手去抓另一个，"再炸四个，炸老点，这都是稀黄，我吃着恶心。"

许晴在夏克明的催促下，骂骂咧咧地又走进厨房。

"会不会牛守礼下的套？"李鹤鸣大嚼着，疑惑地自言自语。

"你是他的狗，他怎么会害你？"

"他一直对姚珍爱垂涎欲滴，而且总怀疑我背着他，从曹建设那儿吃黑钱，这老杂种疑心病重着呢。"李鹤鸣说着，用手背抹去嘴边流出的稀黄。"这老杂种，也不想想，我要真进去了，先把他的老底给抖搂了。"

夏克明轻蔑地看着他，揶揄地问道："会吗？你还指望着他在外面捞你吧？"

李鹤鸣立时黯然失色，眼光发直。

许晴将盘子砰地戳到他面前，幸灾乐祸地说："牛守礼一直提防你。曹建设几次向牛守礼告状，说你勾引他老婆。而且他怀疑你和米安琪不清不楚，还有勾搭。"

"你他妈没少给我上眼药，我心里跟明镜似的。"李鹤鸣恶狠狠地骂着，抓起炸鸡蛋塞进嘴里。

"你机票买好没有？"夏克明忽地问。

"前天晚上你一走，我就买了，今天中午的。"许晴露出了笑模样。

"操！你到香港要敢把四个多亿独吞了，我就向公安局把你点了，谁他妈也别想好！"李鹤鸣猛地抬头，丧心病狂地骂起来。

夏克明一巴掌扇在他的后脑上，对着许晴说："你一会儿接米安琪，务必让她送你，把我告诉你的话和她讲清楚。"

"你还谁都惦记着，你有把握她能听你的？"许晴撇撇嘴，讥讽地问。

"你们说什么呢？大家一块儿做事，别藏着掖着的，否则这事没法干。"李鹤鸣眼睛一横，咬剩下的半个炸鸡蛋甩到了盘子里。

"6个炸鸡蛋给你丫撑着了？"夏克明伸手锁住了他的喉头，李鹤鸣顿时软了。

当他们起身走到房门时，倏然间，夏克明听到许晴在身后叫他。忽地，迎面而来的巴掌，响亮的耳光扇在他的脸颊上，许晴大喊道："我没害过你！"

夏克明惊呆了，捂着滚烫发热的脸颊，轻轻说了句："对不起，来日方长。"伸手向外搡了一把李鹤鸣，关上房门，也关住了许晴的哭声。

李鹤鸣盯着公寓下的黑色奔驰，警觉地问道："这车是你的吗？"

"跟我先回家取卡宴，这是借别人的车。"夏克明拉开车门，把他推了进去。

"你捣什么鬼？"李鹤鸣疑虑重重地问。

"我家小区有监控录像，咱们要想保住钱，就不能把许晴露出去。万一失手，被警察抓了，我们只能说这两天从来没出过小区。以后出来了，外面还有一大笔钱花。"

李鹤鸣略有所悟地自言自语："前天晚上，你打得我晕头转向，去许晴家开的就是这车，对吧？"

夏克明瞪了他一眼。待两人开着奔驰回到小区，换上卡宴，再出来的时候，他从座椅下摸出一把通体乌黑的三棱刮刀递给李鹤鸣。

"拿着！"夏克明严酷地说。

"我没用过这东西，我手软。"李鹤鸣向旁边缩缩身子，脸更绿了。

卡宴戛然停在路边，夏克明盯着他问："是下车？还是干完活儿去香港？1.3亿等你去花天酒地呢？"夏克明拿着三棱刮刀在他腿上重重地敲了两下，"想好了，别后悔！"

"咱们跑得出去吗？"李鹤鸣接过刀子，凄凄哀哀地问。

"干完活儿，咱们换上黑色奔驰去广东，然后到香港，那儿有蛇头送我们出境。"夏克明肯定地说。

"万一，我要杀不了他怎么办？"

"我帮你补刀，但第一下必须你来。你孙子做人太不仗义，手上不沾血，我对你不放心。你越往死里扎他，咱们越安全。只要他一死，谁还知道那四个多亿的下落？"

李鹤鸣紧握刀把儿，目露凶光，但只是一瞬，下一秒又忍不住抽泣起来，夏克明厌恶地向窗外啐了一口。

八十四

楼梯上铺了一层猩红大花的地毯，踩上去厚厚软软的感觉。高开衩的旗袍里挤出滚圆挺拔的大腿，在眼前忽隐忽现地晃动。

"李总，太诱惑了，有感觉吗？"夏克明戏谑地问他，小姐闻声回身之际，一巴掌拍在她那紧实的臀部上。小姐居高临下，怒目而视。李鹤鸣一脸死相，眼神呆滞，侧头惊诧地看着他。

"怎么啦？都看我干什么？"夏克明无辜地摊开双手。

走进宽敞的楼道，两边墙上挂着小幅油画，小姐把他们引入一处布置奢华的房间。

"卫生间呢？"夏克明问，目光扫过乌暗笨重呆头呆脑的四人餐桌。小姐步态轻盈地向屋角移动几步，推开一扇与墙同色的暗门，里面透出柔和的灯光。

"你们预订是三位？"小姐问。

李鹤鸣六神无主地点点头。

小姐走到桌边，麻利地撤下一副碗筷。

"一块儿吃吧？"夏克明发出无耻的邀请，小姐看都没看他，头也不回地出去了。

看着小姐身后渐渐闭合的房门，夏克明好像突然换了个人，对李鹤鸣说："去卫生间等着，一会儿叫你再出来，出来后坐到他身边，我一踢你，你立刻扎死他。如果下不去手，就闭上眼，想着小姐旗袍里的大白腿往他身上猛扑，攥紧刀把儿，刀尖朝上。"

夏克明最后几个字是对他背影说的，李鹤鸣早已掏出三棱刮刀，慌慌张张地跑进卫生间。

李鹤鸣又拉开门，伸出脑袋，颤巍巍地说："别忘了，帮我补刀。"

房门响起两声轻叩，随后被推开，牛守礼跟在小姐后面阴沉着脸走进来。

"来这么贵的地方，谁买单啊？"牛总左右扫视着，粗声大气地问。

"她请客。"夏克明一本正经地指指门口立着的小姐，起身为牛总拉开桌边笨重的椅子。牛守礼愣了一下，回头看看离去的小姐，不屑地撇撇嘴角。夏克明拿起小茶壶，给他面前的杯子里斟茶。

"赔傻了？上我会所多好，整个北京就数这儿最黑。"牛守礼端起茶杯凑近鼻子。

夏克明一脸傻笑，不停搓着双手。

"问你呢，这顿饭谁买单？"牛守礼咽下茶水，舌头顶着门牙"啧"了一下。

"我又发了笔意外之财。"

牛守礼放下茶杯，审视着对面的夏克明，嘴角动了动没出声，"啪"地蹾下茶杯，"先把5000万给我还上。"

"没问题。这笔横财，我收了四个多亿。"夏克明说。

"你把工行砸了？还是捡着印钞机了？"牛总脸上的横肉颤了一下，皮笑肉不笑地问。

"李鹤鸣带的道儿，许晴那儿发的财。"夏克明充满挑衅地直视着他，手放进兜里，打开土枪的保险。

牛守礼好似遭了雷劈电击，一时间呆若木鸡如泥塑一般，随即目露凶光，虎视眈眈地盯着他，夏克明脸上挂着残忍的笑意。

李鹤鸣侧耳紧贴卫生间的门，心脏"咚咚咚"剧烈地跳动，几个指甲不知不觉扣进手心的肉里。

"什么他妈乱七八糟的，李鹤鸣带的道儿？实话告诉你，他前天在宾馆杀人，我出门之前，公安局的刑警还在公司里蹲他呢。"牛守礼说着站起身来。

"李鹤鸣听见了吗？快出来自首吧。"夏克明朝卫生间大喊道。

牛守礼瞪大眼睛，肥脸变了颜色，夏克明示意他坐下，卫生间的门仍然没有打开。

"他在里面数钱呢。"夏克明说。

"滚出来！"牛守礼冲着卫生间大吼。

门缓缓地开了，李鹤鸣青肿的脸上带着惊恐迟疑，拖拉着双腿，满脸汗水地走出来。低头避开牛守礼的怒视，一步步蹭到餐桌前。他犹豫了一下，向着夏克明那边挪动。

"坐过来！"牛守礼探身伸手，像拉个破沙袋猛地把他拽过去。李鹤鸣一屁股跌坐在牛总身边，不停地哆嗦着。

"蔫人出豹子，就你这尿样，也敢杀人？"

话到手到，一巴掌扇在李鹤鸣的后脑勺上，他的脸几乎撞到桌面。夏克明失手筷子掉到地上，随手按住呼叫器。

"说！你给夏克明带什么邪道儿了？"牛总怒不可遏地问。

李鹤鸣此时垂着头，落汗如雨。牛守礼向外侧了侧身，"身上什么味，真他妈臭？"

夏克明抽出几张纸巾递给他，"好好回答牛总的话。"

房门开了，"需要什么，先生？"小姐推开门，冷脸问道。

"呼叫器按半天了！你他妈耳朵聋啦？"夏克明突然穷凶极恶，冲着小姐疾言厉色地骂道。牛守礼和李鹤鸣不由得一怔，小姐更是惊恐万状地小步跑进来。

"筷子，筷子掉了！"

夏克明接过新换的珐琅漆木筷子，对小姐说："一会儿叫菜，你立马出现在我面前，别他妈磨磨蹭蹭的。"

小姐像逃离瘟疫似的快步跑了出去。

"说不说？"牛守礼反手一掌，扇得李鹤鸣差点翻仰过去，鼻孔里进出两股鲜红的血注。

"说吧，不说今天牛总在这儿打死你，然后栽到我头上。"夏克明笑吟吟地看着浑身乱颤的李鹤鸣。

"我和他都说了。"李鹤鸣捂着脸，嘴里嘟囔着。

牛总又挥起胳膊，李鹤鸣惊骇地向后躲闪，夏克明迅速伸出筷子，拦住牛守礼的腕子，"你丫再动他一下，别怪我立马翻脸。"

牛守礼一变脸，"嘿嘿"地笑了。扒拉开夏克明的筷子，"你心疼他？知道他怎么害你的吗？"

"说来听听。"

"米安琪是我老婆知道吗？"

夏克明吃惊地睁大双眼，连连摇头。牛总冷冷地"哼"了一声，"他和我老婆长年勾勾搭搭，还指使我老婆偷你家钥匙，然后派他的手下，去篡改你给我的邮件，把买改成卖。许晴也是他的情妇，他们几个设局坑害你。我也刚知道，今天来，就想告诉你这个傻帽儿。夏克明，别他妈的不识好人心。你跟这个杀人犯瞎搅和什么？"

夏克明饶有兴味地听着，淡淡地问："我这屁股也是他让你扎的？"

两人不错眼珠，凶狠地对视着……

桌子下面，夏克明暗暗踢了李鹤鸣一脚，他猛地抬起头看着夏克明，露出惊恐绝望的神情。

"牛总，你俩到底谁害的我？他说是你干的，而且许晴也早被你糟蹋了，还成了你的钱柜。"

夏克明嘴上说着，桌下又踢了李鹤鸣两下。牛守礼满脸涨得通红，转身掐住李鹤鸣的脖子，"这些坏主意是不是你出的？偷钥匙，改邮件的，是不是你的人？"

"操你妈的！"李鹤鸣疯了，歇斯底里地骂着，居然挣脱了牛守礼扼住脖子的手，噌地掏出三棱刮刀，但没有凶狠地扎刺，只是充满仇视地盯着他。

不易察觉中，夏克明悄悄按住呼叫器，心中暗骂：你丫真是个孬种，他无意于李鹤鸣求助的目光，不动声色冷眼看着他俩。

"跟我玩刀子，你丫的会使吗？"牛守礼说着，早已攥住了他的手腕。

只是一瞬间，李鹤鸣被扼住的手腕青筋暴露，牛守礼另一手从后面锁住他的脖子向怀里猛带，李鹤鸣在快要跪地之前，仰脸向夏克明投来绝望乞求的目光。

"搏杀时注意力要高度集中，千万不能分神。"夏克明端起茶杯朝他努努嘴。

牛守礼拧麻花似的拧曲了李鹤鸣的手腕，嘴里不住呼哧粗气，猛地夺过三棱刮刀，没有丝毫犹豫停顿，瞬间一闪，就扎进了他的肚子。李鹤鸣的壮举是没有"哎哟"的惨叫，目光惊悚，脸部痛苦地扭曲，清晰地骂道："操你妈！"

伴随着这一声国骂，小姐在门口发出骇人的惊叫。与此同时，夏克明极度亢奋地大叫着："好戏！好戏！"土枪对着小姐喷火了。子弹打在门框旁的墙壁上，小姐疯了似的摔上房门落荒而逃。

枪口转向牛守礼，轻轻叫了一声"牛总"，对准那张布满横肉，因极具惊吓瞪大的双眼扣动扳机，层层褪去的红润面色好像人生的谢幕，一张似橡皮面罩的灰白丑脸死不瞑目，从眉心黑黢黢烧焦的创口里缓缓爬出一条红蚯蚓。

牛总虽然死了，还紧紧地搂住李鹤鸣的脖子。

"救护车，快叫！"李鹤鸣靠在牛守礼的身上，本能地紧捂住血糊糊肚子上的刀把儿。夏克明冷笑着掏出手机。

"叫救护车！"

李鹤鸣盯着黑洞洞的枪口，瞳孔惊异地放大。"不能——这样。求你了。"

"你自己该死，父债子还你也该死，二死归一你赚了。"

土枪又喷火了，李鹤鸣紧贴着牛守礼胸部的脖颈上被弹头钻出了一个血窟窿。

"我叫夏克明，夏明翰的夏。你知道他的就义诗吗？"

"警告你，这是110报警电话，你有什么事？"

"砍头不要紧，只要主义真。杀了夏明翰，还有后来人。你听过这首诗吗？"

"你有病吧？没事挂了。"电话里的女声愤怒了。

"梦幻经典会所杀人啦！来晚了，一会儿没准儿死人又活了。"他放下手机，歪头欣赏着牛总无神呆滞的死鱼眼。

夏克明高高举起土枪，止不住放声狂笑。慢慢坐下，为自己倒了杯茶，点着烟，悠悠地吐一口烟雾，缭绕着对面两个从来不曾有过灵魂的死尸舒卷弥散。

第二十七章
脱罪与渴望

八十五

随着震耳的爆响，房门被猛地踹开，冲进来几个手持微型冲锋枪的警察。夏克明含蓄地笑笑，看看钢盔下惊愕的脸庞，微微点头示意，继续拢着两个死鬼的脑袋，摆正手机硕大的屏幕，拍照合影。

跟跄杂沓的步伐，两旁众人侧身躲闪，投来惊恐畏惧的目光。夏克明向掠过眼前的张张人脸"嘿嘿"地傻笑。后面一只大手将他的脑袋活生生地按了下去。

他被左右的警察紧紧夹在中间。三个警察坐在对面，表情严峻地盯着他。警笛声呼啸刺耳，引来路人驻足侧目。

"是我报的案。"夏克明对他们郑重其事地说，没有人搭理他。警车明显减速上坡，透过钢盔的缝隙，他看见白色牌子的下半截，"分局"两个黑字。

"打开铐子。"老警察坐在桌子后面，对夏克明身后的人说。他感觉酸麻肿胀的手腕顿时轻快了许多，目不转睛，直勾勾地盯着老警察。

手铐掉在桌上，年轻警察在长条桌后坐下。

"开始吗？"年轻警察侧头问道。

"不急，让他缓缓。"老警察像是自言自语，仍然不错眼珠死盯着他。

此刻，夏克明熟悉自己呆滞僵硬的眼神。在家里，他对着镜子长时间练习过多次。关键是心无旁骛，万不可留意周围的一切，封锁思考，呆视前方，注意力完全集中到眼珠上，只有这样，才能似看非看，保持双目没有任何光彩和意识的流露。

"抽烟吗？"老警察问。

"我杀人了？"

老警察出奇和蔼地说："讲讲事情经过，为什么杀人？"

夏克明依然直视着老警察，他说得很慢，但逻辑清晰，年轻警察快速地记着。

"枪哪来的？"老警察问。

"在车里，李鹤鸣给我的。"

"你们见牛守礼之前，预谋杀死他了吗？"老警察问。

夏克明摇摇头。

"说是，还是不是？"年轻警察抬头质问道。

"没有，只想吓唬他，让他把骗我的钱拿出来。"

老警察的眼睛突然发出一道亮光，厉声喝问："李鹤鸣拿出刀时，你为什么不掏枪，为什么要让他们互相残杀？"桌子被他拍得"嗡嗡"作响。

夏克明全身不由得一震，暗暗调整呼吸……

"忘了，我忘了还有枪。"

"你后来开枪先打的谁？"老警察站起身，走过来。

"想打牛守礼，但好像没打着，打着李鹤鸣了，又打了牛守礼。"夏克明依旧直视前方，似乎根本没有察觉老警察的靠近，但肩头感到他大手的分量，这应该是一双粗糙有力的手。

"杀人后，为什么用手机拍合影？"

"当时觉着，我们是在演戏啊。"

"是恍惚觉着吗？"老警察探下头盯着他。

"是真觉着。"

"服务员呼叫器谁按的？"

"我按的。"

"为什么按呼叫器？"

"我想叫人。立刻叫人来。"

"为什么服务员来了，你又朝她开枪。"

"我也不明白，可能是看见李鹤鸣的血很亢奋，不可抑制地开枪。也可能是觉着她破坏了我们演戏。"

年轻警察停下笔，疑惑地看着夏克明，老警察默默走回长条桌后，一言不发，久久地审视着他，过了很长时间才说："下去吧。"

夏克明又被戴上手铐，在身后警察的口令下，向右、向左，经过走廊，走进一间亮着大灯的水泥房。

朝着走廊的一面没有墙，从房顶到地面，一排钢筋棍焊成栅栏，每根有手指粗，黯然的绿色。门也是由钢筋棍焊接的。墙角有一张木板单人床，整间房子空空荡荡。

"坐到床上。"身后的警察说。

夏克明刚坐下，一碗方便面就塞到他的手里，两个煮鸡蛋放到他身边。

"铐子紧不紧？"

夏克明摇摇头，警察转身走了，从外面锁上门，将钥匙递给一个穿蓝色协警制服的小伙子。他拉过墙角的木椅子坐下，双脚蹬在钢棍栏杆上，直眉瞪眼地看着他。

夏克明吃了东西，直直地平躺在木板床上。戴铐子的双手规规矩矩放在腹部。舌尖在牙缝间搜索着方便面的残渣。

老警察的面容在眼前晃来晃去，特别是那浑浊复杂的眼神……

第三天下午，他再被带回这间水泥房的时候，夏克明意识到，成败就在刚见过的精神病鉴定大夫的手里。最令他疑惑不解的是，进屋后，警察取下他的手铐，走了。

两个手腕上留下苍白的环痕。他轻轻抚摸着，那一带慢慢显出了血色。脑子里不停地自问自答。

是因为发现我诈病，不怕我自残了，所以摘下铐子；还是发现我精神恢复了正常，才取下手铐？

夏克明避开协警的目光，侧身朝墙躺着，眼前是麻麻扎扎潮湿的墙壁。在房顶大灯的光照下，他没有丝毫的睡意，闭上眼，脑屏渐渐打开……

"你看这小子是真疯还是装疯？"年轻警察问。

老警察莞尔一笑，"夏克明要真有精神病，现在早累得睡死了。但要是装疯，他也正想着咱俩呢，就像我们在研究他一样。说说这几天的调查情况。"

"调取了曹建设被害当天相关路口的监控摄像，没发现夏克明跟踪李鹤鸣的迹象。他们在大街上相遇应属巧合。"

"你相信巧合？"老警察狡诈地眨眨眼，揶揄地问。

"经过饭店楼层的监控摄像比对，杀死曹建设的蒙面人与夏克明的身材、身高明显不符。"年轻警察翻看着厚厚的卷宗，"从掌握的情况看，应该是巧合。"

"夏克明的社会关系呢？"老警察问。

"他平日孤僻内向，少与人来往。除了70多岁的老妈，据他近段时间的座机、手机通话记录，和楼下邻居老张头反映，只知道有个叫曹剑的，还有叫小良子的，和他有来往。但在案件发生近两周，没发现他们有过联系。特别是小良子，在曹建设死前的七八天，手机就停机了。此后一直处于失踪状态。"

老警察拿过卷宗默默地翻看着。

"这个小良子，大名叫张孝良。曾经因故意伤害罪被判18年，几年前才从新疆回来。"年轻警察补充道。

"曹剑找到了？"

"今儿上午问讯过他，曹建设遇害那天，他在家喝闷酒，睡觉。小区监控录像证实，他的车一直停在小区里。"年轻警察看着老警察试探地问："现在，您还怀疑曹建设的死和夏克明有关系？曹建设的老婆姚珍爱也证实，不认识夏克明，也没听说过这个名字。"

夏克明猛地睁开眼，意识到额头上冷汗涔涔，怦怦的心跳，声声入耳。暗恨百密一疏，暗恨忘了姚珍爱这个骚货，警察肯定会问讯她，她还会记着自己吗？如果记着，会说出认识我吗？同时招供她和老公的变态游戏？

冷汗层出不穷，浸湿了衣领口。夏克明听见看守来回踱步的声音。

老警察将厚厚的卷宗扔到桌上，"哪有那么巧的事？李鹤鸣通奸，就有人给曹建设爆料，让他抓了个现行？那个爆料的手机短信谁发的？"

年轻警察摇摇头，嗫嚅地说："手机停机了，发短信的人应该是曹建设雇来监视姚珍爱的。爆料的短信里，称曹建设为：老板。"

老警察点着烟，眯着眼睛念念有词，"李鹤鸣雇凶杀人，逃到商场，碰上夏克明，和他回家。可以解释为李鹤鸣一时没钱，走投无路，在街上晃悠怕被抓着。但怎么能告诉夏克明，牛守礼炒黄金诈骗他钱财的事？"

"那是因为李鹤鸣想把巨款从牛守礼那儿弄出来，和夏克明分了。"年轻警察说。

"夏克明说的话，你记得倒挺清楚，用自己的脑子想，你见过把人请到豪华会所里敲钱吗？"老警察狠狠地敲了下年轻警察的脑袋。

"牛守礼是有头有脸的人，只有那种地方，牛守礼才会去呀。"

"既然牛守礼去了，夏克明为什么杀人？为什么不拿枪顶着牛守礼，把他绑走去取钱？"

小警察扑哧笑了，"您忘了，夏克明这儿有问题。"说着指指自己的脑袋，"今天，鉴定大夫不是也认定他在案发中失去了辨别能力和控制能力吗？"

夏克明紧闭双目，对着粗硬的灰墙露出一丝不易察觉的坏笑，两手相互揉搓着手腕。

"牛守礼的老婆案发时在干什么？"老警察问。

"米安琪，在机场送一个叫许晴的朋友。案发第二天，我们见到她，让她提供线索。她说李鹤鸣原来是她男朋友，后来为拍牛守礼马屁，把她拱手送给牛守礼，米安琪最初是被牛守礼强奸的。"

"真他妈下作，牛守礼查清楚没有？"

"昨天下午，昊天集团纪委的人和我们接触了，说牛守礼干的勾当都是个人行为，董事会根本不知道。他属于挪用公款，集团近两个亿不翼而飞也很着急。

"牛守礼炒黄金的钱属于盗用公款。以假合同的方式拆借给一家莫须有的公司，公司法人是个密云县的农民，他根本不知道自己是这个投资公司的法人。我们联系了香港的炒金公司，经过核查，炒金账户的开户人，也是莫须有的。炒金公司说资金已经撤出，现在资金去向不明。在牛守礼死前一天通过网上划款，被转走了。"

老警察疲惫地坐到椅子上，揉搓着干涩的双眼，"夏克明背后会不会还有同伙？"

"绝对不会，如果他的同伙拿到这笔巨款，夏克明还有心思杀死牛守礼？早跑出去分钱了，那可不是小数目，四个多亿呢！夏克明倒有可能因为拿不到钱，恼羞成怒，杀死了牛守礼。"年轻警察自信地说。

"还有什么情况？"老警察又点着一根烟。

"技术科的人检查了夏克明公寓的电脑，里面确实有被人复制过的邮件，并在牛守礼的电脑里也发现了对应的邮件，可以证明夏克明所说的真实性。牛守礼确实伙同李鹤鸣坑害过他。"

"像他们这样的，早早晚晚会碰上一个夏克明。"老警察鼻子里"哼"了一声，无奈地摇摇头。

"在夏克明家，发现了大量的黄金交易单据，根据分析，此人确是奇才，几百笔交易只赚不赔，太神奇了。"

"是太神奇了，两个败类被他打死了，居然抓不住他的把柄。还出来个会所的女服务员，一口咬定他是神经病，你不觉着一切都太巧合了吗？"

"无巧不成书。"小警察笑了。

"扯淡！巧合是必然的假象。没有天衣无缝，只有人为煞费心机的设计。凭我30年的办案经验，夏克明绝对不简单。他作案前见过谁？他不是有个老娘吗？"老警察扭头看着年轻警察问。

"没见过，他老娘公寓小区大门、单元门的监控摄像我们也查了，没有夏克明的影像。而且他老娘听咱们派去的人说了以后惊呆了，差点出事，幸好我们提前做了准备。"

"他老娘说什么？"

年轻警察快速地翻着卷宗，"我儿子孤僻，脾气不好，但心眼儿好，不是坏人。"

"就这一句？"

小警察点点头。

夏克明眼前闪过母亲衰老悲痛的面容，悄悄抬起手，擦去涌出的泪水。

"我们也调取了夏克明一居室小区的监控录像。李鹤鸣案发后，和夏克明当天下午回到他家，一直到案发当日上午才离开。附近饭馆老板证实，夏克明确实这两天买过两次包子和一些冷菜。不敢肯定夏克明中间有没有躲过摄像头去过其他地方，但至少他的卡宴一直停在那里。"

老警察一页页翻着夏克明的病历。

"主治大夫柯小薇证实，夏克明第一次就诊是因为自残，手掌、腕部被自己割烂了，缝了十多针。多次出现妄想、幻视，属于偏执型精神分裂症。"

老警察放下手中的香烟，屋内暗淡的灯光下，布满血丝的双目显得更加浑浊。

"两周前，夏克明还将他的公寓房卖了300万，在电脑中发现了最近的黄金交割单，证明他把这300万都赔了。"

"你不说他是奇才，笔笔都赚钱吗？"老警察挑起眉毛质问道。

"交易记录显示，从被牛守礼诈骗以后，他交易水平下降，经常赔钱。有反映，柯小薇和夏克明关系过密，公寓的监控录像也发现柯小薇经常出入夏克明的家。柯小薇自己也承认，她喜欢夏克明，已经发展到情人关系。"

"那这东西的可信性？"老警察戳着桌上的病历说。

"夏克明自残就诊，得到了当地管片民警的证实，他当时在场，回忆说：夏克明的精神绝对不正常。民警反复问他姓名，夏克明只说自己叫：哪吒。"

老警察眼中露出一丝亮光，慢悠悠地说："好个哪吒，你还三头六臂呢……"

夏克明把一条绿色的线毯拉到头上，遮住天花板上灯泡发出的亮光，昏昏沉沉地迷糊着了。

次日下午，夏克明在两个警察的押送下走出楼门，就在要上车的时候，他听到有人叫他。

老警察依旧用复杂的目光审视着他，夏克明低下头。

"别忘了法网恢恢，疏而不漏。"

"好像是天网恢恢。"夏克明抬起头，愣呆呆地说。

"上去！"身边的年轻警察推搡了他一把，夏克明深深垂下头，感到轿车冲下坡道，他知道自己离开了分局。

八十六

夏克明好奇地打量着长方形的大开间，有40多平米。靠着两边的墙，一字排开，放着五张单人床。中间的空地上，零散地摆着几张小方桌。几个人围拢在桌边打牌，此时回过头，冲着他挤眉弄眼地怪笑。一时间，他觉着自己的汗毛孔都张开了。

年轻警察拉拉他，夏克明跟着他走到门外。"法院强制医疗决定前，先在这儿对你采取临时的保护性约束措施。"

"以后呢？我也在这儿？"夏克明问，没有回答，他看着年轻警察离去的背影，毫无征兆地想起了柯小薇。酸楚像夏日的暴雨冷不防地袭来，硬硬地冲撞着他的鼻翼。

夏克明暗暗庆幸，自己被安排在挨门靠墙的床位。他心生感激，甚至讨好地看着圆脸娃娃头的女护士，她胸前的塑料小牌上写着：蔡君。

"这床病人早上刚走，明天给你安排检查，记住这儿的作息时间：每天六点起床，吃饭吃药；11点吃午饭、午睡；晚饭后，七点钟睡觉。每月家属可探视一次。"

蔡君说完，弯下腰，将洗漱用品的袋子塞到床下。抬起头时，居然冲他笑了笑。夏克明贪婪地品味这稍纵即逝，一闪而过的笑意。

不远处，瘦小尖脸的男人坐在床角，离地的双脚前后晃悠着，充满敌意地看着他。不停转动腕子，摇着手里的眼镜腿，冲他煞有介事地点点头。

蔡君注意到夏克明脸色的变化，回头看看尖脸男人说："他是在警告你，别把他当傻子，他时刻都像戴着眼镜，一切人和事，都看得清楚明白。"

"你干吗？"夏克明回过身，攥住正在床边翻弄他蓝布夹克的高大男人的胳膊。男人指指自己，接着将他蓝布夹克的袖子反着揪出来。夏克明这才注意到，男人的病号服穿反了，缝合处露出毛扎扎的接缝。

"这是他发明的一种说法，意思是表里如一。也有愿意和你交流，交朋友的意思。"

夏克明踟蹰地站在床边，茫然四顾。

蔡君穿着白色厚底的护士鞋，拉开宽大的房门，行去无声地走了。夏克明一把抢过外衣，胡乱地反穿在身上。径自朝着墙躺下，屋里响起了撕心裂肺，荒腔走板的歌声：

"小小的小孩，今天有没有哭？是否朋友都已经离去，留下了带不走的孤独。

"漂亮的小孩，今天有没有哭？是否弄脏了美丽的衣服，却找不到别人倾诉。"

"别他妈唱了！"夏克明坐起身，嘶哑地干吼着。

瘦小尖脸的男人跳下床，一步步朝他走过来。夏克明感到畏惧，身上发毛。

近至跟前，他一动不动呆坐在床上。男人俯身过来，几乎贴着夏克明的耳朵说："无歌便是恶。"说完，转身向病友们热烈地挥舞双臂，室内再次沸腾。

伴着癔症般的笑声、哭声、歌声、叫喊声，夏克明用枕头捂住耳朵，紧闭双眼，拼命揪住头发，他呼吸急促，真的要疯了。

快到一个月的时候，夏克明收到了法院的强制医疗决定。

那天午睡前，临床反穿病号服的老郭问他："把8放倒了什么意思？"嘻嘻的笑脸凑得很近，几乎要碰到他的鼻子。夏克明双手支撑在床上，向后躲闪着摇摇头。老郭顿时伤心地直起身，大着舌头说："你没上过学，没文化。"

夏克明仰起脸，诚恳地点点头，又惭愧地看看自己反穿的病号服，摩挲着毛毛扎扎的布边。

"好啊！8放倒了，就是好啊！"老郭说着，两手的手指合成两圈。"你跟谁最好？"他憨态可掬的笑脸忽地凑上来，夏克明赶紧指指他。老郭满意地坐回床上，看着他傻笑。少顷，夏克明躺下，瞪着天花板，听见老郭的鼾声大作，自己的睡意也被悄悄地招拢上来。

八十七

膀大腰圆的男保安跟在夏克明身后，走过寂静的楼道。平日即使午休的时候，楼道里也能听到喧嚣和怪叫，可是今日却是出奇的静。

楼道尽头，是腕子粗的铁棍闸门。离闸门越来越近，心跳不由得加快。一个多月了，终于要第一次迈过这道门坎。他已经向着铁闸张望过无数次。

夏克明不敢问去哪儿。脑子里突兀地闪过老警察、小良子的面容。各种恐怖的想法刹那间涌入，胃部有了痉挛的绞痛。夏克明慢慢走下楼梯，忍不住回头看看保安，他正警惕地盯着自己。

"柯小薇！"夏克明差点被门槛绊倒，匆忙跑进屋子，保安从外面拉上铝质的房门。

"我天天想你，以为你把我忘了。"夏克明努力克制住剧烈起伏的情绪。柯小薇看上去倒是很冷静，脸上挂着勉强的笑意。

夏克明饥渴地看着她憔悴的脸，顺着桌面伸出手。柯小薇轻轻握住他，又坚决地抽出去。

"我要走了，去美国，找我哥哥。"

一瞬间，夏克明像被冰封冷冻，喉头艰难地移动，咽下突如其来蜇刺般的疼痛，僵硬地望着她，莫衷一是地点点头，掩饰着自己难以承受的沮丧与落寞。扶着桌子慢慢站起，走到门口时，泪水不争气地流下来。

"老流氓，骗你呢。"

夏克明顾不得擦掉眼泪，猛地转过身，"你再说一边。"

柯小薇调皮地笑了，"我哪儿也不去，刚才就想逗你玩，折磨你，谁让你那么自私，抛下我的。"

他不好意思地破涕为笑，快步上前，不管不顾地一把紧紧抱住她……

"夏克明，松手，吃药了。"熟悉的叫声推倒了梦墙。弥足珍贵的梦境让醒后的哀伤替代。

懵懂朦胧中，蔡君掰开他搂着自己胯部的手。夏克明猛地抽回胳膊，满脸羞红地看着她。慌慌张张地将药片塞进嘴里，蔡君递给他一小杯水，脸上掠过一丝笑意，回身转向老郭床前。

夏克明深深吁了口气，马上又闭上眼睛，想竭力抓住一些弥足珍贵的片断，但梦幻中的真实感，再难召回。

两个月过去了，夏克明因为状况良好，有了午睡后到楼下花园散步的待遇。他边走边向后张望，等蔡君下班经过，每次都能和她聊一会儿，最长的一次聊了近20分钟。

蔡君知道他为什么进来，但从未提起过。倒是试探地追问，上次做了什么梦才搂住她。夏克明一五一十地对她讲了，甚至告诉蔡君，两天前曾偷偷溜进值班室打过柯小薇的电话。但号码是空号，没有人接了。希望她帮助自己打听柯小薇的消息。蔡君犹豫了一下，没吭声算是答应了。

"又等我呢?"蔡君问。夏克明腼腆地笑笑。

"你家里从来没人看你，怎么也没有朋友来？"蔡君说着话，走到了夏克明的前面，回头看看他。

"老妈70多了身体不好，我没朋友。"

"说件事，你别……"

"打听到柯小薇了？"心倏地缩紧，一下子提起来，夏克明焦虑地看着她。

"她上周出国了。"蔡君紧抿双唇，怜惜地看着他。

夏克明说不出话来，胸口发闷，眼眶发热，不由自主地攥紧了拳头。

"我同学在她的医院当护士。柯小薇上周飞美国，深造念书去了。听说她在国外的专业期刊上发表了一篇治疗失忆症的论文，还获了什么奖，为此得到了斯坦福大学的全额奖学金。"

蔡君同情的目光如芒刺在身。夏克明不敢看她，深深低下头，声如细丝地问："消息准吗？"

"我……不敢确定，再帮你打听打听。"蔡君小声地咕噜着，"你回去吧。"

夏克明转过身，大口吞咽着唾沫，脑子出现空白，他茫然不知所措地看着来来往往的人，辨别着住院楼的方向。

终于熬到晚上，黑洞洞的病房仿佛有灵光闪过，渐渐明亮起来，彩灯挂满四壁，在天花板上交错缠绕，随着圣诞音乐的节奏时暗时明。

时空好似魔方，被看不见的手旋转平移，翻面变换。片刻后，摊平在眼前的像是医院的食堂。门口竖立着高高的圣诞树，挂满五颜六色的彩球，和缤纷的礼盒。

低矮朴素的舞台上，夏克明穿着白衬衫，是儿时的质地和样式，投入地弹着钢琴。

琴键有力地起伏，流淌出如泣如诉的音符，在黑白相间中消融跳跃；在缠绵悱恻的旋律中沉淀昔日的缅怀。时而抬头，看看台下病友诚实专注的目光，推送满腔的铿锵哀婉前行，他听到心里哽咽深情的吟唱：

> 是否，这次我将真的离开你？
> 是否，这次我将不再哭？
> 是否，这次我将一去不回头？
> 走向那条漫漫永无止境的路。
> 是否，这次我已真的离开你？
> 是否，泪水已干不再流？
> 是否，应验了我曾说的那句话？
> 情到深处人孤独。

凸起的悲痛，仇恨的石头，像咽不完的苦涩暗伤。孤寂颤抖中按不准灵魂的半音，乞求你：我的父，握住我无力抽搐的双手。

> 多少次的寂寞挣扎在心头，
> 只为挽回我将远去的脚步。
> 多少次我忍住胸口的泪水，
> 只是为了告诉我自己，我不在乎。

恍惚中，举头四望，台下已空无一人。透过模糊的泪眼，看见高大圣诞树下泪流满面的她。短暂遥远的对视算不算永远？烛光染红的良宵便有千种风情难度永恒。

门被无情地拉开，绚烂的玫瑰红悄然遁去，夏克明奔下舞台，凄然四顾，无音空旷的楼道，声声回响绝望的呼唤。

　　夜阑人静，心里一边边默念"柯小薇"，压抑着无声的低泣。窥视幽静楼道里昏黄的灯光，好像又听到了诀别那夜，客厅里她隐隐的哭声。

第二十八章
绝路

八十八

畜生的牢笼是人打造的，人的牢笼是自己打造的。精神病院就是人类打造的牢笼矩阵中摆放在边缘的一个。

这夜以后，夏克明整日赖在床上，昏睡复醒，醒了再昏睡，在迷幻和现实间徘徊。直到头晕眼花才坐起身，沉默寡言，表情木然地歪在床上，痴痴看着病友们诚实的表演。恍恍惚惚中，猜测着他们形形色色举动的意图。

入院第四个月，终于迎来了第一个探访他的人——曹剑。

"在这儿怎么样？"曹剑问。

"我妈怎么样？"夏克明表情麻木地问。

"送养老院了，你女朋友出国前和我一起送的。"曹剑说着，从低下拿起一个密封的包裹递给他。

夏克明十指如钩，直接扣进牛皮纸袋，从中间撕裂，露出玫瑰红的羊绒大衣，和白纸的一角。他翻开对折的信笺。

夏克明：你好！

几个月前，从警察口中知道了你复仇的壮举，你义无反顾地走了一条没有未来的路。原谅我，不能再陪伴左右——选择远行美国。毕竟我们都有各自选择去路的权利。

临行前，去看望你妈妈。她身边无人照顾，精神恍惚，短期记忆衰退严重，唯恐日后出现意外，我擅自做主，和曹剑将她送进好朋友开的老年公寓，并对朋友千般叮咛嘱托。费用是你给我炒黄金赚的钱，已全部夏交。

去日留痕，不思量，自难忘。保重！

柯小薇

夏克明将纸细细折好，放进兜里，抱起玫瑰红的羊绒大衣，极力隐忍失态，起身走向门口。

"听一个哥们儿说，小良子在珠海被抓了。"

他被曹剑的话钉在原地，头皮发麻。"他没去香港？"

"去了，又跑回来帮人追债。那事不会穿帮吧？"

"应该不会吧。"夏克明心灰意冷地迈出屋门，跟着保安黯然地走进铁闸。

这天以后，医院门外突响的警笛声令他坐卧不安。最可憎的是，他会联想到李鹤鸣蹿到窗前匹下张望的嘴脸。偶然间，看见门外闪过警察的身影也会让他呼吸急促。

夜静更深，冷静下来的时候，他又自信小良子不会出卖他。悄悄从床头柜中拿出玫瑰红的羊绒大衣深深地嗅着，昔日重现，留色留香，历历在目。

单调的日子像圈圈重复滚过的碾磨。

转眼又过了两月，老郭出院那天，抱着夏克明呜呜地哭得很伤心。手上永远摇着眼镜的瘦小尖脸的男人也走了。空出的两张床位当天就躺下了新人。

"医院为你向法院递交解除强制医疗申请了。"蔡君站在床前，低声兴奋地说。

夏克明忽地坐起来，像炎炎夏日吹来清凉的晚风。他抓住蔡君的手紧紧握着，激动得说不出话来。蔡君走了，他不可抑制地跳下床，在病房里走来走去，浮想联翩。

他想象着，阳光下推着妈妈的轮椅和她一起散步。想到了柯小薇，想到了她信里所说的：你义无反顾地选择了一条没有未来的路。夏克明脸上掠过一丝坏笑，想象着突然出现在她的面前，看见她惊喜地张大嘴巴。

午后，通往小花园的长廊里，审讯过他的年轻警察急匆匆地和他擦肩而过。夏克明转过身，亲热地向他"哎"了一声，立刻觉着有些唐突。年轻警察愣愣地看着他，转眼间，一副冰凉的手铐让他目眩神滞。

"也就半年多，又见面了？"老警察笑呵呵地走过来，递给他一支点燃的烟。

自从上了警车，夏克明万念俱灰，心中反复默念：小良子，你把我出卖了。

"是你主动说，还是需要我点拨点拨，你再说？"老警察忍不住得意地看了一眼欲做笔录的年轻警察。夏克明吐出一口淡淡的烟雾，抿着嘴，一言不发。

"考虑清楚没有，我可说了。"老警察像在和他聊天。

夏克明立时屏住呼吸，凶狠地盯着他，咬紧了嘴唇。

"你这人很大方，给兄弟出手就是200万，100万，不过钱总有花完的时候，罪孽可花不出去，都留在这儿了。"老警察戳着自己的心窝子。夏克明一下子瘫软在椅子上，半根烟从指间悄然滑落，一时头晕目眩。

"把手铐给他打开，把茶杯给他端过去，烟、火伺候齐了，让他慢慢说。"老警察说完，把香烟和打火机塞到年轻警察的手里。

不知不觉中，天色暗下来了。年轻警察停下笔，捻亮桌角的台灯，直直地晃着夏克明。老警察抬起手，关上了。走到墙边，按下开关，屋内瞬时明亮如昼。夏克明踩灭烟蒂，"说完了。"

"全交代了？"老警察问。

"嗯，真没了。"

老警察慢步到他身边，"问句题外话，放着老娘不管，抛下那么好的女朋友，值吗？"

夏克明迅即向一旁梗着脖子，泪水夺眶而出，狠狠地点点头，耳畔传来老警察一声沉重的叹息。

"小良子怎么样了？"夏克明哽咽地问。

"在珠海拒捕，被当场打死了。"年轻警察答道，夏克明惊愕了，张大的嘴巴无法合拢，死死地盯着老警察。

老警察将手里的照片递给他，"认识吗？"

夏克明仔细地辨认着躺在床上闭目龇牙的女尸，"姚珍爱。"倒吸了一口凉气。

"曹剑前天仇杀姚珍爱，两小时后被抓获。当天晚上，为求立功减刑全招了。你给他的100万大部分被姚珍爱骗走，这个尿货急火攻心，失手把她掐死了。"

夏克明浑身绷紧，牙都快咬碎了。

"再问你一次，全交代了？"老警察走回到长条桌的后面，严厉地问。

"我也再说一遍，全交代了。"夏克明横着脖子，一字一句地回敬道。

年轻警察抡起巴掌，猛地拍在桌子上，"你别给脸不要脸，老实交代！"

"行啦，别吹胡子瞪眼的，不愿意说就算了。"老警察说着，拿起手铐走过来，给夏克明戴上。

"你有什么想知道的？"

显然，夏克明没听见老警察的问话，抬起头，失神地看着他。

"我问你，你还有什么想知道的？"

这回他听清了，懵懵懂懂地摇摇头。

"不想问问米安琪？"

他的心里又是扑通一下，嘴唇翕动了两下，没出声。

"曹剑口才好，认罪态度也比你好，真是竹筒倒豆子，一颗不留。把你的桃花劫都能娓娓道来。"

"米安琪怎么样了?"夏克明声音低哑地问。

"托你的福,分了2000万赃款。最初询问她时,刻意隐瞒和你的暧昧关系。"老警察为自己点着烟,深深地吸了一口,"我忘了你有失忆症,现在肯定又想起不少要交代的,你接着说?"

夏克明看看锃亮的手铐,无力地垂下头。

当他最终走出追忆的叙述,木然地在厚厚的笔录上签下名字,搓捻着指肚上鲜红的指模油印,疲惫地站起身,年轻警察突然问道:"你第一枪为什么打在墙上?"

老警察的目光直视着他。夏克明咽了口唾沫,轻声说:"第一枪提升枪管温度,第二枪、第三枪你们就无法检测出哪枪是先打的了,也就无法判定,我先打死了谁。"夏克明说完,长长地吁了一口气。

"听见没有?你就是不到黄河不死心,这下踏实了吧?输我一条大中华!"老警察得意地大叫。

"这条没写在审讯笔录里。"年轻警察回头说。

老警察沉下脸,没搭理他,快步走过来,用力拍了拍夏克明的肩膀,"谢谢你的配合,我得去机场接许晴了。"

他眼前一黑,跌坐在椅子上。身后传来砰的关门声。

走到楼门口时,夏克明恍然发现,下雨了。淅淅沥沥的雨点砸在亮汪汪的水坑里,溅起一个个水泡。

(完)